王世朝　著

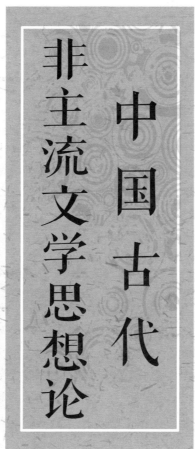

中国古代

非主流文学思想论

全国百佳图书出版单位

时代出版传媒股份有限公司

安徽人民出版社

图书在版编目(CIP)数据

中国古代非主流文学思想论/王世朝著.—合肥:安徽人民出版社,2019.11

ISBN 978 - 7 - 212 - 10511 - 2

Ⅰ.①中… Ⅱ.①王… Ⅲ.①文学思想—研究—中国—古代

Ⅳ.①I209.2

中国版本图书馆 CIP 数据核字(2019)第 063252 号

中国古代非主流文学思想论

王世朝 著

出 版 人:徐　敏　　　　　　　　　　　　责任印制:董　亮

责任编辑:张　旻　郑世彦　　　　　　　　装帧设计:王建川

出版发行:时代出版传媒股份有限公司 http://www.press-mart.com

　　　　　安徽人民出版社 http://www.ahpeople.com

地　　　址:合肥市政务文化新区翡翠路 1118 号出版传媒广场八楼　邮编:230071

电　　　话:0551 - 63533258　0551 - 63533292(传真)

印　　　刷:合肥创新印务有限公司

开本:710mm×1010mm　　1/16　　印张:11.5　　　字数:210 千

版次:2019 年 11 月第 1 版　　2019 年 11 月第 1 次印刷

ISBN 978 - 7 - 212 - 10511 - 2　　　定价:38.00

目　　录

中编　理致篇

下编　理式篇

中国古代非主流文学导论

　　长期以来,主流文学与非主流文学,贵族文学与平民文学,精英文学与大众文学,御用文学与纯粹文学,庙堂文学与江湖文学,高雅文学与世俗文学等纠葛与纠缠十分复杂,庞杂无序,其间的封疆与分界漫无准的。"主流"与"非主流"、"边缘"与"中心",往往是犬牙交错,互为唇齿。

　　非主流文学思想是民间意识形态在文学上的投射,在题材选择与主题开掘上,具备平民大众的精神诉求。在审美趣味上,非主流文学观念崇尚愉悦、通俗、感性、消遣,体现出风俗化、习俗化、民俗化和世俗化;在创作主体上,非主流文学多取迎合的姿态,掺杂明显的商业气味。

　　既往文学史基于主流文化意志和政治教化意识,对主流外的边缘文学,比如"游戏文学""酬赠文学""清玩小品""古今笑话"以及"情经艳词"等予以漠视,主流文学观念的冷暴力,势必造成文学研究的视觉盲区或撂荒现象。选择"非主流文学思想"作为研究视域,首先是为了廓清主流与非主流文学的思想边际;其次是为了理清中国非主流文学思想的基本脉络。可以肯定,随着"非主流文学"研究的深入,可以更客观、全面地呈现文学发展的多元生态图谱,为中国文学研究提供更为宽展的多角视域和更理性的深度透析,最终为大文学史书写提供"全息图像"。

一、非主流文学的基本精神

(一)娱悦性、通俗性、感官性、消遣性

当我们使用"非主流文学"这个概念时，就意味着有一个"主流文学"的存在。两者之间亦如政党之执政与在野。与主流文学的官方化相比，非主流文学则是民间化的，对此《毛诗序》早有论述：

> 是以一国之事，系一人之本，谓之风；言天下之事，形四方之风，谓之雅。雅者，正也，言王政之所由废兴也。政有大小，故有小雅焉，有大雅焉。颂者，美盛德之形容，以其成功告于神明者也。是谓四始，诗之至也。然则《关雎》《麟趾》之化，王者之风，故系之周公。南，言化自北而南也。《鹊巢》《驺虞》之德，诸侯之风也，先王之所以教，故系之召公。《周南》《召南》，正始之道，王化之基。是以《关雎》乐得淑女，以配君子，忧在进贤，不淫其色；哀窈窕，思贤才，而无伤善之心焉。是《关雎》之义也。

这里涉及"一国""一人""天下""四方""王政""王者之风""诸侯之风"等一组名词，这些名词显然有着范围的大小之分与政权的高下之别。"风"与"雅"的不同，主要是范围的不同，"风"是"以一国之事，系一人之本"的"诸侯"之乐，而"雅"却是"言天下之事，形四方之风"的"天子"之乐。"风""雅"与"颂"的不同，主要是接受者的不同，"风""雅"的受众是人，而"颂"的受众是神。不论是"王者之风"或"诸侯之风"，都是"正始之道"与"王化之基"。而一旦被打上政治的烙印，贴上政治的标签，注册了政治的商标，则不再是小打小闹的民间行为和自娱自乐的个人行为，而是代表主流意识与主流意志的官方政治行为。严肃性替代了娱乐性，神圣性替代了世俗性，教化功能替代了抒情功能。

基于宗经的血统观念，非主流文学类同庶出；基于明道、言志的政治观，非主流文学类同淫声；基于忧患的主题意识，非主流文学是靡靡之音。与主流文学的规范、典正、庄重、严肃的高雅高贵相比，非主流文学则是浸染了世俗、习俗、民俗、风俗的低俗媚俗；与主流文学的教化性、高雅性、理智性、启发性相比，非主流文学则每每是娱悦性、通俗性、感官性、消遣性。总之，与主流文学的高度文人化、官方化

相比,非主流文学则是乡土的、民间的。^①

事实上,主流与非主流一直是并行共生的。从《论语》中可以知道,当时作为"淫声"的郑卫地方性音乐很流行,以至捍卫贵族文化精神的孔子都不得不大声疾呼"去郑声"。我们也可以从孟子与齐王的对话中隐约感受得到当时的情形。《孟子梁惠王》:

> 庄暴见孟子,曰:"暴见于王,王语暴以好乐,暴未有以对也。"曰:"好乐何如?"孟子曰:"王之好乐甚,则齐国其庶几乎!"他日,见于王,曰:"王尝语庄子以好乐,有诸?"王变乎色,曰:"寡人非能好先王之乐也,直好世俗之乐耳。"曰:"王之好乐甚,则齐其庶几乎! 今之乐犹古之乐也。"

这段对话出现了四个概念:"先王之乐""世俗之乐""今之乐""古之乐"。从齐王"变乎色"这个神态可知,齐王对自己喜欢世俗音乐感到难为情,可见,在当时,上流社会的主流音乐是"先王之乐"的"古之乐"。但是,社会上世俗的"今之乐"也十分地流行,以至于流传到王室,连诸侯们都在私下里接受。

追求感官刺激的商业文化审美价值观念会推动轻艳浮泛的世风,进而波及文艺。《南史·循吏列传》:"都邑之盛,士女昌逸,歌声舞节,袨服华妆,桃花绿水之间,秋月春风之下,无往非适。"可见,在城市化和商业化的文化风气浸润感染下,当时南朝的逸乐生活以及文化娱乐,此时此地的"歌声舞节",不外乎就是《诗经》男女讴歌相感的爱情表达方式,也就是被孔子斥为"淫声"的郑卫之声罢了。

与正统文学意识强调"事父事君"的政治教化结伴而生的是作为非主流意识存在的对文学娱乐与宣泄功能的认识。这种意识从陆机《文赋》之"诗缘情"的提出,到钟嵘《诗品》之"摇荡情性,歌以骋情"的明确表态,直到晚清陈廷焯《白雨斋词话》:"情有所感,不能无所寄,意有所郁,不能无所泄,古之为词者,自抒其性情,所以悦己也,今之为词者,多其为粉饰,务以悦人,而不恤其丧己,而卒不值有识者一噱。"所以,非主流文学往往又有俗文学、通俗文学、民间文学、大众文学等概念。胡寅《题〈酒边词〉》云:

---

① 郑樵《通志序》云:"风土之音曰'风',朝廷之音曰'雅',宗庙之音曰'颂'。"即是说"风"是带有地方色彩的音乐;"雅"是周王朝直接统治地区(王畿)的音乐;"颂"是宗庙祭祀所用舞曲。《礼记·乐记》记子夏答魏文侯问关于雅俗乐之别的议论最为详细:"今夫古乐,进旅退旅,和正以广,弦匏笙簧,会守拊鼓,始奏以文,复乱以武(治乱以相),讯疾以雅,君子是语。于是道古,修身及家,平均天下,此古乐之发也。今夫新乐,进俯退俯,奸声以滥,溺而不止,及优侏儒,獶杂子女,不知父子,乐终不可与语,不可以道古,此新乐之废也。"可见,与正统的"雅""颂"之音相比,"风"就是俗乐,与"古乐"相比,"新乐"就该废除。这样的观念就势必造成主流与非主流的分界与偏见。

词曲者,古乐府之末造也。古乐府者,诗之傍行也。诗出于离骚楚辞,而离骚者,变风变雅之怨而迫、哀而伤者也;其发乎情则同,而止乎礼义则异。名之曰曲,以其曲尽人情耳。方之典艺,犹不逮焉;其去《曲礼》,则益远矣。然文章豪放之士,鲜不寄意于此者,随亦自扫其迹,曰谑浪游戏而已也。

(二)风俗化、习俗化、民俗化、世俗化

雅俗观念由来已久,据《文选·宋玉〈对楚王问〉》中记载:"客有歌于郢中者,其始曰《下里》《巴人》,国中属而和者数千人。其为《阳阿》《薤露》,国中属而和者数百人。其为《阳春》《白雪》,国中属而和者,不过数十人。引商刻羽,杂以流徵,国中属而和者,不过数人而已。是其曲弥高,其和弥寡。"可见战国时期的雅俗观念已经泾渭分明。

郑振铎在《中国俗文学史》中认为:"俗文学"就是通俗的文学,就是民间的文学,也就是大众的文学。换一句话,所谓俗文学就是不登大雅之堂,不为学士大夫所重视,而流行于民间,成为大众所嗜好、所喜悦的东西。因为正统的文学的范围太狭小了,于是"俗文学"的地盘便愈显其大。差不多除诗与散文之外,凡重要的文体,像小说、戏曲、变文、弹词之类,都要归到"俗文学"的范围里去。郑振铎把俗文学的"特质"归纳为六个:第一,是大众的,出生于民间,为民众所写作,为民众而生存;第二,是无名的;第三,是口传的;第四,是新鲜的,但是粗鄙的;第五,其想象力往往是奔放的,并非一般正统文学所能梦见,其作者的气魄往往是很伟大的,也非一般正统的文学的作者所能比肩,但也有种种坏处,如黏附着许多民间的习惯和传统的观念;第六,勇于引进新的东西,即我们今天常讲的"开放性"和"包容性"。按内容,他列出了五大类:①诗歌——民歌、民谣、初期的词曲;②小说——专指话本;③戏曲;④讲唱文学;⑤游戏文章。如果用五四时期的概念来界定,郑振铎的俗文学大概可以叫作"山林文学",与之相对的雅文学大概可以叫作"庙堂文学"。严格意义上的雅文学在中国古代大概只有两类,即"诗文",并且还应该是古诗、格律诗和以秦汉、唐宋古文为代表的散文,作为"诗之余"的词和铺张华丽的散文变体之赋

未必完全能够挤入雅文学的殿堂。①

郑振铎在论述与古代戏曲同属俗文学范围的古代小说时，将其分成了两个部分。他说："所谓俗文学里的小说，是专指话本，即以白话写成的小说而言的；所有的谈说因果的《幽冥录》，记载琐事的《因话录》等等，所谓传奇，所谓笔记小说等等，均不包括在内。"他根据小说作品所使用的文字，将文言小说排除在俗文学之外。白话小说，无论长篇短篇，文人创作或非文人创作，从三言、二拍到《红楼梦》，都在俗文学的范围里。

在研究了郑振铎的定义后，陈平原认为："如果用民间文学（俗文学）、高雅文学（文人文学）和通俗文学三者的消长起伏把握整个中国文学的发展，那么，20世纪以前基本上是文人文学与民间文学的对峙，20世纪则主要是高雅文学与通俗文学的对峙。"一般认为，俗文学与正统文学之间的界限主要有三。其一，从文体分。因为中国古代正统文学的主体是散文和诗歌，所以俗文学主要指诗文以外的文学体裁。其二，作品风格。俗文学，顾名思义是从文学作品的风格着眼的，指俚俗、通俗的文学作品。其三，流传范围。俗文学主要指流行于社会的普通民众中。而现在的研究者认定的民间文学的特征主要在于：①自发的、集体的创作，也即非作家创作；②群体的、口头的传承方式；③题材、主题趋向模式化。②

事实上，雅、俗文学并不是泾渭分明，而是相生相克，相辅相成。雅文学在自身发展过程中，总是得力于俗文学的滋养。比如说《诗经》，其多半作品就是古代的民歌民谣，经过文人的润饰升格为雅文学。《楚辞》亦然，正如黄伯思《校定楚辞序》中所言，得力于"书楚语，作楚声，纪楚地，名楚物"；汉代的乐府、唐五代的词曲、元代的杂剧等莫不是萌发于民间。乐府之于拟乐府，话本之于拟话本，弹词之于拟弹词，就意味着文人吸取民间艺术的营养。明代文学也是在雅与俗的相互交融、相互转化中蹒跚前行的。比如正统的雅文学诗歌、散文，从李梦阳到徐渭，再到袁宏道、

---

① 关于"俗文学"一词的渊源，吴晓铃在《朱自清先生与俗文学》一文中写道："'俗文学'这个名词的提出，郑振铎先生是第一人，好像是在《敦煌俗文学》那篇文章里。"（《华北日报·俗文学[周刊]》第60期，1948年8月20日，北平。）关于俗文学、民间文学这些名称，施蛰存于1989年3月17日写的一篇随笔《"俗文学"及其他》里说："这三个译名（按：指民间文学、俗文学、通俗文学），'民间文学'意义最为明确，所从原文的本义（按指英语popular literature）译的。'俗文学'的'俗'字，就有疑义。一般人都以为是'雅俗'的'俗'，'俗文学'就意味着鄙俗、粗俗、庸俗的文学。这就含有知识分子瞧不起民间创作的意味。因此，不少人对这个译名有意见。俗文学会成立的时候，曾正式声明这个'俗'字是'民俗学'（folklore）的'俗'，'俗文学'就是'民俗文学'（folk literature）的译名了。这样，很可以澄清一些误会。民俗学是本世纪的新兴学科，它的研究对象是各个民族古代和当代的风俗、习惯、神话、迷信、传说、谣谚、礼仪、语言等民族文化现象，民间的文艺创作是民俗学的研究资料。"（《施蛰存七十年文选》）

② 李玫：《古代戏曲与正统文学、俗文学及民间文学》，《中国社会科学院院报》，2003年7月30日。

张岱,在民间文学的滋润下,陆续创作了一些通俗如话、自由活泼,但又俗而有趣、浅而不薄的作品。原为文人雅士、达官贵人所创作和欣赏的文言传奇小说,也在时尚的驱动和说话艺术的影响下,逐渐变成下层文士和一般民众的娱乐品,呈现了种种话本化的倾向。反过来,民歌、笑话等的收集和刊刻,实际上都经过了文人的整理和加工。"鄙俚浅近"的戏文,在文人的参与下,演变为传奇"雅部"。长、短篇通俗小说的编辑、创作,也大都从文言小说。令人不解的是,一旦雅文学以正统自居时,又往往反过来轻贱俗文学。

在漫长的历史发展中,雅俗的观念也在逐渐发生变化,其中的因素很多。最值得注意的,一是佛教的传入对中国雅文化的影响;二是民众文艺的发展对雅文化的冲击;三是地方曲艺对雅文化的浸润;四是文学体式重心的转移对俗文化的兼容性增强。这一切都使雅俗观念的对抗性日渐淡化。"化俗为雅""借俗写雅""以俗为雅""融俗入雅"等逐渐为人们所接受。

理论方面,首先在语体上为雅俗开释僵局的大概是王充。他在《论衡·自纪篇》中明确表示:"夫笔著者,欲其易晓而难为,不贵难知而易造;口论务解分而可听,不务深迂而难睹。"他自己的文章也是"直露其文,集以俗言"。唐代史学家刘知几针对当时文坛"皆怯书今语,勇效昔言"的崇古风气,在《史通·言语》中大力倡导"时言今语",对口语、俗语、谚语、俚语、刍词鄙句的表现力给予了充分的肯定。宋代,苏东坡极力主张"街谈市语皆可入诗",他在《题柳子厚诗》中说:"诗须要有为而作。用事当以故为新,以俗为雅。好奇务新,乃诗之病,柳子厚晚年诗极似陶渊明,知诗病者也。"黄庭坚《再次韵杨明叔并序》中说:"盖以俗为雅,以故为新。"陈师道《后山诗话》中也记载:"闽士有好诗者,不用陈语常谈。写投梅圣俞,答书曰:'子诗诚工,但未能以故为新,以俗为雅。'"可见上流士大夫吸纳世俗文化的积极态度。

至明代嘉靖、隆庆时期,诗文及戏剧领域出现的"本色论",对雅俗的调和更是达到了一种理论的高度,成为衡量文学语言的一种尺度。唐顺之在《与洪方洲书》中说:"近来觉得诗文一事,只是直写胸臆,如谚语所谓开口见喉咙者,使后人读之,如真见其面目,瑜瑕俱不容掩,所谓本色,此为上乘文字。"在《答茅鹿门知县二》中,他又以陶渊明和沈约为例对本色予以说明:"即如以诗为谕,陶彭泽未尝较声律,雕句文,但信手写来,便是宇宙间第一等好诗。何则?其本色高也。自有诗以来,其较声律,雕句文,用心最苦而立说最严者,无如沈约,苦却一生精力,使人读其诗,只见其捆缚龌龊,满卷累牍,不曾道出一两句好话。何则?其本色卑,文不能工也,而况非其本色者哉?"何良俊《曲论》:"盖《西厢》全带脂粉,《琵琶》专弄学问,其本色语少。盖填词须用本色语,方是作家。"王骥德《曲论·杂论》:"白乐天作诗,必令老妪听之,问曰:'解否?'曰:'解',则录之;'不解',则易。作剧戏,亦须令老妪解得,方入众耳,此即本色之说也。"

到清代,文论家依然推崇本色语,黄图珌在《看山阁集闲笔》中说:"元人白描,纯是口头言语,化俗为雅。亦不宜过于高远,恐失词旨;又不可过于鄙陋,恐类乎俚之下谈也。其所贵乎清真,有元人白描本色之妙也。"清代的黄遵宪主张"我手写我口",提倡以通俗语言入诗,特别是用方言俗谚入诗,可以说是以俗为雅的极致。诗歌创作方面的尝试首推白居易;词曲创作方面的尝试则要数柳永和苏轼;而戏剧创作方面,吴江派与临川派之争,虽然焦点在重音律还是重意趣上,但所折射出的审美趣味与"雅""俗"有着十分密切的关系。

宏观来看,自春秋至唐宋,是俗文学的雅化过程,也就是民间文学的文人化过程。而从宋代开始,中国文学恰好走了一条相反的路,即由雅而俗的路。由诗而词,由词而曲,由文言而白话,都是明显的标志。

二、非主流文学的历史沿革

中国的雅俗文学显然是一个动态系统,《诗经》在春秋以前是俗文学,以《诗经》为代表的诗歌到了汉代首次成为雅文学,尤其在郑玄笺注以后,更成为不易的经典,使之与民歌对立起来。此时汉乐府是俗文学,但到了魏晋南北朝和唐代便成了雅文学。唐代兴起的词是俗文学,但等到李清照等宣布词"别是一家",使词成为时代精神的表现者,便成了雅文学。至于由唐宋兴起至明清而到达顶峰的小说,则是另一番景象。此时,以诗、词、散文为代表的雅文学"温柔敦厚"的诗教已不再是一统天下了,随着社会历史的转型,以小说为代表的"冲突的美"走上历史舞台。此时,以诗、词、散文为代表的雅文学与以小说戏曲为代表的俗文学形成了整体的对峙。而时代发展到今天,我们接受了传统小说戏曲的观念,传统小说戏曲也就成了雅文学,我们今天一般意义上的小说也是雅文学。

关于中国各体文学形式的演进,鲁迅曾经有过一段经典论述,他说:"士大夫是常要夺取民间的东西的,将竹枝词改成文言,将'小家碧玉'作为姨太太,但一沾着他们的手,这东西就跟着他们灭亡。"[1]他在 1934 年 2 月 20 日致姚克的信中说:"歌、诗、曲,我以为原是民间物,文人取为己有,越做越难懂,弄得变成僵石。他们就又去取一样,又来慢慢绞死它……词、曲之始,也都文从字顺,并不艰难,到后来,

---

① 鲁迅:《花边文学略论梅兰芳及其他》(上),《鲁迅全集》第 5 卷,人民文学出版社 1981 年版,第 579 页。

可就实在难读了。"①

在中国文学史上,大张旗鼓地提倡语言的通俗化,是随着白话小说的繁荣而兴起的。嘉靖本《三国志通俗演义》,书名就突出了"通俗"两字。认为只有写得"读诵者人人得而知之",才能使"一开卷,千百载之事豁然于心胸"。至于戏曲,虽有一定的特殊性,但不少论者在谈及宾白时,也都强调通俗性。如王骥德在《曲律·论宾白》中说:"《琵琶》黄门白,只是寻常话头,略加贯串,人人晓得,所以至今不废。对口白须明白简质,用不得太文字;凡用'之乎者也',俱非当家。《浣纱》纯是四六,宁不厌人!"俗文学的发展,推动、刺激了雅文学向着俗化的方向演变,而俗文学自身也在雅文学的规范、熏陶下趋向雅化。明代文学就在较之前代更为广泛和深入的俗与雅的相互交融、相互促进、相互转化的过程中留下了独特的发展轨迹。雅、俗文学的交融,大大地改变了作者队伍的面貌,造就了一批新型的雅俗兼顾的作者。特别在剧作者队伍中,正如王骥德《曲律·杂论》所说的:"今则自缙绅、青襟,以迨山人墨客,染翰为新声者,不可胜记。"②

有人以"从《诗经》到《红楼梦》"来概称我国整个古代文学史,这古代文学史一头一尾的标志性著作却都是俗文学。在"诗经"时代,俗文学和雅文学不是对立的,而是统一的。当时的内政、外交、教子、事亲等都与《诗经》有涉。《左传》就常常引用《诗经》的句子,而少引用孔子的话。《诗经》的这种教化和劝世的功能是元杂剧和章回体小说等所不具备的。后世,以民歌为主的《诗经》似没遭人非议,而即使"独尊儒术"以后,非议《论语》《孟子》的也不乏其人。此对比很值得我们玩味。但关汉卿以后,特别是到了明清时代,形式上看,由于科举制度的强化、发展和完善,正宗读书人在心理上虽有可能不排斥杂剧、传奇、说书、话本和章回小说,但渐渐地、也是无可奈何地、却又非要装得义正词严地视弄俗文学甚至读俗文学为下品。正和野、雅和俗因此而对立起来了。这是与《诗经》时代又一个截然不同之处。到了"五四"以后,现代白话文兴起,渐渐地此前的白话——包括《金瓶梅》和《红楼梦》,都成雅文学矣!这白话文学由俗而变雅,成为古代俗文学终结的标志,便完成了又一个"否定之否定"的进程。闻一多在《文学的历史动向》中说:

我们只觉得明清两代关于诗的那许多运动和争论,都是无谓的挣扎。

每一度挣扎的失败,无非重新证实一遍那挣扎的徒劳无益而已。本来从

---

① 鲁迅:《鲁迅全集》第12卷,人民文学出版社1981年版,第399页。

② 据统计,剧作者中进士及第而做显官的共有33人,其中有藩王3人、尚书兼大学士4人、尚书3人、卿2人、侍郎1人、少卿2人。这里还不包括状元3人、榜眼2人。

西周唱到北宋，足足二千年的工夫也够长的了，可能的调子都已唱完了。到此，中国文学史可能不必再写，假如不是两种外来的文艺形式——小说与戏剧，早在旁边静候着，准备届时上前来"接力"。是的，中国文学史的路线南宋起便转向了，从此以后是小说戏剧的时代。

郭英德指出："从明中叶开始，文人阶层从依附皇家贵族转向倾慕平民百姓，或者更准确地说，从附皇家贵族之骥尾转向借平民百姓以自重。文人阶层自我意识的高涨和主体精神的张扬，促进了不可抑止的文化权力下移的趋势，以文人阶层为主角的社会文化模式逐渐压倒并取代了以皇家贵族为主角的社会文化模式。文人阶层从认知自我中逐渐确立了自我的意义与价值，从而激化了表现自我的强烈需求。这种表现自我的强烈需求，固然可以借用传统诗文等文体加以宣泄，但是传统诗文等文体早已涂染了非常鲜明的主流意识形态色彩，成为皇家贵族话语权威的象征，并浸染着浓厚的'风人之旨'的审美风格。所以借用传统诗文等文体表现自我无疑有瓦解文人阶层主体意识的危险。于是，文人阶层要求取代皇家贵族成为文化权力的执掌者，便不能不求助于像小说、戏剧这样的新兴文体，以构建新的意识形态话语权威，与传统的意识形态话语权威相抗衡。而小说、戏剧这样的新兴文体，也以它们自身不同于传统文体的文体优势，满足了文人阶层表现自我的强烈需求。这种文体优势，就抒情方式而言，最集中地表现在以自言式代言型（即作家代人物表露心曲）的叙事体和对话式代言型（即作家代人物交流心曲）的戏剧体，取代了作家自我倾吐心曲的抒情体。正因为如此，戏曲艺术的代言体特征便在理论上得到了前所未有的强调。"[①]

元杂剧的兴盛无疑是俗文学的一个高峰时期。一方面是城市规模的扩大，市民阶层对文艺消费的需要，加之元朝的民族歧视和文人社会地位的下降，文人的知识能量释放到了民间，这便引起了俗文学的空前发展。明清时期，迎来俗文学的又一黄金发展期，这便是章回小说的繁荣。从元杂剧到明传奇，这是戏曲一路的高峰对峙；从说书艺人的有声语言艺术发展到话本进而再有"话本小说"和"拟话本小说"，最后发展到章回体小说，至《红楼梦》登峰造极，这是小说发展的一路。戏剧与小说的二水分流、双峰并峙，构成中国文学通俗化、广谱化的基本格局。

由于西学东渐的影响，20 世纪初，中国人的文学观念发生了深刻的变化。这是一个除旧布新的时代，也是一个革了旧文学命的时代。

1916 年 4 月，胡适提出："文学革命，至元代而登峰造极。其时，词也，曲也，剧

---

① 郭英德：《明清传奇戏曲文体研究》，商务印书馆 2004 年版，第 200 页。

本也,小说也,皆第一流之文学,而皆以俚语为之。其时吾国真可谓有一种'活文学'出世。"当年 8 月他在给陈独秀的信中又说:"今日欲言文学革命,须从八事入手。"1917 年陈独秀发表《文学革命论》,提出文学革命"三大主义"。1918 年,谢无量的《中国大文学史》的绪论部分的第一章"文学之定义"不仅列举了《论语》《易经》《说文》《释名》、阮元《文言说》、刘勰《文心雕龙》等有关的文学定义,还列举了柏拉图、亚里士多德、黑格尔、白鲁克、亚罗德、戴昆西、庞科士等关于文学的定义。在这本文学史中,既有汉魏乐府、五代词曲、宋元杂剧、明清小说,也包括文字学、音韵学、经学、史学、诸子学和理学。可见,在当时,西方的新思想和中国本土的老传统并存。1920 年,朱希祖在为自己 4 年前写的《中国文学史要略》再版作序时说:"此编所讲,乃广义之文学,今则主张狭义之文学矣。以为文学必须独立,与哲学、史学及其他科学可以并立,所谓纯文学也。"1922 年,凌独见在《国语文学史纲·通论》公开批评章太炎的文学定义不合现代要求,主张"文学就是人们情感、想象、思想、人格的表现"[①]。1929 年,曾毅修订出版《中国文学史》时感慨地说:"但至今日,欧美文学之稗贩甚盛,颇掇拾其说,以为我文学之准的,谓诗歌曲剧小说为纯文学,此又今古形势之迥异也。"周作人说:"我们现在应该提倡的新文学,简单地说一句,是'人的文学'。应该排斥的,便是反对的非人的文学。"[②]李大钊说:"我们所要求的新文学,是为社会写实的文学,不是为个人造名的文学;是以博爱心为基础的文学,不是以好名心为基础的文学;是为文学而创作的文学,不是为文学本身以外的什么东西而创作的文学。"[③]茅盾说:"我以为新文学就是进化的文学。进化的文学有三件要素:一是普遍的性质;二是有表现人生指导人生的能力;三是为平民的非为一般特殊阶级的人的。唯其是普遍的,所以我们要用语体来作;唯其是注重表现人生指导人生的,所以我们要注重思想不重形式;唯其是为平民的,所以要有人道主义精神、光明活泼的气象。"[④]

1920 年秋,鲁迅兼任北京大学和北京高等师范学校讲师时讲授中国小说史课程,印发了《小说史大略》讲义(北京新潮社 1923 年正式出版此书时更名为《中国小说史略》),小说不仅登上大雅之堂,而且有了自己的历史。1921 年,胡适用实验主义的方法研究《红楼梦》,发表《红楼梦考证》一文,证明《红楼梦》是作者曹雪芹的"自叙传"。受其影响,1923 年,俞平伯写成《红楼梦辨》,进一步丰富发展了胡适的

---

① 凌独见:《国语文学史纲》,商务印书馆 1922 年版,第 1 页。
② 周作人:《人的文学》,1918 年 12 月 15 日《新青年》第 5 卷第 6 号。
③ 李大钊:《什么是新文学》,1919 年 12 月 8 日《星期日》社会问题号。
④ 茅盾:《新旧文学平议的评议》,1920 年《小说月报》第 11 卷 1 号。

学术思想。以胡适、俞平伯为代表的"新红学"可以说是用现代文学观念和方法研究中国古代小说作品的首批实验成果之一。1932 年,胡云翼在其《新著中国文学史》中直言不讳地批评中国传统的广义文学概念是古人"于学术文化分不清的结果",而狭义文学"专指诉之于情绪而能起美感的作品",才是"现代的进化的正确的文学观念"。所谓"现代的进化的正确的文学观念"就是指从西方引进的文学观念。由于西方的文学主要包括诗歌、散文、戏剧、小说,这样一来,不仅文字、音韵、训诂不被视为文学,六经、诸子、经学、史学也大多不被视作文学。文学与史学、哲学等的界限划分开来。这样,过去许多不被重视的文体受到重视,1932 年出版的郑振铎的《插图本中国文学史》,便将变文、戏文、诸宫调、散曲、民歌以及宝卷、弹词、鼓词等统统作为古代文学的研究对象加以研究,拓展了文学研究的新视野。

上编 | 理念篇

　　提要：中国古代视文学为小道的观念历朝都有。儒家的孔子有"行有余力，则以学文"之论；道家的庄子有"灭文章，散五采"之谈；墨家力主"非乐"，认定其"上考之，不中圣王之事；下度之，不中万民之利"；法家放言"儒以文乱法，侠以武犯禁"，坚信"工文学者非所用"，将文学视为"五蠹""六虱"之一。可见，文人与文学，备受非议！虽然上述各家出发点不同，但不容艺术是共同的。难怪荀子要批评墨家"蔽于用而不知文"，批评道家"蔽于天而不知人"。

第 一 章

工文学者非所用——文学不能承受之轻

无论是"一为文人,便无足观",抑或是"宁为百夫长,胜作一书生",都昭示着社会主流价值观念对文人这一社会角色的非主流认定。文人在不同的时代有不同的社会认可度,因此也就有不同的价值取向。文人的地位决定了文学的地位,反之亦然,文学地位的拔高也就是文人地位的提升。汉代,刘邦即位之初,重武力,轻诗书,以"居马上得天下"自矜,陆贾乃建议重视儒学,"行仁义,法先圣",提出"逆取顺守,文武并用"的统治方略,文人的地位大大提高。① 东汉的王充在《论衡·对作》中说:"是故周道不弊,则民不文薄;民不文薄,《春秋》不作。杨、墨之学不乱传义,则孟子之传不造;韩国不小弱,法度不坏废,则韩非之书不为;高祖不辨得天下,马上之计未转,则陆贾之语不奏;众事不失实,凡论不坏乱,则桓谭之论不起。故夫贤圣之兴文也,起事不空为,因因不妄作。作有益于化,化有补于正。"对文人的文化担当及历史使命进行了归纳。汉魏之交,随着魏文帝曹丕"文章乃经国之大业,不朽之盛事"的高度评价,文人地位空前提高,也造就了建安文学盛况空前的局面,成就了中国文学的新高度。元代,文人地位下降,有"九儒十丐"之说,可见儒的地位之低下。

---

① 《史记·郦生陆贾列传》云:"陆生时时前说称《诗》《书》。高帝骂之曰:'乃公居马上而得之,安事《诗》《书》!'陆生曰:'居马上得之,宁可以马上治之乎?且汤、武逆取而以顺守之,文武并用,长久之术也。昔者吴王夫差、智伯极武而亡;秦任刑法不变,卒灭赵氏。乡(向)使秦已并天下,行仁义,法先圣,陛下安得而有之?'高帝不怿而有惭色,乃谓陆生曰:'试为我著秦所以失天下,吾所以得之者何,及古成败之国。'陆生乃粗述存亡之徵,凡著十二篇。每奏一篇,高帝未尝不称善,左右呼万岁,号其书曰《新语》。"

一、行有余力，则以学文——孔子如是说

如果说主流文学的意识形态致力于积极建构文学的价值体系，则非主流文学观念对文学价值予以解构与消解。真正的诗歌不是鼓动人们"有为"，而是有意无意地让人"无为"。诗歌与其说是一剂兴奋剂，不如说是一颗安定丸。文学的价值常常在于它能给人偷懒的借口与理由。正所谓："此身闲得易为家，业是吟诗与看花。若使他生抛笔砚，更应无事老烟霞。"①文学史上为人称道的作品大多是教人不作为的。陶渊明、王维、孟浩然、李白、苏轼等，不一而足，文学稀释了人的野心与狂妄，也消解了人生的斗志与理想。

视文学为雕虫小技、无足大观的观念非一时一地，也非一家一人，由来已久，源远流长。孔子早已说过："行有余力，则以学文。"②虽然这里所说的"文"不同于我们今天所谓的文学，按郭绍虞先生的观点，孔门的"文"或"文学"包含了文章和博学二义。其内涵主要指的是文化和学术，按何晏《论语集解》中引马融说："文者，古之遗文。"则知"文"乃古代典籍。不管怎么说，"文"不过是行有余力之外的事。其在精神实质与西方的"游戏说"有一致与相通的地方。孔子说："饱食终日，无所用心，难矣哉！"生存之余，不是一了百了，过剩的精力还得发泄。于是，双方都想到了文化，当然也包括文学艺术。孔子说："志于道，据于德，依于仁，游于艺。"③人生首要的是"道""德""仁"，最后才是"艺"。文艺只能利用业余时间，人的主要精力还得用在家国大事上。

二、蔽于天而不知人——道家的文艺思想

道家主张顺自然而因物性，也就是说应当由着个人的自然本性自由发展，而不应当以社会礼法等种种规范去干预和束缚个人的行为。老子说："大道废，有仁义；慧智出，有大伪；六亲不和，有孝慈；国家昏乱，有忠臣。"④又说："故失道而后德，失德而后仁，失仁而后义，失义而后礼。"⑤这是说，老子把社会礼法制度和规范的出现，归结为人类自然本性的不断自我丧失。这里包含了一种原始素朴的"异化"思

---

① 司空图《闲夜二首》。
② 《论语·学而》，朱熹：《四书集注》，岳麓书社1985年版。
③ 《论语·述而》，朱熹：《四书集注》，岳麓书社1985年版。
④ 《老子·十八章》，朱谦之：《老子校释》，中华书局1984年版。
⑤ 《老子·三十八章》，朱谦之：《老子校释》，中华书局1984年版。

想。因而主张："绝圣弃智,民利百倍;绝仁弃义,民复孝慈;绝巧弃利,盗贼无有。"①庄子更为激烈,他直接对"圣人"讨伐道:"纯朴不残,孰为牺尊! 白玉不毁,孰为圭璋! 道德不废,安取仁义! 性情不离,安用礼乐! 五色不乱,孰为文采! 五声不乱,孰应六律! 夫残朴以为器,工匠之罪也;毁道德以为仁义,圣人之过也。"②老子的理想是,希望人们通过"绝圣弃智""绝仁弃义""绝巧弃利""少私寡欲"③等去克服和阻止"异化",以期达到返璞归真,复其自然。庄子认为,任何社会礼法制度和规范都是束缚人的自然本性自由发挥的桎梏,因此必须予以彻底破除。他明确地提出了不要用社会礼法制度规范来磨灭人的自然本性的思想。庄子向往的是一种不受任何限制和约束的绝对自由——"逍遥游"。

老庄之学与佛释之学从根本学理上来说都是否定诗文存在价值的,但是这两种思想系统却又都对古代诗文产生了重要影响。真的印证了一句俗话,"有心栽花花不发,无心插柳柳成荫"。由道家的虚无、虚静、斋心、坐忘等思想观念生发出来的唯美主义文论观念形成于魏晋六朝,成熟于唐代。由此胎育出来的审美境界理论以及艺术终极追求是高韬玄冥的。将道家思想与道家思维演绎成艺术精神,这要归功于士族文人,而不是传统意义上的文人士大夫。在士族文人心目中是有家无国的,他们将家族利益看得远远高于社稷利益。正是这群人造就了中国古代独特的言说空间,即以谈论哲理、品藻人物、赏析诗文书画为主要内容的"清谈"。正是在这种看似漫不经心的闲聊中,他们为中国文化开掘出一个具有超越性的、极为幽深玄冥、高远深湛的艺术精神之域,唯美主义文论观成为主流,进而取代了两汉经学语境中的诗学观念,"经世致用"的口号被"诗赋欲丽""诗缘情而绮靡"所取代。先秦时期道家那种自然主义的社会乌托邦与个体精神乌托邦在这时都成功地转化为诗文书画的审美风格与艺术境界了。经过六朝时期的张扬,自隋唐以降,审美主义文论观已然成为堪与儒家工具主义文论观相抗衡的文论话语系统了。以王昌龄《诗格》、释皎然《诗式》、司空图《诗品》为代表的审美主义文论观与元白的新乐府运动、韩柳的古文运动的工具主义文论观并行不悖,足见这种文论观已经深入人心,获得了言说的合法性。宋、元、明、清同样如此。

三、蔽于用而不知文——墨子的非乐思想

作为我国先秦时代最早论述音乐问题的专题文章,墨子的《非乐》篇集中探讨

---

① 《老子·十九章》,朱谦之:《老子校释》,中华书局1984年版。
② 《庄子·马蹄》,陈鼓应:《庄子今注今译》,中华书局1983年版。
③ 《老子·十九章》,朱谦之:《老子校释》,中华书局1984年版。

了乐与生产、乐与治国、乐与人民、乐与传统、乐与娱乐等一系列重要问题,反映了当时庶民阶层的美学要求,是我国,乃至世界范围内下层人民美学思想的第一个雏形。墨子"非乐"的深层次原因主要有两点。第一,仁者的法则。墨子说:"仁之事者,必务求兴天下之利,除天下之害,将以为法乎天下。利人乎,即为;不利人乎,即止。"墨子主张"兼相爱,交相利",由此出发,提出"三利原则":"此必上利于天,中利于鬼,下利于人。三利,无所不利。"墨子根据仁者的"三利"原则,兴利除害,得出"非乐"的结论。第二,"法夏"的理想。墨子的政治与艺术理想是"法夏"。正如《淮南子·要略》所言:"墨子学儒者之业,受孔子之术,以为其礼烦扰而不说,厚葬靡财而贫民,(久)服伤生而害事,故背周道而用夏政。"墨子在《公孟》中针对公孟的言论指出:"且子法周而未法夏也,子之古,非古也。"可见,墨家和儒家的区别之一就是法周与法夏。因夏代处于奴隶社会前期,保存了浓厚的原始社会痕迹。其经济、政治与文化生活都比较简朴,音乐也十分简朴。故而墨子以夏代为标准,提出"非乐"的观点。我们再来看一下墨子"非乐论"的理论内涵。"非乐论"主要针对东周后期儒家鼓吹的、同礼相配合的宫廷之乐、贵族之乐,而所谓"非"即批判之意。当时,战争频繁,统治阶级奢靡,人民生活痛苦不堪。对此墨子描写道:"其使民劳;其籍敛厚。民财不足,冻饿死者,不可胜数也。且大人惟毋兴师以攻伐邻国,久者终年,速者数月,男女久不相见。"对于上流社会奢靡生活,墨子以纣为例描写道:"鹿台糟丘,酒池肉林,宫墙文画,雕琢刻镂,锦绣被堂,金玉珍玮,妇女优倡,钟鼓管弦。"缘此他论断"乐愈繁,治愈寡"。这样的靡靡之音"上考之不中圣王之事,下度之不中万民之利"。他说:"自此观之,乐非所以治天下也。"他在《非儒》中指责儒家:"繁饰礼乐以淫人""盛容修饰以蛊世,弦歌鼓舞以聚徒。"在《公孟》中,他指出"儒之道足以丧天下者,四政焉",其中之一就是"弦歌鼓舞,习为声乐"。

这种基于庶民阶级的美学思想包含着深厚的民本意识。特别是墨子提出的"利人乎,即为;不利人乎,即止"的观点,对统治阶级在艺术活动中"将必厚措敛乎万民""亏夺民衣食之财"的揭露以及代表人民喊出的"饥者不得食,寒者不得衣,劳者不得息"的强烈呼声,这些都是我国美学史,乃至世界美学史上少有的直接反映劳动人民要求的理论观点,这些理论观点开了我国现实主义美学理论"关心人民"优良传统的先河。此后,我国美学史上出现了孟子的"民本"思想、白居易"惟歌生民病,愿得天子知"的理论主张,都与墨子有着历史渊源关系。墨子的"三利说"提出了艺术的功利原则,是美学和艺术理论中不可忽视的方面,也是中国美学史上不断探讨的论题。墨子的这种功利原则既同我国美学史上重功利的理论一脉相承,但又同始于孔子的儒家学派"重教化"的理论有所差异,从而具有自己的特色。

四、儒以文乱法——法家的文艺思想

中国的法家思想家们对文学十分地反感,将其视为危害国家的六事之一。《商君书·弱民》:"三官生虱六:曰岁,曰食,曰美,曰好,曰志,曰行……六虱成俗,兵必大败。"亦以礼乐、诗书、修善孝弟、诚信贞廉、仁义、非兵羞战为"六虱"。法家的代表人物商鞅主张除去礼乐,商鞅认为"礼治"并不能达到使人们归心于耕战的目的,而只会使人们更加巧伪、更加轻视法制,因此礼乐与法治是绝对对立的。他认为:"重刑而连其罪,则褊急之民不斗,狠刚之民不讼,怠惰之民不游,费资之民不作,巧谀恶心之民无变也。"①与儒家将《诗》《书》作为治国经典不同,商鞅认为《诗》《书》对于国家有百害而无一益,其唯一的作用就是扰乱、蛊惑民心,增长人们的智巧和力量,破坏国家法令制度的推行。因此,他将《礼》《乐》《诗》《书》列于国家"六虱"之首,是"亡国之俗"②。因此,为了弱民,就必须禁《诗》《书》、废学问,他认为"国去言民则朴,民朴则不淫"③,"夫民忧则思,思则出度;乐则淫,淫则生佚"。④

韩非在《喻老》中曾引述这样一则故事:

> 宋人有为其君以象(即象牙)为楮叶者,三年而成。丰杀茎柯,毫芒繁泽,乱之楮叶之中而不可别也。此人遂以功食禄于宋邦。列子闻之曰:"使天地三年而成一叶,则物之有叶者寡矣。"故不乘天地之资而载一人之身;不随道理之数,而学一人之智;此皆一叶之行也。

如果从艺术创造的角度来看,能雕出一片以假乱真的叶子,其艺术技巧也值得赞赏,以这样的工艺技艺谋生也无可厚非。但韩非却反对这种做法。韩非反对的理由恐怕基于这样两点,一是他吸收了道家思想,主张自然,反对人为;二是,花三年的时间,雕刻这样一片叶子,不能吃,不能喝,有什么用?

韩非的文艺观点代表了新兴地主阶级的思想,韩非的音乐思想与其文艺观是一致的,主张文艺要表现现实,为法制服务,具有强烈的政治性和功利性。他极力抗拒艺术的审美诱惑,主张"以功用为之的彀"⑤的功用主义文学观。韩非说:"礼,为情貌者也,文,为质饰者也。夫君子取情而去貌,好质而恶饰。夫恃貌而论情者,其情恶也;顺饰而论质者,其质衰也。何以论之?和氏之璧不饰以五彩,隋侯之珠

---

① 《商君书·垦令》,高亨:《商君书注译》,中华书局 1974 年版。
② 《商君书·靳令》,高亨:《商君书注译》,中华书局 1974 年版。
③ 《商君书·农战》,高亨:《商君书注译》,中华书局 1974 年版。
④ 《商君书·开塞》,高亨:《商君书注译》,中华书局 1974 年版。
⑤ 《韩非子·问辩》,张觉:《韩非子全译》,贵州人民出版社 1992 年版。

不饰以银黄，其质至美，物不足以饰之。夫物之待饰而后行者，其质不美也。"①他援用"秦伯嫁女""楚人鬻珠"②的寓言来阐述其实用主义的文艺观。

纵观中国历史，对文人以及文学的看法，褒扬者有之，贬抑者也不乏。所谓的"百无一用是书生""宁为百夫长，胜作一书生"。文人迂腐，文人酸腐。文人这一社会角色，有着太多的复合性与复杂性。有"文以载道"之说，也有"作文害道"之论。身为士阶层的文人，也经历了不同历史时期的不同的角色转换，从春秋时期的"游说之士"到列国时代的"谋臣策士"再到汉大一统时期的"宦术之士"。每一次身份与角色的转变，就意味着文人对社会适应能力的提升。

五、好乐声色者，淫也——杂家的文艺观

在对文艺持否定态度的人物中，春秋时期的政治家由余属于比较早的，他代表了杂家对文艺的看法。其《由余书》佚文云：

> （缪公）问曰："中国以诗书礼乐法度为政，然尚时乱。今戎夷无此，何以为治，不亦难乎？"由余笑曰："此乃中国所以乱也。夫自上圣黄帝作为礼乐法度，身以先之，仅以小治。及其后世，日以骄淫。阻法度之威，以责督天下，下罢极则以仁义怨望于上，上下交争怨而相篡弑，至于灭宗，皆以此类也。夫戎夷不然，上含淳德以遇其下，下怀忠信以事其上，一国之政犹一身之治，不知所以治，此真圣人之治。"③

很明显，由余是反对诗书礼乐文明和文化建设的，他甚至将其视为"中国所以乱"的根源，而崇尚西戎"上含淳德以遇其下，下怀忠信以事其上"的原始文明。这一点为后来的道家所借鉴，但其否定礼乐文明的理由与后之道家并不相同。道家的理由主要是认为文明造就了人的虚伪，所谓"大道废，有仁义；智慧出，有大伪"④，"绝仁弃义，民复孝慈；绝圣弃智，民利百倍；绝巧弃利，盗贼无有。"⑤由余之文虽也蕴含此类意思，然其反对诗书礼乐的主要理由则是统治者仅以诗书礼乐法度"责督于下"，却不以诗书礼乐法度约束自身，导致"日以骄淫，阻法度之威"。与

---

① 《韩非子·解老》，张觉：《韩非子全译》，贵州人民出版社1992年版。

② 《韩非子·外储说左上》，张觉：《韩非子全译》，贵州人民出版社1992年版。

③ 《汉书·艺文志》著录《由余》三篇，列杂家类，颜师古注"人兵法"。此节文字最早见于《史记·秦本纪》。清人马国翰将《史记》中此节由余对穆公问的文字和《韩非子·十过》、贾谊《新书》中两节文字皆作为《由余书》的佚文收入其《玉函山房辑佚书》中。

④ 《老子·十八章》，朱谦之：《老子校释》，中华书局1984年版。

⑤ 《老子·十九章》，朱谦之：《老子校释》，中华书局1984年版。

道家相比,由余的认识更富于批判精神。也许他骨子里并非一味排斥诗书礼乐文明,而是希望树立礼乐法度的权威,主张统治者先以其自治后以其治民,其关于"自上圣黄帝作为礼乐法度,身以先之,仅以小治"的论述即是对这一主张的表白。由余之所以以中国礼乐文明对比称美西戎原始文明,也可能与他代表西戎出使秦国的特殊身份和使命有关。

同为著名政治家的晋文公,更是站在国家兴亡的高度来看待文艺及"娱乐活动"的。其《合诸侯盟》云:

> 吾闻国之昏,不由声色,必由奸利。好乐声色者,淫也。贪奸者,惑也。夫淫惑之国,不亡必残。自今以来,无以美妾疑妻,无以声乐妨正,无以奸情害公,无以货利示下。其有之者,是谓伐其根素,流于华叶。若此者,有患无忧,有寇勿弭。不如言者,盟示之。①

晋文公这里之所以将"声色"和"奸利"作为国家动乱的根源,可能"声色"之"声"不是泛指音乐艺术,而是特指消磨意志的靡靡之音。他厌恶并以盟约的形式要求各诸侯国禁止此类文艺作品及"娱乐活动",说明一位英主政治头脑的清醒和责任感的强烈,同时也揭示出当时文艺为当权贵族霸占并成为纵情享乐工具的客观事实。

但站在文艺思想发展和文化建设的高度看,晋文公对文艺价值的认识确实不足。其一,音乐歌舞等文艺形式既可成为诱人堕落的腐蚀剂,更可成为塑造高尚灵魂的净化剂,关键不在文艺形式本身,而在其乘载的内容是否健康向上。作为统治者,应该充分利用文艺的娱乐感染性特征,在扼制消磨意志的靡靡之音的同时,大力发展健康向上的文艺去育人,而不是用行政手段和盟约形式强行禁绝之。这一点,晋文公远不如后之儒家学派高明。

其二,晋文公认为"声乐妨正"即文艺妨碍政事,也是缺乏对文艺作用的真正理解。沉溺于文艺之乐固然会妨碍政事,然适当的娱乐则能调节性情,消除疲劳,会使人有更充沛的精力和良好的精神状态投入政事,关键在于如何把握对文艺的享用。晋文公将"声乐妨正"与"奸情害公""货利示下"的危害相提并论且置之首位,足见其对文艺的误解和偏见之深,此"妨正"说直接影响了墨子"非乐"理论的产生。

---

① 《合诸侯盟》首见于《说苑·反质》。《说苑》虽是刘向据皇家所藏和民间流行的书册资料整理而成,其"意在发明儒者之纪纲教化,以戒天子"(余嘉锡《四库提要辨证》),对书册资料的取舍便"不复计事实之舛误"(朱一新《无邪堂答问》),甚至将一些"街谈巷语,道听途说"的传闻亦拿来作为阐发己说的文献依据,并"更以造新事"(《说苑叙》),"有所增益于其间"(余嘉锡《四库提要辨证》),致使该书确有"广陈虚事,多构伪辞"(刘知几《史通·杂说》)之弊,降低了其文献价值。

墨子在其《非乐》中从实用主义出发,将晋文公否定音乐艺术的理由由"妨正"扩展为劳民伤财、荒废正事、无助于解决国家巨患三个方面。有趣的是,至战国时期,晋文公和墨子的"妨正"说竟被儒家后学子夏再传弟子李克所接受,并做了进一步阐发。李克不仅将文艺作为劳民伤财、伤女工、害农事之举,还进而将其视为诱发犯罪的主要动因。其《李克书》佚文云:

> 雕文刻镂,害农事者也;锦绣纂组,伤女工者也。农事害,则饥之本也;女工伤,则寒之原也。饥寒并至,而能不为奸邪者,未之有也。男女饰美以相矜,而能无淫佚者,未尝有也,故上不禁技巧则国贫民侈。国贫民侈则贫穷者为奸邪,而富足者为淫佚。则驱民而为邪也。民以为邪,因以法随诛之,不赦其罪,则显民设陷也。①

李克虽意在批评依法治国的法制主张,认为法是统治者设下的害民圈套,然其最终把民众犯罪的根源记在了文化建设和尚文之风的账上,这种一反先儒传统的文艺观,打上了战国的鲜明时代色彩,是"礼崩乐坏"所带来的社会动荡不良后果在李克心灵中的扭曲投影,对之后韩非的"乱法"说有直接影响。②

六、"雕虫"与"雕龙"——在"小技"与"大道"之间

"雕虫"本指雕刻虫书,是古代篆字的一种,笔画纤细曲长。"雕虫篆刻"一语,意指微不足道的小技艺。扬雄在《法言·吾子》一书中自问自答说:

> "或问:'吾子少而好赋?'曰:'然。童子雕虫篆刻。'俄而曰:'壮夫不为也!'"

显然这里把辞赋比作小艺、小技,"雕虫篆刻"是令人看不起的小把戏。原因很简单,就是因为赋"欲讽反劝",不能起到针砭时弊、有效干预时事的作用。以至于身为汉赋四大家、曾创作过鸿篇巨制《甘泉赋》《羽猎赋》《河东赋》《长杨赋》的扬雄最终"辍而不作",彻底放弃汉赋创作。这既是文学功用主义对汉赋的扬弃,也是一个文学功利主义者对文学的绝望。

---

① 《汉书·艺文志》著录《李克》七篇,列儒家类。其注云:"子夏弟子,为魏文侯相。"然陆德明《经典释文·诗叙录》云:"子夏传曾申,申传魏人李克。"陆玑《毛诗疏》亦云:"卜商(子夏)为之序,以授鲁人申公(当为曾子之子曾申),申公授魏人李克。"据此,李克似为子夏再传弟子。史载,魏文侯封其太子击为中山君,即后之魏武侯,派李克相之。可见,班固注"文"似当"武"字之误,或"李克"与"李悝"相混。刘渊林注《魏都赋》(见《文选》)曾摘引《李克书》一节,而《隋志》则不见著录,知《李克书》大致亡佚于六朝后。这里摘引的佚文首见于《说苑·反质》。

② 徐正英:《先秦佚文中的文艺思想》,《文学评论》,2001年第1期。

南北朝时期文坛受玄学影响很深，脱离现实，无病呻吟，"于是天下向风，人自藻饰，雕虫之艺，盛于时矣"。文人骚客"俪采百句之偶，争价一字之奇"，以至于"连篇累牍，不出月露之形；积案盈箱，唯是风云之色"。有感于此，裴子野著《雕虫论》，对这种"其兴浮，其志弱，巧而不要，隐而不深"的颓靡文风进行抨击，以期匡正时弊，回归雅正。他说："古者四始六艺，总而为诗，既形四方之气，且彰君子之志，劝美惩恶，王化本焉。"这是中国文学复古的先声，也是文学主流意志对非主流思维的斫伐鞭笞。

刘勰将其皇皇巨著名之为《文心雕龙》，则是反其道而用之，表明他对文学价值的充分肯定。"雕虫"与"雕龙"，正是小技与大道之间的思维逆差，是文学功用主义与文学唯美主义的博弈与较量，也是主流文学观与非主流文学观的话语标志。

第二章

傲慢与偏见

一、郑卫之乐皆为淫声

昔日子夏为魏文侯讲解乐理,认为凡是正六律、和五声、弦歌诗颂的都是德音,只有德音才可以称为音乐。其他的都不是音乐。比如说郑音泛滥,令人淫志;宋音晏安,令人溺志;卫音迫促,令人烦志;齐音偃傲,令人骄志。这些都是淫于色而害于德的溺音,不可以称为音乐。"正乐""雅乐""德音"以及"溺音""靡靡之音""郑卫之声"等都是中国音乐批评的重要术语,并代表了一种富有特色的批评方式。例如:

> "烦手淫声,慆堙心耳,乃忘平和","微为五声,淫生六疾。"[1]
>
> "放郑声","郑声淫"。[2]
>
> "恶郑声之乱雅乐也。"[3]
>
> "郑卫之声,桑间之音,此乱国之所好。"[4]

可见,不是什么样的声音都可以称之为音乐,"声""音"与"乐"是有区别的。比如儒家经典《礼记·乐记》的音乐就包括"声""音""乐"三个层次。

> 凡音者,生于人心者也。乐者,通伦理者也。是故,知声而不知音者,禽兽是也;知音而不知乐者,众庶是也;唯君子为能知乐。是故,审声以知

---

① 《左传·昭公元年》,王守谦等:《左传全译》,贵州人民出版社 1990 年版。

② 《论语·卫灵公》,朱熹:《四书集注》,岳麓书社 1985 年版。

③ 《论语·阳货》,朱熹:《四书集注》,岳麓书社 1985 年版。

④ 《吕氏春秋·季夏纪·音初》,张双棣:《吕氏春秋译注》,北京大学出版社 2011 年版。

音,审音以知乐,审乐以知政,而治道备矣。是故,不知声者不可与言音,
不知音者不可与言乐,知乐则几于礼矣。

这就涉及音乐的三种等级:通于伦理的"乐"、通于心识的"音"、通于动物之体的"声"。与此相对应的是人和音乐的三种关系:一是"知乐",为君子与音乐的关系,即君子可以深观于乐中的礼和治道;二是"知音",为众庶与音乐的关系,亦即"知歌曲之音而不知乐之大理"(孔颖达);三是"知声",为禽兽与音乐的关系,亦即"知此为声者,不知其宫商之变"(郑玄)。后二者的区别在于"凡耳有所闻者,皆能知声,心有所识者,则能知音"(方悫)。也就是说,"声"是作用于感官的,"音"是作用于心情的,"乐"是作用于理智的,其间有伦理上的高下之别。①

再如嵇康的《声无哀乐论》,其核心概念"声"就有四种不同的表述方式,即:音声、声音、音、声。《声无哀乐论》之"声"主要指声乐作品。"声音"全文共出现 29 次,含义与"声"基本相同,它几乎涉及所有声响领域。而"音声""声音",这两个词看似相近但意义是不尽相同的。《声无哀乐论》全文共有"音声"8 处,多数"音声"是嵇康在论述语境中对前文特定某种音乐的指代,它作为代词本身并没有实际意义。"音"与"音声"含义近似,有乐音、音乐及文中特指的某种有明确社会内容的音乐之义。嵇康并不是随意使用这些概念,更非思维混乱;恰恰相反,嵇康把自己的论述对象"声"置于广阔的音乐、声响世界中,从各方面论述音乐、声响的客观实在性,从而阐明"声无哀乐"的基本论点,表达其音乐自律论的美学观。可以说,他是用不同的表达方式表达着不同语境里论题"声"的不同含义,以严密准确的用语来为自己的论证服务。

一般来说,"声"是世俗音乐且有伤风化,不登大雅之堂。而乐通常指的就是高雅的德音,在"乐"的名义下,形成了完整的雅乐理论。内容包括音乐的品质,音乐的仪式功能,音乐教育的方式和音乐的教化功能等。例如:

"夔,命汝典乐,教胄子,直而温,宽而栗,刚而无虐,简而无傲。"②

"先王以作乐崇德,殷荐之上帝,以配祖考。"③

---

① 从汉代起,"乐""音""声"三分观念也影响到文献整理和书目编纂。《汉书·艺文志·六艺略》的乐类,就是在这种音乐观的指导下编成的。中国史书为音乐列志,是从《史记》开始的。但《史记》的《乐书》今已失传,第一部传世音乐志是《汉书》的《礼乐志》。从《汉书·礼乐志》的论述范围看,"乐"指的是用于郊庙、房中等宫廷仪式的雅乐;按照书中的解释,"乐"是和"礼"相辅相成的政治手段,用于"感天地,通神明,安万民"。这和周代以来各种典籍的理解是一致的。

② 《尚书·舜典》,王世舜:《尚书译注》,四川人民出版社 1982 年版。

③ 《周易·豫·象传》,黄寿祺、张善文:《周易译注》,上海古籍出版社 2007 年版。

"以乐德教国子,中和、祗庸、孝、友;以乐语教国子,兴、道、讽、诵、言、语;以乐舞教国子,舞云门、大卷、大咸、大韶、大夏、大濩、大武。"①

"乐之务在于和心,和心在于行适","治世之音安以乐,其政平也;乱世之音怨以怒,其政乖也;亡国之音悲以哀,其政衰也。凡音乐通乎政,而移风平俗者也。"②

淫声误国、淫声亡国的观念在中国古已有之且深入人心。《左传·襄公二十九年》记载了吴公子季札在鲁观乐的情形,其中有"为之歌《郑》。曰:'美哉!其细已甚,民弗堪也。是其先亡乎?'"认为郑声已有亡国之兆。司马迁《史记·乐书第二》记载:"纣为朝歌北鄙之音,身死国亡。"司马迁从"教化"的角度将商纣王亡国的原因归结到喜好"北鄙之音"上。可见,所谓的"北鄙之音"大约就是指格调低下、内容淫荡的世俗音乐。孔子的"郑声淫""放郑声"的思想以及"诗三百一言以蔽之,思无邪"是对世俗文学艺术的棒杀,奠定了儒家正统文学观念与艺术思维。其因陈保守不言而喻,加之后世的牵强附会、推波助澜,由此形成的傲慢偏见根深蒂固。比如汉儒对《诗经》的误读;隋唐时期李谔、王通、狐德棻、李白药、王勃等人对南朝文风的抨击;③最为典型的当属朱熹,在《诗集传》中,对大量《诗经》篇章痛加贬斥,对于《郑风》则尤为痛恨。他在《诗集传》卷四中有一大段议论,堪为宋儒道学之论的典型标本:

郑卫之乐,皆为淫声。然以诗考之,卫诗三十有九,而淫奔之诗才四之一;郑诗二十有一,而淫奔之诗已不翅七之五。卫犹为男悦女之词,而郑皆为女惑男之语。卫人犹多刺讥惩创之意,而郑人几于荡然无复羞愧悔悟之萌。是则郑声之淫,有甚于卫矣。故夫子论为邦,独以郑声为戒而不及卫,盖举重而言,固自有次第也。④

南朝刘宋时期,也是新声盛行的时期。即所谓的"新哇""谣俗""委巷中歌谣"。《世说新语·言语》就记载了桓玄问羊孚:"何以共重吴声?""共重"说明大家都喜好

---

① 《周礼·春官·大宗伯》,徐正英、常佩雨:《周礼全译》,中华书局 2014 年版。

② 《吕氏春秋·仲夏纪·适音》,张双棣:《吕氏春秋译注》,北京大学出版社 2011 年版。

③ 比如唐初王勃在《上吏部裴侍郎启》中言:"自微言既绝,斯文不振,屈、宋导浇源于前,枚、马张淫风于后;谈人主者以宫室苑囿为雄,叙名流者以沉酗骄奢为达。故魏文用之而中国衰,宋武贵之而江东乱;虽沈、谢争骛,适先兆齐、梁之危;徐、庾并驰,不能免周、陈之祸。"

④ 《国风》中被他直接指斥为"淫奔之辞"者至少有二十二篇,开列如下:《北风》《静女》《鄘风·桑中》《卫风》《氓》《王风》《大车》《丘中有麻》《陈风》《东门之池》《东门之杨》《防有鹊巢》《月出》《泽陂》《郑风》《将仲子》《遵大路》《有女同车》《山有扶苏》《狡童》《褰裳》《东门之墠》《风雨》《子衿》《扬之水》《野有蔓草》《溱洧》《卫风·氓》,《郑风·遵大路》本为弃妇之辞,朱熹也不肯放过,硬指为"淫妇为人所弃"。

与欣赏,可见"吴声"这一地方小调一类的音乐民谣深入人心。但在如何对待新声的问题上,正统的观念则十分排斥。比如说《晋书·王恭传》载,尚书令谢石醉为"委巷中歌谣",王恭批评说:"居端右之重,集藩王之第,而肆淫声,欲令群下何所取则?"王恭对谢石的批评很具代表性,说明正统士大夫阶层对流行民谣的接受障碍。王僧虔上表斥当时流行的清商新声也曰:

> 自顷家竞新哇,人尚谣俗,务在噍杀,不顾音纪,流宕无涯,未知所极,排斥曲正,崇长烦淫。①

一方面是倾家尽享、人人喜好的世俗流行乐,另一方面是正统的主流观念,冲突在所难免。

二、今之乐犹古之乐也

> 庄暴见孟子,曰:"暴见于王,王语暴以好乐,暴未有以对也。"曰:"好乐何如?"孟子曰:"王之好乐甚,则齐国其庶几乎!"他日见于王曰:"王尝语庄子以好乐,有诸?"王变乎色,曰:"寡人非能好先王之乐也,直好世俗之乐耳。"曰:"王之好乐甚,则齐其庶几乎! 今之乐犹古之乐也。"曰:"可得闻与?"曰:"独乐乐,与人乐乐,孰乐?"曰:"不若与人。"曰:"与少乐乐,与众乐乐,孰乐?"曰:"不若与众。"

这是一个饶有趣味的故事,也是一段妙趣横生的小品,更是一场稀里糊涂的辩论。

首先,这个齐王毫不掩饰自己的缺点,坦率承认自己的艺术修养差、欣赏水平低,不仅如此,他还承认自己好色和喜欢钱财。真的是单纯得可爱。

其次,他也认为自己很丢人,感到难为情,所以羞得满脸通红。所以朱熹说,"齐王变色,惭其好之不正"②。

再次,先王之乐、世俗之乐和"古之乐""今之乐"是不同的概念,孟子在偷换概念中巧妙地转换了话题。虽然孟子有"今之乐犹古之乐也"的打破窘态的调节,但孟子本意并不是说今乐与古乐一样,而是说在与民同乐这一层面上具有一致性。

① 沈约:《宋书·乐志》,中华书局 1997 年版。
② 朱熹:《四书集注》,岳麓书社 1985 年版。

朱熹敏锐地指出："其实，今乐古乐何可同也？但与民同乐之意，则无古今之异耳。"①

这个故事让我们看到一种纠结，一方面是世俗的诱惑，让人身不由己，情不自禁，沉湎其中，不能自拔；一方面是社会主流认可，社会价值取向所引发的内疚与自卑，谴责和自责。我们从齐王"寡人非能好先王之乐也，直好世俗之乐耳"的羞愧与尴尬里也可以感受到主流对非主流的冷暴力。

三、乐也，人情之所必不免也

荀子在《乐论》中对人的音乐行为作出了本质的揭示：

> 夫乐者，乐也，人情之所必不免也。故人不能无乐；乐则必发于声音，形于动静；而人之道——声音、动静、性术之变，尽是矣。故人不能不乐，乐则不能无形，形而不为道，则不能无乱。先王恶其乱也，故制《雅》《颂》之声以道之，使其声足以乐而不流，使其文足以辨而不諰，使其曲直、繁省、廉肉、节奏，足以感动人之善心，使夫邪污之气无由得接焉。是先王立乐之方也，而墨子非之，奈何？

这里提到《雅》《颂》之声、先王之乐，无疑这些都是主流音乐。与其相反的则是世俗的非主流音乐。只有主流正统的音乐，才是治理天下的音乐。荀子说："乐者圣人之所乐，而可以善民心，其感人深，其移风易俗，故先王导之以礼乐而民和睦。"②在荀子看来，制礼作乐既是先王的职责与权利，也是圣人之所乐，通过"乐可以善民心，其感人深，其移风易俗""入人也深，化人也速"的独特的社会审美功能，因势利导，从而达到"足以辨吉凶、合欢、定和而已，不求其余"之目的。③"故乐在宗庙之中，君臣上下同听之，则莫不和敬；父子兄弟同听之，则莫不和亲；乡里族长同听之，则莫不和顺。"圣人立乐和制礼一样，都是为了"管乎人心"，使社会和谐，为此荀子对礼与乐的关系做了精辟的概括："且乐也者，和之不可变者也；礼者也，理者不可易者也。乐和同，礼变异。礼、乐之统，管乎人心矣。"这就是说，音乐最根本的目的与原则，是在于调和与和谐，充分地表现人的情感本原和变化，以达到社会群体的和谐一致；礼的最根本的目的与原则，是不可更易地维护群体中等级差别的道理和法律，以奖善惩恶、区别等级差异为目的。只有礼乐并举、内外兼治，才能统一

---

① 朱熹：《四书集注》，岳麓书社 1985 年版。
② 《荀子·乐论》，蒋南华、杨寒清：《荀子全译》，贵州人民出版社 2009 年版。
③ 《荀子·富国》，蒋南华、杨寒清：《荀子全译》，贵州人民出版社 2009 年版。

人们的思想,保持社会的长治久安。"故乐也,天下之大齐也,中和之纪也,人情之所必不免也。""乐中平则民和而不流,民和齐则兵劲城固,敌国不敢婴也。"这就是先王治国"治人之盛"的"立乐之术"。荀子思想体系以"性恶论"为基础,与孟子的"性善论"呈两极对立。其论点是:"人之性,恶;伪也。"①"伪"即人为。

荀子之所以认为人性恶,是因人皆"目好色,耳好声,口好味,心好利,骨体肤理好愉佚,是皆生于人之情性者也,感而自然,不待事而后生之者也"②。故"凡人有所同一:饥而欲食,寒而欲暖,劳而欲息,好利而恶害是人之所生而有也,是无待而然者也,是禹桀之所同也"③。荀子的人性论虽与孟子相反,强调"天""人""性""伪"之分,认为:"性者,本始材朴也;伪者文理隆盛也,无性则伪之无所加,无伪则性不能自美。性,伪合,然后成圣人之名,一天下之功于是就也。"④主张人可经过后天的学习与磨砺,使之变恶为善,变丑为美,否则人性是不能"自美"的。故荀子说:"涂之人可以为禹。"⑤但此说与孟子本质上却大不相同。孟子所说的"人皆可以为尧舜",是认为人本来是善的,强调在"内省""尽心"基础上的自我实现,表现出被动、消极和保守的心理倾向;荀子论证"涂之人可以为禹",则是因为人本来是智的,认为声色利欲是人性中普遍存在,不可回避,只有面对,排除"寡欲""节欲""禁欲"的消极主张,施行合乎礼乐规定的社会措施,表现出直面人生积极进取的态度和高扬人性的自觉意识。故荀子在《乐论》篇中开宗明义:"夫乐者,乐也,人情之所必不免也。故人不能无乐。"荀子作为儒家思想文化的批判继承者,在中国思想文化史上是很值得注意和研究的重要代表人物。正如梁启超说:"汉代经师不问为今文家、古今家,皆出荀卿。二千年间,宗派屡变,一皆盘旋荀肘之下。"但客观地说,荀子的思想博杂,对中国文化影响甚大,故反面效应也是不可低估的,其音乐美学思想亦是如此。这就需要有选择地批判继承。

基于此,本文认为荀子的音乐美学思想,以"性恶论"为基础,以"物欲关系"为核心,对音乐的特征、音乐的社会功能、音乐的审美准则、音乐审美中的心物关系等方面做出了较系统、全面的论述与把握,并能道前人所未道而有所发展,明确提出了"礼乐""中和"这两个代表中国传统文化内涵与特征的重要范畴,而且以严谨、系统、理论化的思维方式,完成了中国美学史上第一篇音乐美学专论——《乐论》,其

---

① 《荀子·性恶》,蒋南华、杨寒清:《荀子全译》,贵州人民出版社2009年版。
② 《荀子·性恶》,蒋南华、杨寒清:《荀子全译》,贵州人民出版社2009年版。
③ 《荀子·荣辱》,蒋南华、杨寒清:《荀子全译》,贵州人民出版社2009年版。
④ 《荀子·礼论》,蒋南华、杨寒清:《荀子全译》,贵州人民出版社2009年版。
⑤ 《荀子·性恶》,蒋南华、杨寒清:《荀子全译》,贵州人民出版社2009年版。

思想对《乐记》和后世的美学思想影响深远意义巨大。

四、快意当前，适观而已矣

与主流文学中积极的理想主义相反，非主流文学中流露出来的是消极的及时行乐思想。感叹人生苦短、人生如梦，因此及时行乐，是常见的文学主题。从草根百姓、野老村夫到叱咤风云的英雄、不可一世的皇帝，从多愁善感的文人墨客到深沉敏睿的哲人智士，当面对人生短暂、谁也不免一死的现实时，无不感叹唏嘘，形之于色，发之于声。"生年不满百，常怀千岁忧""人生寄一世，奄忽若飘尘""人生得意须尽欢，莫使金樽空对月。"①"世间行乐亦如此，古来万事东流水。"②就连孔老夫子那样积极用世、不语怪力乱神的"至圣先师"，当面对流逝不返的河水联想到死亡现实时，也不免感叹："逝者如斯夫！"就连曹操那样的乱世枭雄，也留下了喟叹死亡的不朽诗句："对酒当歌，人生几何！譬如朝露，去日苦多。"

追求浮艳华丽，追求声色，追求文学的美艳，追求文学的感官满足，在魏晋南北朝时期，十分普遍。晚唐五代时期也是如此。欧阳炯《花间集序》写道："则有绮筵公子，绣幌佳人，递叶叶之花笺，文抽丽锦；举纤纤之玉指，拍案香檀。不无清绝之词，用助娇娆之态。自南朝之宫体，扇北里之倡风。"人们往往将这种追求享乐的浮艳文风视为亡国败家之征兆。如何协调艺术的教化功能与享乐功能，使"享乐性"向"愉悦性"转化，这种理论观念在后来的小说、戏剧等俗文学占据主流时不断被提及。

应该说，歌、舞、乐这些艺术形式，在其源头时期，无所谓主流和非主流之分。而是自发的、原生的，某种意义上来说是基于人类天性与本能的。只有区域差异而无贵贱尊卑之分。但是随着社会的发展，社会等级与阶级的形成，基于方方面面的原因，艺术不再是自足自为的东西。尽管统治者、君王和贤达们一再强调正统、典雅、有益于教化，但实际的情形并不随其愿。就像那位坦诚得可爱的齐王之"非能好先王之乐也，直好世俗之乐"一样。李斯在《谏逐客书》里针对秦王不爱秦声而喜欢他国音乐时提到这样一种观点：

> 夫击瓮叩缶弹筝搏髀，而歌呼呜呜快耳者，真秦之声也；《郑》《卫》《桑间》《昭》《虞》《武》《象》者，异国之乐也。今弃击瓮叩缶而就《郑》《卫》，退弹筝而取《昭》《虞》，若是者何也？快意当前，适观而已矣。

---

① 李白：《将进酒》，《李太白全集》，中华书局 1977 年版。
② 李白：《梦游天姥吟留别》，《李太白全集》，中华书局 1977 年版。

可见"随俗雅化"之时尚的魅力。纵观中国文学,是由俗而雅的过程,高雅的主流文学依靠俗文学温润的土壤得以繁荣。尽管汉代将《诗》经典化、神圣化、高雅化,进行了不遗余力的几乎是脱胎换骨的诠释,但汉代的诗人们在实际创作时,并没有尊崇汉儒的训示,将诗歌纳入皇家的规范。检视汉代的诗歌,不难看出,诗歌对世俗生活的关注之情十分浓厚。[①] 诗集《玉台新咏》,可以说是《诗经》以后,直到唐代之前,这段时期内中国上流社会所创作的艳情诗结集。

南朝君臣在江左过着纵情声色的生活,他们大量创作属于文人的艳情诗。这些诗篇,大胆而细腻地描绘美女的肉体,以及她们的美貌所唤起的文士们的性爱和感受。[②] 在唐代文士笔下,性爱始终不是罪恶,而是他们乐意提到、乐意歌颂的意境。唐代的艳情诗,首推张文成的《游仙窟》,诗歌多是咏叹恋情和性爱的,诗中大量使用隐语来描写性爱。到了元稹那里,就能看到对性爱场景的直接描写了。[③] 晚明时期,对民间艳情诗歌的收集达到一个高潮。冯梦龙编辑了当时广为流行的民间小曲集《挂枝儿》《山歌》《夹竹桃》等,风行一时。[④] 其中收集的都是南方吴语地区的民间艳情诗歌。这些民间小曲在歌咏、描写男女性爱时比南朝民歌更为坦率直露。[⑤] 明清时代色情歌谣的辩护者们提出一个"真"字来与道学家的讨伐相抗衡,表达这种思想最透彻的,可举冯梦龙那篇短小而有名的《叙(山歌)》。

> 今之所盛行者,皆私情谱耳。虽然,桑间濮上,《国风》刺之,尼父录
> 焉,以是为情真而不可废也。山歌虽俚甚矣,独非《郑》《卫》之遗欤?且今

---

① 比如张衡的《同声歌》可以视为汉代艳情诗的代表,南朝徐陵编的《玉台新咏》将其收在第一卷。以女性第一人称口吻描述了一个女子洞房花烛之夜的经历和感受,有"乐莫莫夜乐,没齿焉可忘"等句,诗中所说挂在洞房墙上的图,明代王士禛等人断定那就是"秘戏图也",和张衡的另一篇作品《七辩》中"假明兰灯,指图观列,蝉绵宜愧,夭绍纤折,此女色之丽也",说的是同一回事。

② 例如萧纲《咏内人昼眠》:"梦笑开娇靥,眠鬟压落花。簟纹生玉腕,香汗浸红纱。夫婿恒相伴,莫误是倡家。"《碧玉歌》:碧玉破瓜时,郎为情颠倒,感郎不羞郎,回身就郎抱。

③ 例如《会真诗》:转面流花雪,登床抱绮丛。鸳鸯交颈舞,翡翠合欢笼。眉黛羞偏聚,唇朱暖更融。气清兰蕊馥,肤润玉肌丰。无力慵移腕,多娇爱敛躬。汗流珠点点,发乱绿葱葱。方喜千年会,俄闻五夜穷。

④ 冯梦龙编辑民间小曲集《挂枝儿》《山歌》《夹竹桃》的工作,受到当代郑振铎等民间文学史研究者的高度重视。不要小看了这些"淫词艳曲"——当年可是劳动了顾颉刚、刘复、鲁迅、周作人这样大名鼎鼎的学术界人物亲自收集,甚至还劳动了蔡元培这样的人物"登高一呼",号召学者们从事收集工作!鲁迅早在1913年就主张收集民间歌谣。周作人则动手收集越中儿歌,他从《诗经》中的"子不我思,岂无他人",说到南唐李后主的"为奴出来难,教郎恣意怜",再说到欧阳修的"月上柳梢头,人约黄昏后",直说到《圣经》中的《雅歌》,以说明猥亵的成分"在文艺上极是常见,未必值得大惊小怪",而对于猥亵的歌谣,"在研究者是一样的珍重的,所以我们对于猥亵的歌谣也是很想搜求,而且因为难得似乎又特别欢迎"。胡适认为:"国语的文学从方言的文学里出来,仍须要向方言的文学里去寻他的新材料、新血液、新生命。"

⑤ 例如《野渡无人》:来时正是浅黄昏,吃郎君做到二更深。芙蓉脂肉,贴体伴君;翻来覆去,任郎了情。姐道情哥郎弄个急水里撑篙真手段,小阿奴奴做个野渡无人舟自横。

虽季世,而但有假诗文,无假山歌。则以山歌不与诗文争名,故不屑假。苟其不屑假,而吾籍以存真,不亦可乎!抑今人想见上古之陈于太史者如彼,而近代之留于民间者如此,倘亦论世之林云尔。若夫借男女之真情,发名教之伪药,其功于《挂枝儿》等。

冯梦龙在这里强调一个"真"字来为民间的色情歌谣辩护。但是为什么"真"能够使得色情乃至淫秽变成可以接受的呢?近人王国维倒是有一段话,似乎恰恰是对此而发,其《人间词话》中云:

> 昔为倡家女,今为荡子妇,荡子行不归,空床难独守。(语出《古诗十九首》之二)何不策高足,先据要路津?无为守穷贱,轗轲长苦辛。(《古诗十九首》之四)可谓淫鄙之尤,然无视为淫词、鄙词者,以其真也。五代北宋之大词人亦然。非无淫词,读之者但觉其亲切动人;非无鄙词,但觉其精力弥满。可知淫词与鄙词之病,非淫与鄙之病,而游词之病也。①

王国维毕竟不是道学家,他欣赏的所谓"真",或近于"直率"。他又曾说:"读《会真记》者,恶张生之薄倖,而恕其奸非。……此人人之所同也。故艳词可作,唯万不可作儇薄语。"②所谓"儇薄"者,无真情也,若出于真情,则虽"奸非"亦可恕,其他更可想见矣。"真"与礼教是难以相容的,《山歌》《夹竹桃》中那些直率表达着情欲煎熬和性爱渴望的女子,当然不是卫道士们希望的贞妇烈女。

① 《蕙风词话·人间词话》第六十二条,人民文学出版社 1982 年版。
② 《人间词话》删稿第四十三条,人民文学出版社 1982 年版。

第 三 章

没有翅膀的飞翔

一、"实录"与"幻设"

儒家在民与君的关系上,主张以民为本;就人与神关系言,强调以人为本。"子不语怪力乱神"①,这句话涉及一个重大的问题,即儒家对鬼神问题的基本态度和原则。朱子《论语集注》曰:怪异、勇力、悖乱之事,非理之正,固圣人所不语。鬼神,造化之迹,虽非不正,然非穷理之至,有未易明者,故亦不轻以语人也。谢氏曰:"圣人语常而不语怪,语德而不语力,语治而不语乱,语人而不语神。李泽厚在《论语今读》中解释曰:怪异、鬼神,难以明白,无可谈也,故不谈。暴力、战乱非正常好事,不足谈也,也不谈。其中前者几乎确定了儒学基本面目,不谈论、不信任各种神秘奇迹、超越魔力等非理性东西。传统的解释与孔子的一贯主张是一致的。子曰:"'未能事人,焉能事鬼?'曰:'敢问死。'曰:'未知生,焉知死?'"②"务民之义,敬鬼神而远之,可谓知矣。"③等。这些例子说明儒家"以修身齐家治国平天下等实用为教,不欲言鬼神"④。梁漱溟认为"不以宗教为中心的中国文化端赖孔子而开之"。

历史崇尚"实录",文学追求"审美"。但在中国,由于历史意识过于强烈,严重影响着文学的审美评判,制约着自觉意义上的文学观念的形成与发展。扬雄、班固、王充、刘勰均对文学虚拟性有过言辞激烈的抵制。不妨以对屈原的评价为例来作说明。虽然自汉代的贾谊开始,对屈原的评价一向很高。但大多是出于对其人

---

① 《论语·述而》,朱熹:《四书集注》,岳麓书社 1985 年版。
② 《论语·先进》,朱熹:《四书集注》,岳麓书社 1985 年版。
③ 《论语·雍也》,朱熹:《四书集注》,岳麓书社 1985 年版。
④ 鲁迅:《中国小说史略》,上海古籍出版社 2006 年版。

格魅力及蕴涵于作品中的批判意识的欣赏,而对其作品的浪漫因素总的说来是否定的。

> 或问:屈原、相如之赋孰愈?曰:原也过以浮,如也过以虚。过浮者蹈云天,过华(疑虚字)者华无根。然原上援稽古,下引鸟兽,其意著,子云、长卿亮不可及也。①

> 至于托云龙,说迂怪,丰隆求宓妃,鸩鸟媒娀女,诡异之辞也。康回倾地,夷羿弹日,木夫九首,土伯三目,谲怪之谈也。依彭咸之遗则,从子胥以自适,狷狭之志也。士女杂坐,乱而不分,指以为乐;娱酒不废,沉湎日夜,举以为欢,荒淫之意也。摘此四事,异乎经典者也。②

一部"体大虑周"的《文心雕龙》,力主"真""正""实",力戒"奇""华""虚"。

> "酌奇而不失其真,玩华而不坠其实。"③

> "旧练之才,则执正以驭奇;新学之锐,则逐奇而失正。"④

> "若乃汤之问棘,云蚊睫有雷霆之声;惠施对梁王,云蜗角有伏尸之战。《列子》有移山、跨海之谈,《淮南》有倾天、折地之说,此踳驳之类也。是以世疾诸混洞虚诞。"⑤

这些想象力丰富的寓言故事对后世文化影响很大,但刘勰名之曰"踳驳",岂不是"各执一隅之解"吗?事实上,中国并不缺乏富有想象力的浪漫文学,但基于主流意识形态的文学批评对文学的虚拟性与想象力缺乏认同性。⑥鲁迅《中国小说史略》说:"中国本信巫,秦汉以来,神仙之说盛行,汉末又大畅巫风,而鬼道愈炽;会小乘佛教亦入中土,渐见流传。凡此皆张皇鬼神,称道灵异,故自晋迄隋,特多鬼神志怪之书。其书有出于文人者,有出于教徒者。文人之作,虽非如释道二家,意在自神其教,然亦非有意为小说,盖当时以为幽明虽殊途,而人鬼乃皆实有,故其叙述异事,与记载人间常事,自视固无诚妄之别矣。"可见当时创作之风气。

王充的一部《论衡》对司马迁的"实录"推崇不已,基于此,在"三增""六虚"中,

---

① 扬雄:《法言》,《文选·谢灵运传论》,李善注引,吉林文史出版社 2007 年版。

② 刘勰:《文心雕龙·辨骚》,赵仲邑:《文心雕龙译注》,漓江出版社 1982 年版。

③ 刘勰:《文心雕龙·辨骚》,赵仲邑:《文心雕龙译注》,漓江出版社 1982 年版。

④ 刘勰:《文心雕龙·定势》,赵仲邑:《文心雕龙译注》,漓江出版社 1982 年版。

⑤ 刘勰:《文心雕龙·诸子》,赵仲邑:《文心雕龙译注》,漓江出版社 1982 年版。

⑥ 比如说,早在汉魏六朝时期,带有神怪色彩的小说数量就很庞大,诸如炫耀地理博物的《神异经》《博物志》;记述历史传闻故事的《汉武故事》《汉武帝内传》《西京杂记》;叙说鬼神怪异的《洞冥记》《搜神记》《列异传》《神仙传》《后搜神记》等,但均没有受到积极的评价。

对古代典籍中的大量极富文学意义的描写予以否定。这种拘于"实录"而不容夸张、想象、虚构,正是史学对文学的束缚。事实上,从"子不语怪力乱神"开始,儒家正统思想始终注目于现实的层面,其求"真"务"实"的作风,使得人们对"街谈巷语,道听途说"的小说难以正眼相待。以至于中国小说的发展一直营养不良。清晰认识文学的"虚""实"关系,是考查中国文学观念转变的核心要素之一。明代以前的文学理论,主要建筑在诗论文评的基础上,重在诚、真、信、实,反对浮、夸、虚、幻,往往不能正确地认识艺术真实与生活真实的关系。而戏曲、小说与诗歌、散文不同,它们描绘的故事与人物大都是虚实相间、真幻互出,多有艺术虚构。但是,由于受传统观念的束缚,对戏曲、小说艺术虚构问题的认识也有一个过程。就文言小说而言,直到胡应麟才对唐传奇的艺术虚构有了比较清醒的认识。他在《少室山房笔丛》中说"唐人乃作意好奇,假小说以寄笔端",作"幻设语"。同时,他论戏曲说:"凡传奇以戏文为称也,亡往而非戏也,故其事欲谬悠而亡根也,其名欲颠倒而亡实也。"在他前后,熊大木、谢肇淛、汤显祖、王骥德、李日华、叶昼、冯梦龙、袁于令等都对文学的虚构性做了较好的论述。如谢肇淛在《五杂俎》中说:"凡为小说及杂剧戏文,须是虚实相伴,方为游戏三昧之笔。亦要情景造极而止,不必问其有无也。"李日华在《广谱史序》中说:"虚者实之,实者虚之,实者虚之故不系,虚者实之故不脱;不脱不系,生机灵趣泼泼然。"叶昼在评《水浒传》说:"《水浒传》事节都是假的,说来却似逼真,所以为妙。"又说:"世上先有《水浒传》一部,然后施耐庵、罗贯中借笔墨拈出。"这样认识文学的虚构性及其与现实生活的关系,在明代以前是难以见到的。

二、"言志"与"缘情"

朱自清先生认为,诗言志是中国诗学的开山纲领。作为一个理论术语由来已久,《左传·襄公二十七年》所记赵文子对叔向所说的"诗以言志"。《尚书·尧典》有:"诗言志,歌永言,声依永,律和声。"《庄子·天下篇》说:"诗以道志。"《荀子·儒效》篇云:"《诗》言是其志也。"到汉代,人们对"诗言志"即"诗是抒发人的思想感情的,是人的心灵世界的呈现"这个诗歌的本质特征的认识基本上趋于明确。《毛诗序》说:"诗者,志之所之也,在心为志,发言为诗,情动于中而形于言。"情志并提,两相联系,比较中肯而客观。由于"志"本身内容的丰富和各人理解、取舍的侧重点不一,导致了后代诗论中"言志"与"缘情"的对立,由此衍化出重理和重情两派。重理派强调诗歌的政治教化作用,而往往忽略文学的艺术特点;重情派则与之相反,强调诗歌的抒情特点,重视诗歌艺术规律的探讨。

陆机《文赋》的"诗缘情而绮靡"在当时应是一个广泛流传的诗学用语。所谓

"诗缘情"就是说诗歌是因情而发的,是为了抒发作者的感情,这比先秦和汉代的"情志"说又前进了一步,更加强调了情的成分。这是魏晋时代文学自觉的重要表现。陆机讲"诗缘情"而不讲"言志",实际上起到了使诗歌的抒情不受"止乎礼义"束缚的巨大作用。与刘勰差不多同时的王筠《昭明太子哀册文》有"缘情绮靡"之语,萧子范《求撰昭明太子集表》有"缘情体物"之语。这一表述的特殊意义在于对诗歌中"情"的新的规定——"绮靡",规定了情的表现方式与形相姿态的新标准、新取向。从这个意义上说,与"诗缘情而绮靡"相对立的命题并不是"诗言志",而应该是"发乎情,止乎礼义"。后者完全可以调整为"诗缘情而合礼义",这样更容易看出两者差别所在。"发乎情,止乎礼义"因为在"情"的周围树起了一道藩篱,所以"情"的表达必然受阻,"情"的意义空间必然被压缩,这就为寓意的产生留足了余地。但是在"诗缘情而绮靡"这一命题中,"情"可以自由生长,占据文本的每一个意义空间,直到充满,直到自足,并在文本内部建立起对寓言化解读的防御机制,最后以其完美的感性形象征服阐释者,有效地抑制阐释者的寓言化阐释冲动。刘勰的"绮靡以伤情"的意义则更深一层,它不仅越出了"止乎礼义"的藩篱,而且突破了"哀而不伤"的规训。

明代文学家对于情感的论述特别丰富,往往把情感作为品评作品美学意义和社会功能的准则。这是宋元以来对于理学专制的反弹,是肯定自我、张扬个性的一种表现。俗文学一般都"绝假纯真",是真情实感的自然流露,所以往往成为主情论者的"样板",于此加深了他们对于文学情感特征的思考和认识,并以此来作为批判"假文学"的武器。从李梦阳赞扬民歌"无非其情也",说"真诗乃在民间"[1],到袁宏道称民歌"能通于人之喜怒哀乐嗜好情欲",是"真人所作"之"真声"[2];从徐渭强调"曲本取于感发人心"[3],反对在戏曲创作中玩弄"时文气",到汤显祖创造"理之所必无"而"情之所必有"的"有情人"杜丽娘,其"情不知所起,一往而深。生者可以死,死可以生。生而不可与死,死而不可复生者,皆非情之至也。梦中之情,何必非真,天下岂少梦中之人耶?必因荐枕而成亲,待挂冠而为密者,皆形骸之论也。"[4]从瞿佑称作文言小说"哀穷悼屈"[5],李贽称《水浒传》是"发愤之所作"[6],到冯梦龙

---

① 《李空同全集》卷五十,《诗集自序》。
② 《袁宏道集笺校》卷四,《叙小修诗》。
③ 徐渭:《南词叙录》
④ 汤显祖:《牡丹亭记题辞》。
⑤ 《剪灯新话序》。
⑥ 李贽:《忠义水浒传叙》,郭绍虞《中国历代文论选》(一卷本),上海古籍出版社 2001 年版。

编短篇小说集名之曰《情史》,提出"情教"说①,都表明明代情感论的发展与俗文学的繁荣有着密切的关系。

三、"复礼"与"复理"

纵观中国文学,在漫长的历史发展中,从上古的"礼乐文化"到宋明时期的"文以载道",经历了由"复礼"到"复理"的演进历程,也可以说是从"伦理化"向"哲理化"的演进历程。文学遭遇政治强暴而最终导致价值滥用。文学"失位"必将导致文学"失味"。一味地复古,带来的不是深沉而是浮浅,不是新锐而是僵化,不是丰润而是枯寂。

从文学源头来看,《诗经》也好,《论语》也好,皆来自民间与口头。尽管以儒家为正统的中国文化,将其视作神圣不可亵渎的经典,正统的文学批评将"宗经"视作创作的大端。再从认识论上来看,尽管古文论家早已深刻地认识到民间文学的重要性。诸如:王充"诗作民间"②;班固论小说起于街谈巷语③;王逸论屈原"出见俗人祭祀之礼,歌舞之乐,其词鄙陋,因作为《九歌》"④;曹植"街谈巷说,必有可采"⑤;刘勰论五言诗最早见于民间歌谣⑥;刘禹锡论民间歌舞《竹枝》"中黄钟之羽""含思宛转",且作《竹枝词》九篇⑦;朱熹"凡诗之所谓风者,多出于里巷歌谣之作,所谓男女相与咏歌,各言其情者也"⑧;徐渭论民谣"真天机自动,触物发声,以启其下段欲写之情,默会亦自有妙处"⑨;胡应麟论乐府歌谣"质而不俚,浅而能深,近而能远,天下至文,靡以过之"⑩。但事实上,在漫长的历史发展过程中,后世文人并未循规蹈矩地走民间与口头的路。倒是有意无意地背叛民间与口头,致力于在闲适、优雅、从容的自设心境下优游涵泳地把玩艺术,在"韵味""神韵""意境"等自创的艺术情境中品味艺术。文人学士常常是沉醉在艺术象牙塔中流连忘返。由于失去了民间文学的给养,文人的创作时常有穷途末路的时候,这时或求救于古人,或求救于民间,这是中国文人惯常的作风。这一点在宋、明以后表现得尤为突出。

---

① 《情史序》。
② 王充:《论衡·对作》,袁华忠、方家常:《论衡全译》,贵州人民出版社 1993 年版。
③ 班固:《汉书·艺文志》,刘华清等:《汉书全译》,贵州人民出版社 1995 年版。
④ 王逸:《九歌序》,郭绍虞:《中国历代文论选》(第一册),上海古籍出版社 1979 年版。
⑤ 曹植:《与杨德祖书》,郭绍虞:《中国历代文论选》(第一册),上海古籍出版社 1979 年版。
⑥ 刘勰:《文心雕龙·明诗》,赵仲邑:《文心雕龙译注》,漓江出版社 1982 年版。
⑦ 刘禹锡:《竹枝词序》。
⑧ 朱熹:《诗集传序》。
⑨ 徐渭:《奉师季先生书》。
⑩ 胡应麟:《诗薮》。

文人创作从汉赋开始，一步步走向奢侈靡艳。尤其是在魏晋南北朝时期，曹丕之"诗赋欲丽"，陆机之"诗缘情而绮靡;赋体物而浏亮"，到葛洪，大力提倡繁富奥博之文，讲究华艳雕饰，他说"古者事事醇素，今则莫不雕饰"①，他认为文学的发展是从质朴到华丽逐渐演进的，因此讲究艳丽、雕饰是一种进步的表现。如此一来，终于发展到"俪采百字之偶，争价一句之奇，情必极貌以写物，辞必穷力而追新"②。当时的文坛"讲辞藻，讲事类，讲对偶，讲声病……可以说是最重形式、最不自然的时代"③。

而江湖文学的高度发展大约从宋朝开始，首先是宋词，将市井文化融入雅文化，将妩媚融入庄严;其次是民间文艺的繁荣，民间作家辈出，从民间产生白话小说和杂剧。④ 明朝文学在复古思想破灭后，文人学士转向民间，对俗文学深情一瞥。值得一提的是，曾大力提倡拟古，从而沦为"古人影子"的明人李梦阳，晚年大力倡导"真诗乃在民间"。他指出:"夫诗者，天地自然之音也。今途咢而巷讴，劳呻而康吟，一唱而群和者，其真也，斯之谓风也。孔子曰:'礼失而求之野。'今真诗乃在民间。而文人学子，顾往往为韵言，谓之诗。夫孟子谓'《诗亡》然后《春秋》作'者，雅也。而风者亦遂弃而不采，不列之乐官，悲夫! 李子曰:嗟! 异哉! 有是乎? 予尝聆民间音矣，其曲胡，其思淫，其声哀，其调靡靡，是金、元之乐也，奚其真? 王子曰:真者，音之发而情之原也。古者国异风，即其俗成声。今之俗既历胡，乃其曲乌得而不胡也? 故真者，音之发而情之原也，非雅俗之辩也。"⑤

李梦阳的看法有其深刻的社会原因，一方面是正统的文人文学已失去了原有的生命力;另一方面是民间文学进入了空前的繁荣兴盛时期，其真挚的内容与清新的形式，引起世人的瞩目。沈德符在《野获编·时尚小令》里指出:"嘉、隆间乃兴《闹五更》《寄生草》《罗江怨》《哭皇天》《乾荷叶》《粉红莲》《桐城歌》《银纽丝》之属……比年以来，又有《打枣竿》《挂枝儿》二曲，其腔调约略相似，则不问南北，不问男女，不问老幼良贱，人人习之，亦人人喜听之，以至刊布成帙，举世传诵，沁人心腑，其谱不知从何来，真可骇叹。"说明当时民歌流行的盛况。杰出的民间文学工作者冯梦龙收集的《山歌》，是保留当时民歌最完备的集子。另外，这时期散曲创作已接近于民歌，虽然也取得一定成就，但已没有多少散曲的特点，而与元代散曲颇为

---

① 葛洪:《抱朴子·均世》。

② 刘勰:《文心雕龙·明诗》，赵仲邑:《文心雕龙译注》，漓江出版社1982年版。

③ 罗根泽:《中国文学批评史》，上海古籍出版社1981年版。

④ 孟元老:《东京梦华录》。

⑤ 李梦阳:《诗集自序》。

不同。李梦阳早年为了矫正时文的浮泛,曾大力提倡拟古,直到晚年,才发现文学的希望并不在已死的古人,而在现实社会的下层百姓之中。至此,他对自己以往的拟古之作进行了否定:"予之诗,非真也,王子所谓文人学子之韵言也,出之情寡而工之词多者也。"李梦阳晚年对民间真诗的推重,直接影响了李贽、公安三袁和冯梦龙等人。袁宏道谓明代民歌为可传之作①;袁中道谓真诗果在民间②;卓人月谓民歌为明代一绝,可与唐诗、宋词、元曲并美③。冯梦龙的《序山歌》云:

> 书契以来,代有歌谣,太史所陈,并称风雅,尚矣。自楚骚唐律,争妍竞畅,而民间性情之声,遂不得列于诗坛,于是别之曰山歌,言田夫野竖矢口寄兴之所为,荐绅学士家不道也。唯诗坛不列,荐绅学士不道,而歌之权愈轻,歌者之心亦愈浅。今所盛行者,皆私情谱耳。虽然,桑间、濮上,国风刺之,尼父录焉,以是为情真而不可废也。山歌虽俚甚矣,独非郑、卫之道欤?且今虽季世,而但有假诗文,无假山歌,则以山歌不与诗文争名,故不屑假。

冯氏所云,的确指明了"郊庙"与"江湖"两种文学二水分流的现象。自骚、诗以来,诗文为文人学士所掌握,民间文学由于出语俚俗"遂不得列于诗坛"。

在诗文方面,虽然不像小说、戏曲那样变化明显,但也缓慢地有所改变。早在前七子的复古运动声势煊赫的时候,就有如沈周、文征明、祝允明和唐寅等吴中诗文作家并不盲目追随,诗风较为平易清新。到了嘉靖初,前七子的影响已渐渐衰落,出现了像杨慎、薛蕙、华察、高叔嗣、皇甫冲、皇甫涍、皇甫汸、皇甫濂等诗人,他们不傍门户,自成一体。

在散文领域,逐渐形成了以王慎中、唐顺之、茅坤、归有光为代表的唐宋派,反对前七子的"文必秦汉"的主张。但是,杨慎、高叔嗣虽然在诗歌创作方面有所成就,却没有较完整的理论主张足以与前七子倡导的复古主义相抗衡。由于唐宋派的成就仅在散文方面,诗歌创作并无多大建树,再加上前七子以"直截根源"、取法乎上相号召,仍具有一定的吸引力,所以,嘉靖中叶以后,又掀起了后七子复古运动。

李贽针对当时复古模拟的风气,提出"童心说",强调绝假纯真、抒发直感,认为"天下之至文",未有不出于童心焉者也。这实际上为廓清复古主义文学主张奠定了理论基础。此外,李贽的"童心"说,又从文艺内部瓦解了文艺复古理论的基础,他认

---

① 袁宏道:《叙小修诗》。
② 袁中道:《游荷叶山记》。
③ 陈宏绪:《寒夜录》引。

为"童心"是文艺的真正创造者,而他所说的童心就是人的现实生存的感性心灵。作为人的现实生存的感性心灵,"童心"当然是生机勃勃、与时而新。因此,作为"童心自出之言"的文艺,自然也要不断发展、与时而新。他在《童心说》一文中指出:"天下之至文,未有不出于童心焉者也。苟童心常存,则道理不行,闻见不立,无时不文,无人不文,无一样创制体格文字而非文者。诗何必古《选》,文学何必先秦,降而为六朝,变而为近体,又变而为传奇,变而为院本,为杂剧,为《西厢记》,为《水浒传》,为今之举子业,皆古今至文,不可得而时势先后论也。"他认为只要有一颗"童心",任何"创制体格文字"都可以成为"天下之至文",因此"童心"成为文学作品的生命,也是文艺发展的生命。特别是他在评点《水浒传》等白话小说时,把它们提到了崇高的地位,而动摇了诗赋为中国传统文学的正统地位。接着,公安派、竟陵派相继而起,在创作主张和实践上都与复古主义对立。公安派提倡诗歌"独抒性灵,不拘格套",但有些创作较为浮浅。竟陵派看到了这一点,进行补救,在提倡"性灵"的同时,主张含蓄。同时,在散文领域,出现了晚明小品。这种散文,摆脱了古代散文的束缚,形成一种新的风格,他们要求做到"幅短而神遥,墨希而旨永"①。

徐渭是明代第一个为南戏争地位起而批驳以"雅"鄙"俗"的文学正统观念的启蒙文学家。袁宏道在《序小修诗》中评市井民歌时说:"吾谓今之诗文不传矣,其万一传者,或今闾阎妇人孺子所唱《劈破玉》《打草竿》之类。犹是无闻无识真人所作,故多真声,不效颦于汉魏,不学步于盛唐,任性而发,尚能通之于人之喜怒哀乐、嗜好情欲,是可喜也。"在他心目中,只有那些无名氏的市井民歌才是明代的真诗。明末通俗文艺家冯梦龙,犹以市井民歌之真来贬低正统诗文之假,并热心于市井民歌的采集和编刻。他先编刻了《挂枝儿》十卷,后又编刻了《山歌》十卷。并在《序山歌》中云:"今虽季世,而但有假诗文,无假山歌,则以山歌不屑与诗文争名,故不屑。……若夫借男女之真情,发名教之伪药,其功与《挂枝儿》等。"从徐渭开始的这股反抗传统的人文主义思潮,到袁宏道时达到了高峰。袁宏道有着异常强烈的个性解放思想,他的文艺理论的核心就是要争取个人的创作自由,并把他的个性解放的思想贯穿于他的这一核心之中。他把艺术的审美价值,甚至把文艺的审美价值归结于文艺个性,从而提出了"独抒性灵,不拘格套"的创作口号,在中国文艺思想史上树起了一面召唤个性解放的自由创作的旗帜!人的主体意识的觉醒,从南宋的陆九渊到明末公安三袁,整整是三百余年的历程!②

---

① 郑超宗:《媚幽阁文娱序》。
② 嵇文甫:《晚明思想史论》,东方出版社1996年版,第50—74页。

中编 | 理 致 篇

　　提要:鲁迅先生曾把中国的文人分为四种类型:帮闲、帮忙、帮凶和扯淡。且以为中国统治者只在两种情况下需要文人。第一种情况,统治者刚刚掌权,偃武修文,需要文人来加以粉饰,此时文人扮演的是歌功颂德的"帮闲"角色;另外,在自己的统治发生危机时,当权者无计可施,走投无路,病急乱投医,开始垂听文人的"治国平天下"的意见,而文人觉得英雄终有用武之地,这时的文人成了"帮忙"。鲁迅尖锐地指出司马相如和屈原之流,不过是统治者的"帮闲"和"帮忙"。屈原的《离骚》不过"想帮忙而不得"的牢骚之辞。当统治者作恶时,"帮闲"和"帮忙"也就成了"帮凶";"帮凶"的特点在于"使血案中没有血迹,把屠夫的凶残化为一笑"。无论"帮闲"和"帮忙"都须要有才华,司马相如和屈原的作品至今还有人读,因为有才气。而有"帮闲""帮忙"之志,无"帮闲""帮忙"之才,这样的人就称为"扯淡"。文人在社会上扮演的角色概莫能外。才子的风流韵事,古今文章或百姓播布的趣闻实在太多。梁太子梁萧纲《诫当阳公大心书》:"立身与为文异,立身且需谨慎,为文且须放荡。"实际的情形往往是文人立身并不谨慎。并非所有的时候文人们都在"铁肩担道义,妙手著文章"。主流意识形态里的"士"的规范性并不时时奏效。文人展示的是一种生活与生存的方式。

第四章

文人放纵与文学升华

一、文人与美酒

所谓"文章为命酒为魂"。杜甫《饮中八仙歌》中写道："李白斗酒诗百篇,长安市上酒家眠。天子呼来不上船,自称臣是酒中仙。"曹雪芹在"举家食粥酒常赊"的境地下"披阅十载,增删五次"完成了不朽的《红楼梦》。《三国演义》中"桃园三结义""青梅煮酒论英雄""温酒斩华雄""单刀赴会""刮骨疗毒"……哪一个惊心动魄的场景离开过酒?至于《水浒传》,酒更是贯穿始末了。"智取生辰纲""景阳冈打虎""醉打蒋门神""风雪山神庙"等,哪一处能少得了酒精的刺激?自此,中国文学一路沉醉。因为有了酒,文章也就不大严谨了,话也就不怎么合乎逻辑了。经国之大业,不朽之盛事恐怕难以胜任了,倒是留下一个个不朽的醉醺醺的身影。

先秦时代的文人,大概是不喝酒的,此间文章中少有"酒""美酒""琼浆"这类的字眼。所以保留了一份清醒。但一到汉末,全然变了,一身的酒气。中国主流文学功用主义意识转向非主流的审美意识的一个重要因素——汉末魏晋的酒文化。酒给文人平添了反抗的勇气与豪气。可以说,是酒精造就了文人,也是文人造就了酒。如果没有酒和嗜酒的文人,中国的文学史将索然许多![1]

汉末对酒钟情,多半是因为当时社会秩序的紊乱所带来非自然的死亡。"相逢宁可醉,定不学丹砂。"[2]人们放弃长生的祈求,转而通过饮酒来增加生命的密度。《列子·杨朱篇》里专门写了对生命的绝望和纵欲肆志的人生,文中记叙子产有兄

---

[1] 王瑶:《中古文学史论》之《文人与酒》。
[2] 范云:《赠学仙者》。

名公孙朝,有弟名公孙穆。公孙朝好酒,公孙穆好色。公孙朝屋里聚酒千钟,院中集曲成丘,望门百步,糟浆之气逆于人鼻。当其沉溺于酒之时,什么世道之安危,人理之悔吝,室内之有无,九族之亲疏,存亡之哀乐,乃至水火兵刃交于前,他是一概不管。公孙穆的后庭中列房数十,里面全是年少貌美的女子。当其沉迷于色之时,屏远亲昵,绝断交游,避于后庭,昼以继夜,三月一出,意犹未惬。子产日夜为此忧虑,就悄悄去拜访邓析讨主意,说:"侨为国则治矣,而家则乱矣。阁下有什么办法挽救我这两个兄弟?"邓析道:"你为什么不喻以性命之重,诱以礼义之尊呢?"子产用邓析之言,便谓其兄弟,讲了一大篇大道理。那兄弟俩听完,说了下面一席话:

> 吾知之久矣,择之亦久矣。岂待若言而后识之哉,凡生之难遇,而死之已及,以难遇之生,伺易及之死,可孰念哉!而欲尊礼义以夸人,矫情性一招名,吾以此为若死矣。为欲尽一生之欢,穷当年之乐,唯患腹溢而不得恣口之饮,力惫而不得肆情于色,不遑忧名生之丑,性命危也。且若以治国之能夸物,欲以说辞乱我之心,熔禄喜我之意,不亦鄙而可怜哉!

一个整天忧国忧民的政治家遇上这么看破红尘且玩世不恭的家伙,所有的堂皇宏论都不过是对牛弹琴。时光飘忽,人生无常。这种因为"生之难遇而死之易及"的观念,驱使更多人在酒中倾泻人生的烦恼,享受当前的人生是汉末名士真正的人生价值观。

魏晋以来,名士崇尚自然,嗜酒如命。他们所追求的是与自然冥合的境界,只有饮酒,才能达到这种境界。当玄风刮过竹林,消极无为,七贤纷纷醉卧酒池。阮籍尝驱车载酒,信马由缰,至广武古战场,穷途而哭,临皋长啸。嵇康能弹琴,又天质自然,"其醉也,巍峨如玉山之将崩"。最令人瞠目的属刘伶,最令人痛心的也属刘伶,他唯酒是务,俨然一个放浪形骸的酒徒,混混痴痴地忘忧,迷迷糊糊地避世,脱衣裸形,狂饮鲸吸,醉死便埋。而东晋诗人陶潜虽然说"酒中有深味",但有节有度,每每微醺而不至于烂醉,写下了十分有味的饮酒诗。陶渊明是中国文学史上第一个大量写饮酒诗的诗人。他的《饮酒》20首以"醉人"的语态或指责是非颠倒、毁誉雷同的上流社会;或揭露世俗的腐朽黑暗;或反映仕途的险恶;或表现诗人退出官场后怡然陶醉的心情;或表现诗人在困顿中的牢骚不平。陶渊明诗集中共有饮酒诗60余首,《陶渊明集序》中,萧统第一次提示了陶渊明饮酒诗的内涵,"有疑陶渊明诗篇篇有酒,吾观其意不在酒,亦寄酒为迹者也",以其独特的审美视角解释了陶渊明饮酒诗的深意。

历史上嗜酒的文人,常自取或被人赋予与酒有关的"雅号",比方"酒狂""酒徒"

"酒鬼""酒雄""醉龙""醉户""醉翁""醑中客",等等。李白就被人称为"酒星魂""酒圣""酒仙"。杜甫写李白的《饮中八仙歌》历来被认为是传神之笔。宋代的欧阳修自称"醉翁"。他的《醉翁亭记》早已脍炙人口。其中"醉翁之意不在酒"句,已成为形容做着某件事而别有目的的成语。"唐宋八大家"中的苏洵、苏轼、苏辙父子三人,也都喝酒。尤其是苏轼,可以说是一位酒的爱好者、品饮家、鉴赏家,还会酿酒。他与酒结下了不解之缘:"花间置酒清香发,争挽长条落香雪""东堂醉卧呼不起,啼鸟落花春寂寂""夜饮东坡醒复醉,归来仿佛三更。"他不仅好饮酒,还喜好酿酒。为了酿酒,他常向农夫、渔父请教,试造过蜜柑酒、松酒、桂酒等。他还写过一篇叫《酒经》的文章,寥寥数百字,由制饼曲以至酿酒,无不备述,与今天南方的酿酒方法很相似;在《东坡志林》中,也记有《作蜜酒格》。可是就是这位好饮、善品、善酿的先生,竟然拥护禁酒,大力推崇周公(姬旦)的禁酒之训。宋代著名词人李清照,一个女人,也是杯不离手;整天醉醺醺的,在她的一些名篇中都写到饮酒。例如早期的《如梦令》《醉花阴》等词中有"常记溪亭日暮,沉醉不知归路""昨夜雨疏风骤,浓睡不消残酒""东篱把酒黄昏后,有暗香盈袖",等等,是一个封建贵族闺秀悠闲、风雅、多愁善感的生活中的品饮。南渡以后,国破家亡,境遇孤苦,酒尊也满蘸哀愁凄清。如历来受人称道的《声声慢》中就有"寻寻觅觅,冷冷清清,凄凄惨惨戚戚……三杯两盏淡酒,怎敌他晚来风急"的句子。

可以说,中国文人的血系始终淌着一脉叫酒的支流,灌溉出了中国文人千年不息的汩汩才思和滔滔文情。

二、文人与美人

江山与美人,常常让帝王不知所措,历史上,既有像英国爱德华八世那样爱美人不爱江山的角色,也有"江山为重美人轻"的唐明皇。如果既是王侯又是诗人,情况就更要复杂得多,江山、美人、诗歌,这三者要想协调得好,难!诗歌出卖了爱情,爱情葬送了江山,才高八斗的曹子建就是典型例子,"君王不得为天子,半为当年赋洛神"。

在儒家的教化观念里"巧言令色",很少是什么好人,而"贤贤易色"才是君子本色。但实际的情况不是这样,文人无行,不管这些。他们钟情于美色,风流成性,一往情深,将自己的文采幻化为一个个倾城倾国的绝代佳人,甚至将笔触延伸至美人的幽深玄冥之处。在我国浩瀚的古典诗歌中,女性的形象是不缺席的,这也是中国古典美学的一个重要话题与课题。

我国最早的诗歌总集《诗经》中,有许多女性形象,城边的静女、月下的姣人、劳动中的少女、出嫁的少妇等。其中,对女性美的描写,最具代表性的,是卫风中的《硕人》:"手如柔荑,肤如凝脂,领如蝤蛴,齿如瓠犀,螓首蛾眉。巧笑倩兮,美目盼兮。"写庄姜之美,对她的手、肤、颈、齿、额、眉、目等进行了全方位的描摹,参照物是自然界中的物象——春天的嫩茅,凝结的油脂,天牛的幼虫,排列整齐的瓠瓜籽粒,螓、蛾等。其他,像"桃之夭夭,灼灼其华",用鲜艳的桃花来比拟少女的容颜;"月出佼兮,佼人僚兮",用朗月比喻女子姣好的脸庞;"有女如玉",以玉石喻女;"有女如荼",以荼(白茅草)比喻女子……其中的喻体,无不是自然界中的花草名物。

战国至秦汉时期,是中华文明发展的一个重要阶段。屈原《山鬼》描述"山鬼"的显现:"若有人兮山之阿,被薜荔兮带女罗;既含睇兮又宜笑,子慕予兮善窈窕。"山崖边的这位少女,以薜荔为衣,以女罗为带,"含睇""宜笑"。她的美,具体可感,又抽象朦胧。接着叙写她:"乘赤豹兮从文狸,辛夷车兮结桂旗。被石兰兮带杜蘅,折芳馨兮遗所思。"其间具象的审美联类成分在明显增加,在"赤豹""文狸""夷车""桂旗""石兰""杜蘅"的连缀之下,"山鬼"仿佛是自然之子。

这时期,反映在诗歌中的对女性美的观照,也由先秦时期比物联类的具象描写,向抽象表述、概念推理、逻辑判断方面发展和过渡。宋玉的《登徒子好色赋》就保留了这种过渡和变化的清晰的印痕,也为后人留下楚国一位绝世美人的绰约风姿。

> 天下之佳人莫若楚国,楚国之丽者莫若臣里,臣里之美者莫若臣东家之子。东家之子,增之一分则长,减之一分则短;着粉则白,施朱则赤;眉如翠羽,肌如白雪;腰如束素,齿如含贝;嫣然一笑,惑阳城,迷下蔡。然此女登墙窥臣三年,至今未许也。登徒子则不然:其妻蓬头挛耳,龃唇历齿,旁行踽偻,又疥且痔。登徒子悦之,使有五子。王孰察之,谁为好色者矣。

宋玉为澄清自己不白之冤,用他的诙谐机智与生花之笔,完成了中国历史上的第一次选美,为中国文学史留下了风姿绰约的千古美人。并通过这个美人成功化解了龌龊小人带来的人生危机;还有效通过一个旷世丑女来回击对手,回馈对手千古骂名。这幅美丑对照图,既是文字的杰作,也是思维的杰作。

此外,宋玉的《神女赋》:"貌丰盈以庄姝兮,苞温润之玉颜。眸子炯其精朗兮,瞭多美而可视。眉联娟以蛾扬兮,朱唇的其若丹。素质干之实兮,志解泰而体闲。既姽婳于幽静兮,又婆娑乎人间","其始来也,耀乎若白日初出照屋梁;其少进也,皎如明月舒其光。须臾之间,美貌横生:晔兮如华,温乎如莹;五色并驰,不可殚形。详而视之,夺人目睛。"作品中对"巫山神女"的描写,既有具象的联类,又有抽象的表述。

中国历史发展到汉魏时期,诗歌中有关女性美的描写,承接战国以来抽象化审美的趋势,进一步走向概括化、虚拟化、写意化的道路,甚至成为又一种固定的模式。汉乐府《陌上桑》,在塑造"罗敷"之美时写道:"行者见罗敷,下担捋髭须。少年见罗敷,脱帽著梢头。犁者忘其犁,锄者忘其锄。来归相怨怒,但坐观罗敷。"作者不再关注局部的细节审美判断,而是通过旁观者的"全息化"整体审美印象直接完成审美体验。由于这种艺术美的塑造是和阅读者一起完成的,也就避免了单一比附式描写的淤滞和呆板,从而使读者具有想象的能动性、主动性和互动性。这一时期的这种审美特征,同样可以在其他作品中寻找到例证。《汉书·孝武李夫人传》记载,李延年向汉武帝赞美他的妹妹:"北方有佳人,绝世而独立。一顾倾人城,再顾倾人国。宁不知倾城与倾国,佳人难再得。"歌中所唱的"绝世""独立""倾城""倾国",已经没有多少比拟写实的成分,几乎全从审美效果方面渲染李夫人的盖世之美。大约也就是在这个时期,中国文学作品中关于女性美的描写,形成了虚拟化与写意化的基本格局,且影响深远。

《洛神赋》亦名《感甄赋》,是三国时期魏国著名文学家曹植写的浪漫主义名篇,其中有:

> 其形也,翩若惊鸿,婉若游龙,荣曜秋菊,华茂春松。仿佛兮若轻云之蔽月,飘飖兮若流风之回雪。远而望之,皎若太阳升朝霞。迫而察之,灼若芙蕖出渌波。秾纤得衷,修短合度。肩若削成,腰如约素。延颈秀项,皓质呈露,芳泽无加,铅华弗御。云髻峨峨,修眉联娟,丹唇外朗,皓齿内鲜。明眸善睐,辅靥承权,瑰姿艳逸,仪静体闲。柔情绰态,媚于语言。奇服旷世,骨象应图。披罗衣之璀粲兮,珥瑶碧之华琚。戴金翠之首饰,缀明珠以耀躯。践远游之文履,曳雾绡之轻裾。微幽兰之芳蔼兮,步踟蹰于山隅。于是忽焉纵体,以遨以嬉。左倚采旄,右荫桂旗。攘皓腕于神浒兮,采湍濑之玄芝。

好一个绝世美人!难怪作者会"余情悦其淑美兮,心振荡而不怡"。这样的女人,谁不动心?

唐宋时期,文学作品中对女性美的描写技巧,在继承前几个历史阶段的基础上,最终形成了高度概括和抽象化的审美判断模式。刘禹锡《春词》:"新妆宜面下朱楼,深锁春光一院愁;行到中庭数花朵,蜻蜓飞上玉搔头。"通过"朱楼""深院"等空间背景写少妇之美,特别是末句,隐含数花之人像花一样,以致蜻蜓之误,描写是极其婉曲的。白居易更是用"回眸一笑百媚生,六宫粉黛无颜色""后宫佳丽三千人,三千宠爱在一身"夸饰杨贵妃之美。王安石《明妃曲》写王昭君之美,更是"不着一字,尽得风流""低眉顾影无颜色,尚得君王不自持"。

明清的诗词、曲剧、传奇,甚至小说等文学作品中,直接用"沉鱼""落雁""闭月""羞花",分别指代中国古代四大美女西施、王昭君、貂蝉、杨贵妃,几乎省略了审美对象的一切具象的信息,精练到了极致,却能赋予审美对象以最大的容量和生活空间,在与受众审美期待的暗合中,更具有大众化、普泛化的意义。中国古代文学中对女性美表达的思维方式被"标准化"了。

中国文学史上,还有专门写女性的诗歌,这就是宫体诗。在中国文学史上,宫体诗受到了历代文学家和评论家的一致批评和责难。这种脂粉气十足的文学,是典型的亡国之音。

三、文人与歌妓

(一)紫凤放娇衔楚佩,赤鳞狂舞拨湘弦

歌妓,一群都市社会生活的幽灵,也是文人笔下的艺术精灵。无论是杜牧笔下"商女不知亡国恨"的"商女",抑或是白居易笔下"妆成每被秋娘妒"的"秋娘",都是靠色相与技艺维系生计的特殊女性。

歌妓的历史可以上溯到春秋以前的巫娟,后来宗教祭祀功能逐渐退化,逐步进化为纯娱乐性质。汉代皇宫和贵族府邸都有很多歌妓,少则数十,多则数百,为飨宴表演助兴。魏晋南北朝时,蓄纳歌妓的风气盛行,贵族府中的歌妓往往数以百计。[①] 唐代文人与歌妓之间的交往,不是个别或少数诗人的嗜好,而是整整一个时代的社会风尚。[②] 欧阳炯在《花间集序》中描绘了中晚唐时期歌妓的繁荣现象:"有唐以降,率土之滨,家家之香径春风,宁寻越艳;处处之红楼夜月,自锁嫦娥。"《全唐诗》中与妓有关的诗歌占了相当的比重,在唐诗的百花园中,堪称是一株奇葩,极富

---

① 《世说新语》就记载不少关于歌妓的故事。三国时期曹操有一歌妓,唱歌唱得很好,但脾气很坏,曹操虽然生气,但又怕杀了她就听不到那么悦耳的歌声。后来曹操训练一百个歌妓,直至当中有人唱歌像那个脾气坏的歌妓一样好,就把她杀了。东晋的石崇,有一歌妓名绿珠,由于石崇性好浮夸,得罪了当时许多权势人物,后来孙秀见绿珠貌美,欲抢夺绿珠。绿珠矢志不从,并跳楼自尽。

② 李白的《对酒》:"玳瑁筵中怀里醉,芙蓉帐底奈君何?"李商隐的《碧城三首》之二:"紫凤放娇衔楚佩,赤鳞狂舞拨湘弦。"都是写娼妓之乐。白居易的《江南喜逢萧九彻,因话长安旧游,戏赠五十韵》将妓院的环境、妓女的服饰、歌舞场面甚至嫖客和妓女的亲昵等描写得淋漓尽致。《琵琶行》则抒发了文人与娼妓同病相怜的人生感喟。

风韵和魅力。① 据《唐六典》所载:"三品以上得备女乐五人,五品以上三人。"由于唐代娼妓能写诗、颂诗、解诗的缘故,中唐以后新文体词的产生,妓女们可谓功不可没。胡适在《词的起源》中说:"依曲拍做长短句的歌调,这个风气,是起于民间,起于乐工歌妓。"宋代文人和歌妓交往或家中蓄养歌妓的事例,比比皆是。据《宋史·石守信传》记载,宋太祖赵匡胤曾劝石守信等大臣"多积金,市田宅,以遗子孙,歌儿舞女以终天年"。上行下效,有这样的政治气候,加上城市商业经济的繁荣,歌妓迎来了一个前所未有的新时代。对此,孟元老的《东京梦华录》中对于宋代的歌妓待客的场景有这样的记载:"向晚灯烛荧煌,上下相照。浓妆妓女数百,聚于主廊槏面上,以待酒客呼唤,望之宛若神仙。"

歌妓是集美貌和才艺于一身的特殊群体。天宝年间,著名的宫妓念奴就是最好的例证。"念奴有色,善歌,宫伎中第一。帝尝曰:'此女眼色媚人。'"她们要么是"转盼如波眼,娉婷似柳腰"②,要么是"香面融春雪,翠鬟秋烟,楚腰纤细正笄年"③,而神态更是"半羞还半喜,欲去又依依"④,于不胜娇羞中传达出淋漓尽致的浓情蜜意。歌妓不仅色艺双馨,且善解人意,很容易成为文人缓释压力和抚慰情感的解语花。据《北里志》记载:"其中诸妓,多能谈吐,颇有知书言语者,自公卿以降,皆以表德呼之。其分别品流,衡尺人物,应对非次,良不可及。"其中,天仙水哥"善谈谑,能歌令";郑举举"亦善令章";楚儿"有诗句可称";颜令宾"事笔砚,有诗句"。面对这样的女子,即便是苏轼这样的旷达文人,也不免感叹:"旧交新贵音书绝,唯有佳人,犹做殷勤别。"⑤就连铁血汉子辛弃疾,在壮志受挫时,所想到的也是"倩何人,唤取红巾翠袖,搵英雄泪"⑥,甚至理学家朱熹还因歌妓严蕊一案而致诟病。余嘉锡《四库提要辨证》在还原历史本真时,也从侧面道出宋代官僚士大夫与歌妓之间密切交往的历史事实:"夫唐宋之时,士大夫宴会,得以官妓承值,徵歌侑酒,不以为嫌。故宋之名臣,多有眷怀乐籍,形之歌咏者,风会所趋,贤者不免。仲友与严蕊事之有无,不足深诘。"

---

① 《全唐诗中的乐舞资料》和《〈全唐诗中的乐舞资料〉补遗》初步统计,描写乐舞和乐伎的就有 915 首。全唐诗 49000 余首诗,其中有关娼妓的就达 2000 多首,此外还收录了 20 多名娼妓写的百余首诗。

② 温庭筠:《南歌子》。

③ 柳永:《促拍满路花》。

④ 韦庄:《女冠子》。

⑤ 苏轼:《醉落魄》。

⑥ 辛弃疾:《水龙吟》。

(二)长教碧玉藏深处,总向红笺写自随

文人与歌妓的交往,不仅仅是情感交流,更是艺术合作。王灼《碧鸡漫志》对唐代歌妓以文人诗歌谱入乐曲有过详细描述:白居易做杭州太守,元稹赠诗说:"休遣玲珑唱我词,我词都是寄君诗。"白居易也戏诸歌妓说:"席上争飞使君酒,歌中多唱舍下诗。"王维就因诗歌常常"诵于人口""传之梨园",使他在开元天宝年间名声很大,甚至让唐代宗都难以忘怀。由此可知,文人与歌妓饮酒唱诗,已然成为令人艳羡的风雅,故张籍诗云:"无人不借花间宿,到处常携酒器行。"[①]秦楼楚馆是当时文人雅士交流的场所,也是诗歌传播的绝佳途径。诗人和歌妓为了提高自己的知名度,必须创作通俗易懂的诗歌,以迎合大众的口味,这就势必影响诗歌的审美格调。因此,胡适认为初唐"是一个白话诗的时期"。中晚唐诗歌趋俗化的审美倾向,正是这种大时代背景下文人与社会审美理想、审美方式和审美价值判断的紧密结合,也是中晚唐社会人文的趋俗化在文学中的反映。

在与歌妓的交往中,他们找到了可以暂时栖身的心灵的港湾,将目光从江山塞漠引向闺阁绣户,从而创作了数量可观的绮艳题诗。晚唐诗歌的总体风格是绮丽秋艳,柔美感伤。诗人带着对国家的失望投入歌妓的怀抱,在与歌妓的交往中,诗人的视野明显收缩,诗中少了些豪情与气势,转而"走进了更为细腻的感受和情感色彩的捕捉中"[②]。

入宋以后,城市经济的繁荣更加有利于词的发展。宋代重要的商业都市中,凡歌楼、酒馆、平康巷陌和瓦肆都是私妓聚集和活动的地方。《东京梦华录》卷二的"酒楼"条对此有过这样的记载:

> 凡京师酒店,门首皆缚彩楼欢门,唯任店入其门,一直主廊约百余步,南北天井两廊皆小阁子。向晚灯烛荧煌,上下相照,浓淡妓女数百,聚于主廊槛面上,以待酒客呼唤,望之宛若神仙。

宋朝歌妓是中国歌妓的鼎盛期。

---

① 不仅文人与歌妓交往甚密,就连武士也以携妓歌诗为时尚。武将路岩镇守成都时,每天携带十余名乐妓饮酒唱诗。薛涛是一名色艺超群的歌妓,韦皋镇守成都时,对她百般宠爱并封她为校书郎,军营中都以校书称呼薛涛。故诗人王建赠薛涛诗:"万里桥边女校书,枇杷花下闭门居。扫眉才子知多少,管领春风总不如。"元稹以监察御史身份到蜀地,路岩为讨好元稹,派薛涛前往。等到元稹进了翰林,薛涛隐居在浣花溪,薛便造小幅松花笺百余幅,题诗献给元稹,元稹寄诗与薛涛:"长教碧玉藏深处,总向红笺写自随。"

② 王海平:《论中晚唐诗趋俗化的审美流变》,《学术论坛》,2002年第3期。

（三）休遣玲珑唱我词，我词都是寄君诗

唐宋时期，从京都到地方，从城市到乡镇，大批涌现的青楼，汇聚了众多琴棋书画了然于胸的才女，为城乡构筑起一道靓丽的风景线；同时也为当时的文人士大夫提供了诗词歌赋文学创作的素材，使青楼文化有了取之不尽、用之不竭的源泉。尤其是文人士子与青楼歌妓的结合，更是拓展了青楼文化的崭新境界，成为中国文学史上耀眼的亮点。唐诗中有不少"送妓""赠妓""别妓""怀妓""伤妓""悼妓"的名目。文人、歌妓与诗词三者缠绕纠葛，扭结前行。有的妓女因常传唱某一曲子的诗歌，以致形成名妓，如曹娘歌《子夜歌》、灼灼歌《水调》、红桃歌《凉州》、刘采春歌《望夫歌》等，甚至其所擅长的曲子成了其本名的代称，白居易家妓樊素，"善唱《杨枝》，人多以曲名名之，由是名闻洛下"。乐工歌妓经常要唱"新声""新词"来吸引听众，这就迫使他们不断地向文人索求新作，比如，王之涣"每有作，乐工辄取以被声律"，李益"每一篇成，乐工争以赂求取之，被声歌供奉天子"。叶梦得在《避暑录话》中记载"教坊乐工每得新腔，必求永为词"。歌妓向文人乞词，不仅满足了自己的需要，也使词人创作出更多的作品，丰富了词坛，这是二者互动包装的最好证明。作为第一创作主体的词人，与第二创作主体的歌妓之间，表现为既分工又合作。文人诗词经"传之歌喉，播之管弦"可以瞬间走红。而李白、白居易、李商隐、柳永、温庭筠、姜夔等一批文坛大家的青楼作品的出现，不仅为青楼文化增添了光彩，也抬高了青楼文化的历史地位。"青楼"，文献中也称"狭邪""坊曲""北里""平康巷陌"。杜牧"十年一觉扬州梦，赢得青楼薄幸名"，韦庄"骑马倚斜桥，满楼红袖招。翠屏金屈曲，醉入花丛宿"都典型反映了诗人与歌妓交往的基本方式。可以说，一部唐宋文学的发展史，同时也是青楼文化的繁荣史。

词人与歌妓的交往所呈现的歌妓制度既是一朵富有生机的浪漫之花，又是一朵摧残人道的罪恶之花，双重特性交织，二者并肩而行，共同成就一种特殊的社会文化现象。武舟在《中国妓女文化史》（修订版后序）中所言"作为妓女，正宗的艺妓曾对中国古代文学艺术的发展做出过突出贡献"。在唐宋两代，由于歌妓常常充当词的第一传播者和首要传播者使词形成了两种独特的传播方式，即以抄本、刻本为媒介的静态传播方式和以歌妓为中介的动态传播方式。歌舞传播具有强烈的娱乐性和商业性，上至宫廷，下至民间，近在都城，远在塞外，唐宋词的歌舞传播吸引了各个阶层、群体、性别、年龄的人士参与，其广泛性呈现三个特点：首先是传播速度较快。叶梦得《石林诗话》中记载韩缜与爱妾家中所作之词《凤箫吟》，次日就被宋神宗知晓，可谓"遂盛传于天下"。其次是传播范围广泛。"风暖繁弦脆管，万家竞

奏新声"(柳永《木兰花慢》)。此话虽有夸张,但仍有一定的生活基础。一首新词出现,"时天下无问迩遐小大,虽伟男髫女,皆争气唱之"。再次是传播时间较长。据《四库全书》所收刘埙《水云村稿》,其《词人吴用章传》载:"(吴用章)词盛行于时,不惟伶工歌妓以为首唱,士大夫风流文雅者,酒酣兴发,辄歌之。由是与姜尧章之《暗香》《疏影》,李汉老之《汉宫春》,刘行简之《夜行船》,并喧竞丽者,殆百十年。"

歌妓唱词,犹如一首首高雅的商业广告,破除词的时空限制,名留千古。王书奴在《中国娼妓史》中说:"我看古今最不守旧,随时代风气为转移者,莫如娼妓。时代尚诗,则能诵诗作诗;时代尚词,则能歌词作词;时代尚曲,则能歌曲作曲。我看了唐、宋、元诗妓、词妓、曲妓,多如过江之鲫,乃知娼妓不但为当时文人墨客之赋友,且为赞助时代学术文化之功臣。"的确,在中国文学发展史上,词作为一种新兴的文体,它的产生和繁荣,歌妓在其中起到了很大作用,从某种角度说,没有歌妓的参与,词就难以产生和发展,更难以兴盛。我们不妨以陶慕宁先生的话作总结:"她们在中国文艺史上无疑占有重要的一席之地,在世界文艺史上,这倒也是我们中国的一大特异贡献。而更值得重视的是,她们的作品在一定意义上是她们的'心史'。事实上,在中国文学研究中,要真正了解文学作品,就要深入到创作主体丰富而又活跃的内心世界,或者说,这个灵魂世界的得到开启,将会大大开拓古典文学乃至整个中国文学发展史的研究领域。"[①]

孙康宜指出,唐代诗人时兴玩词,当在伎馆大兴之后。当时的酒楼舞榭,遍布各大都市。温庭筠填词之多,前无古人,他在唐代伎馆隆盛之际谢世,可以印证这一见解。晚唐文人孙棨在《北里志》详述了当时歌伎的歌艺与文学成就,也道出9世纪与之相关的知识精英的活动。当时的长安冠盖云集,伎馆座无虚席。孙棨是翰林学士,据其所述,流连在伎馆酒楼的常客包括政要鸿儒与文坛诗宗。"北里"一词即成长安伎馆的代名词。此地当时青楼林立,伎馆遍布。北里歌伎的技艺连名震巴蜀的薛涛都望尘莫及。《北里志》提到的楚儿、颜令宾、莱儿等都是名噪一时的诗苑圣手。孙棨之前,唐代诗人白行简的传奇名著《李娃传》中也写过北里歌伎的生活。继长安之后,长江中下游的名都如扬州、苏州、杭州等,也皆以伎馆著称当世。温庭筠、韦庄、刘禹锡、白居易、杜牧等,也都周旋于歌伎之间;对时兴的歌词,也都多有尝试。到了北宋,各大都市的北里区繁华日盛,而教坊也就逐渐式微。硕学鸿儒达官显要每每徘徊伎馆,最后连皇帝也慕名临幸,和职业歌伎互通款曲。而男性对女词人作品之热衷,主要是基于传统对"才"之尊重。唐代以来"才女"的概

---

① 陶慕宁:《青楼文学与中国文化》,东方出版社1993年版,第3页。

念,正说明文坛诗人有意塑造之女性特定形象。青楼伎师正是这类"才女"的夙愿。她们容貌姣好,兼擅诗词歌赋,风情万种,令青楼中的男客感受犹如处身绮丽仙境——是以唐代之后妓女被泛称为"神女"。白居易和元稹在诗作中便刻画了青楼女子惑动人心的神秘感。晚唐与宋代的词人往往将自己的作品交给伎师们吟唱,因而作品内容充满了瑰丽艳情。在17世纪时,青楼伎师的社会地位大大提升,主要是因这一行业中许多人真正成了在书画、诗词或戏曲方面有所专精的艺术家。这些伎师是值得尊敬的"才女"。她们跻身于江南各大城市中各个文人荟萃之所,伎师的角色往往是与才子们喜结良缘的佳人——尽管在现实生活中她们常不过是男性的情妇或小妾。①

宋朝的首都汴梁有百万以上人口,歌妓就有五万。当时的宫廷、官邸、军营、酒楼、勾拦、街巷,处处都有歌妓。也就是说,在宋朝,中国形成了真正意义上的"温柔乡"文化。宋代的大词人中,晏几道、秦观、欧阳修、苏轼、周邦彦、姜夔等都与歌妓过从甚密,并且写下了许多反映妓女生活、歌唱爱情甜蜜的佳篇名句。试想一下,在传播媒介极其有限的古代,如果没有娼妓们对唐诗宋词的传播,将有多少精美的诗篇会被岁月所淹没。正如林语堂在《中国人》一书中强调:"妓女在中国的爱情、文学、音乐、政治等方面的重要性是怎么强调都不会过分的,男人们认为让体面人家的女子去摆弄乐器是不合适的,于她们的道德有害。绘画与诗歌也很少受到鼓励,但是男人们并不因此而放弃对文学与艺术上有造诣的女性伴侣的追求,那些歌妓们都在这方面大有发展,因为她们不需要用无知来保护自己的品德。"

四、文人与僧侣

佛教传入中国后,文人与僧侣的交往对文学创作产生了广泛深远的影响。宋代周必大说:"自唐以来,无名利禄之念,日夜求其所谓长空寂灭之乐于山巅水涯,人迹罕至之处,斯亦难矣,宜其聪明识道理,胸中无滞碍,而士大夫乐从之游也。"这样的交往与交流,无疑在"俗世"与"空门"之间架设了通道,穿梭往来于这条通道,文人精神世界与人生哲学也因此而由儒之佛之禅,其艺术审美也因之超拔深邃,佛学思想对文人内心的影响也导致文人在创作上风格急剧转变。

(一)一生几许伤心事,不向空门何处销

魏晋南北朝本是文学观念发生重大变化的时期。佛教的真空、心性、境界、形

---

① [美]孙康宜:《词与文类研究》,李奭学译,北京大学出版社2004年版。

神等观念,大大丰富了文学的精神世界。因果报应小说的大量出现,显然与佛教关联甚密。这一时期,由于上层统治者的迷恋,崇佛之风气十分浓厚,文人与僧侣交往日渐频繁。《晋书·谢安传》记载:谢安未出仕前,"寓居会稽,与王羲之及高阳许询、桑门支遁游处,出则渔弋山水,入则言咏属文"。著名的文人谢灵运、颜延之等,都深受佛教思想的影响。"陈郡谢灵运,笃好佛理,殊俗之音,多所达解。乃咨睿以经中诸字,并众音异旨。于是著《十四音训叙》,条例梵汉,昭然可了,使文字有据焉。"①说明谢灵运不仅爱好佛理,并且致力于译经。在其山水诗文中,往往渗入佛教之理。例如其《山居赋》:"顾弱龄之涉道,悟好生之咸宜。率所由以及物,谅不远之在斯。抚鸥鲥而悦豫,杜机心于林池……故大慈之弘誓,拯群物之沦倾。岂寓地而空言,必有贷而善成……"字里行间,无不暗合佛理,深得佛旨。此外,顾延之著《释何衡阳达性论》《重释》《又释》三篇,宣扬"精灵必在"和因果报应的佛教观点。萧齐时期的萧子良、沈约、江总等人,都是信奉佛教者。萧氏曾组织僧众与主张《神灭论》的范缜论难;沈约写了很多阐扬佛理的文章,旨在统合儒、佛两道;江总曾受过菩萨戒,晚年谨守戒律,实行素食。刘义庆担任江州刺史与南兖州刺史,38岁开始编撰《世说新语》,与当时的文人、僧人往来频繁。刘勰早孤而笃志好学,一生未曾婚娶。在二十五岁前后,入定林寺,依托沙门僧祐,在僧祐身边生活了十多年。

而唐代的俗讲与变文,题材直接取自佛经,并催化中国白话小说的产生,更是文人与僧侣联袂,合力改变中国文学精神气质的结果。

宋代士大夫多采用和光同尘、与俗俯仰的生活态度。宗白华在《美学散步》一书中说:"禅是中国人在接触佛教大乘教义后,认识到自己心灵的深处,而灿烂地发挥到哲学境界与艺术境界,静穆地观照和飞跃的生命,构成艺术的两元,也是构成禅的心灵状态。"禅的意味已渗透到人们的日常生活中,形成了随缘任命的人生哲学。审美情趣的转变促成了宋代文学转向以俗为雅,从而扩大了诗歌的题材范围,也使诗歌更加贴近于日常生活。佛经中记载的大量故事,随着佛经的翻译传入中国,并且流传到民间,加强了中国文学的故事性。

(二)因过竹院逢僧话,又得浮生半日闲

隋唐时期,佛教达到鼎盛,文人的学佛活动也十分盛行。隋代李士谦,唐代李

---

① 《高僧传·慧睿传》,汤用彤:《高僧传校注》,中华书局1992年版。

师政、李通玄、梁肃等都是当时著名的学佛者。① 受到佛教影响最深而典型的是王维,他的母亲崔氏信佛,素食持戒达三十余年。因受其母亲的影响,王维成长后,与禅宗的僧人道璇、元崇、净觉等人都有交往,过着亦官亦隐的生活。退朝之后,焚香独坐,诵经礼佛。他有诗自我表白:"一生几许伤心事,不向空门何处销?"②

中唐时期著名文人柳宗元、白居易、刘禹锡等,都信奉过佛教。白居易是"新乐府运动"的代表人物。他早年学佛,与禅僧也有交往。苏辙说:"乐天少年知读佛书,习禅定。既涉世,履忧患,胸中了然照诸幻之空也。故其还朝为从官,小不合,即舍去,分司东洛,优游终老。盖唐世士大夫达者如乐天寡矣。"③

柳宗元在《送巽上人赴中丞叔父召序》中说:"吾自幼好佛,求其道,积三十年。"韩愈对他的"好佛"很不理解,也为此对他提出过批评。针对韩愈的批评,他在《送僧浩初序》中,为自己做了辩护:

> 儒者韩退之与余善,尝病余嗜浮图言,訾余与浮图游。近陇西李生础自东都来,退之又寓书罪余,且曰:"见《送元生序》,不斥浮图。"浮图诚有不可斥者,往往与《易》《论语》合,诚乐之。其于性情,不与孔子异道……吾文所取者与《易》《论语》合,虽圣人复生不可得而斥也。退之所罪者其斥也。曰:"髡而缁,无夫妇父子,不为农桑蚕桑而活于人。"若是,虽吾亦不乐也。退之念其外而遗其中,是知石而不知韫玉也。吾之所以嗜浮图之言以此。

在柳宗元看来,佛教和儒家一样,也主张孝敬,佛经中的《大报恩》十篇,也是宣扬孝敬之道。他认为佛教的心性说,与儒家的性善论是相通的。而佛教的戒律与儒家的礼法也如出一辙:"儒以礼立仁义,无之则坏;佛以律持定慧,去之则丧。是故离礼于仁义者不可与言儒,异律于定慧者不可与言佛。"他被贬到柳州之后,由于心情苦闷,就常用佛理来寻求解脱。在《永州龙兴寺西轩记》中,他从对西轩前后不同的感受,表明他对佛道的理解:"因悟夫佛之道,可以转惑见为真智,即群迷为正觉,合大暗为光明。"可见他把佛道当作解脱苦闷的追求目标。在《永州龙兴寺净土

---

① 李士谦博览内外经典,曾以日、月、星三者喻为佛、道、儒三教。李师政由道教信仰转入佛教信仰,作《内德论》以维护佛教。李通玄著《新华严经论》,以《周易》的思想解释《华严经》。梁肃在师事天台九祖湛然后,著《天台止观统例》,从思想上融会儒、释两家。随着禅宗的兴起及其影响的扩大,唐代就出现了官僚文人的参禅之风。据记载,王维、李翱、张说、白居易、柳宗元、刘禹锡、裴休等著名人物都曾受禅学的熏陶,加入参禅者的行列。

② 《叹白发》。

③ 《书白乐天集后二首》。

院记》中，他说："中州之西数万里，有国曰身毒，释迦牟尼如来示现之地。彼佛言曰：西方过十万亿佛土，有世界曰极乐，佛号无量寿如来。其国无有三恶八难，众宝以为饰；其人无有十缠九恼，群圣以为友。有能诚心大愿归于是土者，苟念力具足，则往生彼国。然后出三界之外，其于佛道无退转者——其言无所欺也……呜呼！有能求无生之生者，知舟筏之存乎是。"看来，此时的柳宗元已对佛教净土宗的说教，深信不疑。他向往净土的"极乐"，当然也是为了使自己从苦闷中解脱出来，"求无生之生"。于是，他变成了虔诚的佛教徒。

史载天宝后诗人多"寄兴于江湖僧寺"，而禅僧也往往"以诗礼接儒俗"。可见，唐代文人参禅之风很大程度上受安史之乱的刺激而起。此前，唐王朝处于鼎盛时期，整个社会洋溢着一种恢宏自豪、开朗奔放的气氛，官僚文人大都充满事业上的信心，怀抱建功立业的热情。对于他们来说，佛教主要是点缀风雅的玩物，炫耀财富的形式。然而，安史之乱使他们受到极大震动，促使他们带着无限的失望和苦恼转向禅宗，"禅悦"风尚由此而起。

（三）始觉浮生无住著，顿令心地欲皈依

宋代是官僚士大夫参禅活动全面展开的时期。据大慧宗杲《宗门武库》载："王荆公一日问张文定公，曰：孔子去世百年，生孟子亚圣，后绝无人，何也？文定公曰：岂无人？亦有过孔、孟者。公曰：谁？文定曰：江西马大师、坦然禅师、汾阳无业禅师、雪峰、岩头、丹霞、云门。荆公闻举，意不甚解，乃问曰：何谓也？文定曰：儒门淡薄，收拾不住，皆归释氏焉。""儒门淡薄，收拾不住"这是对隋唐五代儒学式微的真实概括。北宋前期，佛教的天台宗、华严宗曾一度兴盛，禅宗更吸引文人作家的注意。宋初杨亿、富弼、吕诲等人都好佛。杨亿自言："某不佞，窃从事于空宗，为日虽浅，阐道素勤笃。常服首楞之典，获佩法王之训，乃知世间轮回，杀贪为本，胎化湿卵，强弱相吞，生死循环，互相啖食，始由一念之迷惑，遂致万化之纷纶。"[①]他还参与修订道原所著的《景德传灯录》，并为之作序。《景德传灯录》，记录了大量的"禅问答"，反映了唐末五代禅门的风貌，为朝廷所认可，被称为"禅学之源"。

据《释氏稽古略》卷四载："欧阳公修自谏院除河北都转运使，左迁滁州。游庐山东林、圆通寺，遇祖印禅师居讷，谈论大教，折中儒佛，与韩文公见大颠相类。"

在北宋前期，受佛教理论学说影响比较突出的是王安石、苏轼。王安石变法失败后，于退居金陵期间，由以往对佛教的批判而转向认同。他的《楞严经疏解》《维

---

① 《寄李翰林书》

摩诘经注》大约都是这一时期的作品。他在《读维摩经有感》一诗中写道:"身如泡沫亦如风,刀割香涂共一空;宴坐世间观此理,维摩虽病有神通。"不仅大有看破红尘之意,而且视维摩诘为理想的人格。

苏轼自称"东坡居士",他和父亲苏洵、弟弟苏辙,都习过佛,其母亲程氏也笃信佛教。苏辙在给苏轼的诗中,有"老去在家同出家,《楞伽》四卷即生涯"①;"目断家山空记路,手披禅册渐忘情"②等句,可见他们在家习佛的情况。一生仕途坎坷,屡遭贬放,好佛渐笃,"郁憬无聊之甚,转而逃入于禅"③遍游佛寺,结交高僧,尤与名僧慧辩、辩才、元净等深交,他自言:"予方年壮气盛,不安厥官,每往见师(指惠辩),请坐相对,时闻一言,则百忧冰解,形神俱泰。"④苏辙说他:"既而谪居于黄,杜门深居……后读释氏书,深悟实相,参之孔、老,博辩无碍,浩然不见其涯也。"⑤他自己也说:"但多难畏人,不复作文字,惟时作僧佛语耳。"在与僧侣的交往中,参禅悟道,安顿灵魂。⑥

据说,黄庭坚早年,诗风轻浮,登进士第,好作艳辞。为此,法秀禅师呵之曰:"汝以绮语动天下人淫心,不惧入泥犁耶?鲁直悚然悔谢,遂锐志学佛法。"⑦黄庭坚谪居黔南时,"制酒绝欲,读《大藏经》凡三年,利衰毁誉,称讥苦乐"⑧。

在士大夫禅学这一历史潮流的推动下,甚至连那些以反佛排佛标榜的理学家们,也普遍受到佛教思想的影响。据载,理学奠基人周敦颐曾从学于润州鹤林寺的寿涯禅师⑨,参禅于黄龙慧南,问道于晦堂祖心⑩,谒庐山归宗寺佛印了元,师(庐山)东林寺常总⑪。张载曾受范仲淹指点,悉心研习《中庸》,但"载读其书,犹以为未足,又访诸释、老,累年究极其说"⑫。程颢自述"自十五、六时,闻汝南周茂叔论

---

① 《试院唱酬十一首·次前韵三首》
② 《次子瞻与安节夜坐三首》
③ 《宋元学案·苏氏蜀学案》
④ 《海月辩公真赞》
⑤ 《亡兄子瞻端明墓志铭》
⑥ 在《居士传》中被列为"居士"的宋代著名官僚士大夫,还有潘兴嗣、晁补之、陈瓘、李纲、张浚等多人。潘兴嗣自号"清逸居士",曾问道于黄龙慧南。晁补之年二十余即归向佛法,深信因果。陈瓘自号"华严居士",好华严之学,后转向天台学。李纲初为松溪尉时,即与大中寺庆余禅师往还,究心佛法。张浚曾问法于圆悟克勤禅师,后又邀大慧宗杲入居径山。
⑦ 《居士传》卷二六。
⑧ 《佛祖统纪》卷四六。
⑨ 《宋元学案》卷一二。
⑩ 《居士分灯录》卷下。
⑪ 《云卧纪谈》卷上。
⑫ 《宋史》卷四二七。

道,遂厌科举之业,慨然有求道之志。未知其要,泛滥于诸家,出入于老、释者几十年"①。程颐与禅僧灵源惟清保持密切关系,现尚有俩人来往书状五通,保存于《灵源笔语》和《禅林宝训》中;而他的坐禅功夫则为世人所共知。朱熹自述其年十五六时,"亦尝留心于此(禅)",且"理会得个昭昭灵灵底禅"②。十八岁应举考试前,箧中唯有一帙《大慧语录》。③ 大量历史事实表明,两宋时期官僚士大夫与佛教禅宗具有某种不解之缘。

五、文人与道士

唐代是道教兴盛的朝代。唐五代的女道士是一群十分特殊的女人。上至皇家贵族的公主名媛,下至青楼妓馆的风流女子,都有出家当女冠者。据清人龚自珍的考证,唐后妃公主当女冠者,仅见诸文献的就有四十余人。其中著名的有高宗与武则天的女儿太平公主、睿宗女金仙公主和玉真公主、玄宗妃杨玉环、代宗女华阳公主等。太平公主的"入道"故事甚具典型性,颇能说明当时统治阶级的信仰意识和上层社会的社会风气。④

轻艳绮靡的风气在唐五代粉红色的时空中弥漫,道观也不例外。她们"绿云高髻,点翠匀红时世"⑤,她们追逐时尚甚至创造时尚。"雪胸鸾镜里,琪树凤楼前"⑥,她们多情而妩媚,"月如眉,浅笑含双靥,低声唱小词"⑦。在众多的女道士当中,有不少人颇具才艺,工诗能文,好与文人墨客往来酬唱;而风流文人与风流女道之间,大概免不了种种风流逸事,故唐五代文人所写的《女冠子》,多涉香艳旖旎的情事,

---

① 《二程文集》卷一一。
② 《朱子语类》卷一○四。
③ 《大慧语录》序。
④ 据《新唐书·诸公主列传》记载,咸亨元年(670),武则天母杨氏亡故,"后丐主为道士,以幸冥福";仪凤年间(676—679),吐蕃请求和亲,欲娶太平公主,"后不欲弃之夷,乃真筑宫,如方士熏戒,以拒和亲"。据说太平公主的相貌体态与性情作风与武则天甚为相似,武则天对她的儿子心狠手辣,杀的杀贬的贬,但对这个"颇有乃母之风"的女儿却十分宠爱、百般呵护,从以上文字看也可略见一斑。母亲亡故,武则天为了让亡母在阴间安享冥福,就让自己最宠爱的女儿当道士,为母祈福;屡犯唐边境的吐蕃请以太平公主和亲,武则天舍不得宝贝女儿下嫁到边远之地受苦,又不敢得罪吐蕃,于是就要了一个花招,为太平公主建了一座太平观,让她到道观去当观主,真的出家当了女道士,以此来拒绝吐蕃的求婚。当然,太平公主的两次出家大概都是"虚晃一枪",前一次可能只是象征性的,不一定真的就到道观"出家",而后一次虽然当了太平观主,也只是为了骗骗吐蕃而已——武则天后来还是物色了光禄卿薛曜与唐太宗女城阳公主的儿子薛绍为太平公主的驸马。
⑤ 牛峤:《女冠子》。
⑥ 温庭筠:《女冠子》。
⑦ 牛峤:《女冠子》。

其中的内容很可能就是他们与她们交往的真实写照,于中可以折射出当时的社会风气与价值取向。鱼玄机应该是唐五代那些风流不羁多才多艺的"女冠子"的一个象征:她的出身经历与生活道路具有唐五代女道士的种种典型性——从沦落风尘的娼妓到大户人家的小妾再到风流多情的女冠——连名字也充满了道的神秘玄妙的色彩。据与鱼玄机同时代的皇甫枚的《三水小牍》载:

> 西京咸宜观女道士鱼玄机,字幼微,长安倡家女也。色既倾国,思乃入神。喜读书属文,尤致意于一吟一咏。破瓜之岁,志慕清虚。咸通初,遂从冠帔于咸宜。

在唐代,一个美丽而又富有才华的女子沦落为"倡家女",她最好的出路,往往就是先成为名噪一时的"名妓",然后再成为文人士大夫的小妾。鱼玄机走的就是这样一条道路。唐代特殊的社会环境和开放的社会风气给女道士这样特殊的社会群体提供了一种特殊的机遇,使她们暂时得以摆脱封建礼教的禁锢,与文人士大夫结交,从而进入社会公共领域,有机会表现她们并不逊色于男性的才华。"色既倾国"的鱼玄机出家之后,过着与风流文士诗酒唱和的风流生活,"而风月赏玩之佳句,往往播于士林。然蕙兰弱质,不能自持,复为豪侠所调,乃从游处焉。于是风流之士争修饰以求狎。或载酒诣之者,必鸣琴赋诗,间以谑浪,懵学辈自视缺然。"[①]她以她的天生丽质与才华,倾倒了众多的文人墨客,连温庭筠与李郢这样的诗人名士,都曾在她诗酒风流的生活中留下印痕:

> 苦思搜诗灯下吟,不眠长夜怕寒衾。满庭木叶愁风起,透幌纱窗惜月沉。疏散未闲终遂愿,盛衰空见本来心。幽栖莫定梧桐处,暮雀啾啾空绕林。

鱼玄机的这首《冬夜寄温飞卿》,隐约地向我们透露了一位美丽的女道士与当时诗坛的领袖人物交往的情形。从鱼玄机遗留下来的几首赠李亿的诗来看,她对李亿仍然是很留恋、很怀念的:"忆君心似西江水,日夜东流无歇时"[②];"醉别千卮不浣愁,离肠百结解无由"[③];"别君何物堪持赠,泪落晴光一首诗"[④];"书信茫茫何处问,持竿尽日碧江空"[⑤]。

① 《三水小牍》。
② 《江陵愁望寄子安》。
③ 《寄子安》。
④ 《春情寄子安》。
⑤ 《情书寄李子安》。

在整个唐五代,文人与女冠都保持着一种相当密切的互动关系,风流放荡如温庭筠者就不用说了,即便是并不以风流名世的李白、李颀、王昌龄等,都与女道士有过或多或少的接触。文人与女冠的相"狎",或许就是当时的社会风气。

六、文人与隐士

中国的隐逸文化源远流长,是中国文化极具诱惑力的一道风景。隐者精神在根本上是对超卓的追求,对永恒价值的向往,对生命深层的关怀;为此而表现出的,对现实的某种距离乃至拒绝,一种遗世独立的姿态,毋宁说不过是一种形迹而已。这种形迹对大众而言,审美价值要高于社会价值,隐者精神的社会价值或许要远远大于审美价值。隐首先就是与当权者不合作,是一种消极的反抗,或受不了拘束,或受不了侮辱。他们自尊心极强,有傲气也有傲骨。有时也带有病质性特征,体现出不近人情、不谙世事的特点。

隐者精神是中国文化中一种独特的元素,表现多样。真正的隐者未必显露隐者的形迹,这也就是所谓"大隐隐于朝,中隐隐于市,小隐隐于野"。而一生追求隐逸的王维也曾有"曾是巢许浅,始知尧舜深"的诗句。庄子是一个愤世嫉俗的人,曾做过漆园小吏,生活很穷困,却不接受楚威王的重金聘请,在道德上其实是一位非常廉洁、质直,有相当棱角和锋芒的人。他一生淡泊名利,主张修身养性、清静无为,其哲学崇尚退隐、不争、率性。陶渊明,少有"猛志逸四海,骞翮思远翥"[1]的大志,曾怀着"大济苍生"的愿望,任江州祭酒。但"不堪吏职,少日自解归"[2],后投入桓玄门下做属吏,但时常有"如何舍此去,遥遥至西荆"[3]"久游恋所生,如何淹在滋"[4]的逃遁心理,对俯仰由人的宦途生活,发出了深长的叹息。后又得机会入刘裕幕僚,但不久就心灰意懒,在《始作镇军参军经曲经阿曲伯》这首诗中写道:"目倦山川异,心念山泽居""聊且凭化迁,终返班生庐。"紧接着就辞职隐居。后经叔父陶逵介绍任彭泽县令,到任八十一天,碰到浔阳郡派遣邮至,属吏说:"当束带迎之。"他叹道:"我岂能为五斗米向乡里小儿折腰。"遂授印去职。陶渊明十三年的仕宦生活,自辞彭泽县令结束。这十三年,是他为实现"大济苍生"的理想抱负而不断尝试、不断失望、终至绝望的十三年。最后赋《归去来兮辞》,表明与上层统治阶级决裂,不与世俗同流合污的决心。他辞官回乡二十二年一直过着贫困的田园生活,而

---

① 《杂诗》。
② 《晋书陶潜传》。
③ 《辛丑岁七月赴假还江陵夜行涂口》。
④ 《庚子岁五月中从都还阻风于规林二首》。

固穷守节的志趣,老而益坚。他的诗歌感情真挚,朴素自然,有时流露出逃避现实、乐天知命的老庄思想,有"田园诗人"之称。

身为文人而一心向往隐逸生活,几乎代出不穷。文人归隐,既是一种性格,更是一种文化,可以说,文人这个社会角色从诞生之初就有归隐的企图,对自由的嗜好转化为对责任的规避,隐逸无疑是最体面的选择。就连孔子那样积极入世的人,也有"道不行,乘桴浮于海"的念头。李白,这样开朗乐观的人,也不是叫嚷"人生在世不称意,明朝散发弄扁舟"。有人将中国古代隐士分为十种,分别是:完全归隐、仕而后隐、半仕半隐、忽仕忽隐、隐于庙堂、似隐实假、名隐实官、以隐求仕、无奈而隐、真隐而仕。①

---

① 参考陈传席《隐士和隐士文化问题》。

第 五 章

文人放逐与文学游戏

汉民族是一个非常注重现实生活的民族,凡事强调"实用""实际"和"实在"。这种对现实利益的过度关注,已经内化为中国人的气质性格、行为习惯和思维方式,并构成中国传统文化的重要一部分。这种观念同样也体现在文学上。《左传》"三不朽"的人生价值观中的"立言不朽"亦导引文章著述事业沿着为政治现实服务的道路发展,指示给文学事业的是政治价值目标。这样大语境下的文学艺术,因其过分强调"救补时弊"的社会伦理道德价值自然导致降低或者丧失艺术所固有的审美本性,从而取消其作为艺术门类的自在性和独立性。斯宾诺沙提出:"艺术和游戏都是人类余力的流露和生命富裕的表现。"斯宾诺沙的这个观点,抓住了诗歌艺术本源和本体两大关键,为我们理解"诗是一种艺术,也是一种游戏"提供了理论上的依据。中国近代学者王国维先生敏锐地指出"文学者,游戏的事业",进而更鲜明地提出"诗人视一切外物,皆游戏之材料"的著名命题。其实,在艺术本源和艺术本质的阐释中,世界上早就有一种力图用"游戏的功能"将两者统一起来的理论。西方哲学家及艺术理论家柏拉图、康德、席勒、斯宾塞、谷鲁斯、哈尔、斯坦达尔、拉洛、苏珊朗格、盖格,以及当代解释美学家伽尔默尔等,都从不同层面和角度,把语言游戏作为哲学、美学和文艺学的重要概念加以研究,其中自然包括作为语言艺术的高级形式——诗歌。

一、应景之作——以诗为诗,犹以水洗水,更无意味

以《诗经》《楚辞》为源头的中国文学,并没有按照道德家们期望的样子,时时刻刻都在坚守"经国大业""不朽盛事"的祖训,也没有不折不扣地恪守"言志""载道"的戒律。很多时候都只是人生点缀的应景之作和应酬之作,在节庆、集会、笔会、联

谊、赠答等场合,文人骚客用诗歌来联谊助兴,典型的例子有"曲水流觞"那样的文人集会。① 这些作品,多数属于附庸风雅,为文造情,不仅难出精品,而且易于陷入浅薄空洞和虚伪矫情。②

从魏晋开始,统治者热衷参与、倡导文学创作,这种风气导致了一系列新兴文学形态的出现,如应制、应令、应教、奉和、奉答等诗的大量涌现,这些诗歌是臣僚应皇帝、太子、诸王之命所作或者所唱和的,内容以歌功颂德为主,风格则典实富艳。应制诗、应诏诗与应教诗等艺术形式不但反映出当时以诗歌作为交际工具的诗歌潮流,也标志着遵命或奉命文学的出现。诗歌创作的题目原本应该是非常个人化的,但是魏晋时代出现诗歌题目集体化的倾向,即同题共作之风。王芑孙《读赋卮言·谋篇》说:"自魏以来,群臣多云同作,或命某和,或被招作。"邺下集团同题共作的风气始于宫廷的奉命而作。《初学记》引《魏文帝集》曰:"为太子时,北园及东阁讲堂,并赋诗,命王粲、刘桢、阮瑀、应场等同作。"这种风气反映出当时统治者喜欢以集体性的诗赋创作为工具,来达到协调君臣之间与统治集团内部人际关系的目的。

唐初,君臣朝会、巡幸、游宴等活动,也产生了许多即兴应景,君臣唱和之类的诗。内容多为歌功颂德、润饰鸿业的阿谀奉承之作。像魏征的"百灵侍轩后,万国会涂山。岂如今睿哲,迈古独光前。声教溢四海,朝宗引百川""庭实超王会,广乐盛钧天③,岑文本的"清跸喧辇道,张乐骇天衢"④,杨师道的"九重丽天邑,千门临上春"⑤,都是大臣们对圣朝赫赫声威的夸耀、对天子功业的赞美和对帝京壮景的

---

① 曲水流觞,是中国古代流传的一种游戏。夏历的三月人们举行被禊仪式之后,大家坐在河渠两旁,在上流放置酒杯,酒杯顺流而下,停在谁的面前,谁就饮酒赋诗。这种游戏非常古老,据南朝梁吴均《续齐谐记》:"昔周公卜城洛邑,因流水以泛酒,故逸《诗》云'羽觞随流波'。"水和九年(353)三月初三上巳日,晋代有名的大书法家、会稽内史王羲之偕亲朋谢安、孙绰等42人,在兰亭修禊后,举行饮酒赋诗的"曲水流觞"活动,引为千古佳话。据史载,在这次游戏中,有十一人各成诗两篇,十五人各成诗一篇,十六人作不出诗,各罚酒三觞。王羲之将大家的诗集起来,用蚕茧纸,鼠须笔挥毫作序,乘兴而书,写了举世闻名的《兰亭集序》,被后人誉为"天下第一行书",王羲之也因之被人尊为"书圣"。

② 举例来说,《昭明文选》收公宴诗十四首、祖饯诗八首,而赠答诗收得最多,共收七十二首。

③ 魏征:《奉和正日临朝应诏》,《全唐诗》卷三一。

④ 岑文本:《奉和正日临朝》,《全唐诗》卷三三。

⑤ 杨师道:《奉和正日临朝应诏》,《全唐诗》卷三四。

称颂。① 顾炎武《日知录》卷二一"诗题"条云："唐人以诗取士,始有命题分韵之法,而诗学衰矣。"袁枚《随园诗话》卷七也批评道："至唐人有五言八韵之试帖,限以格律,而性情愈远。且有'赋得'等名目,以诗为诗,犹以水洗水,更无意味。从此,诗之道每况愈下矣。"

这种局面一直延续到宋代,宋初真宗皇帝更是"听断之暇,唯务观书,每观一书毕,即有篇咏,命近臣赓和"②。钱锺书在批评王安石的诗歌创作时说:从六朝到清代这个长时期里,诗歌愈来愈变成社交的必需品,贺喜吊丧,迎来送往,都用得着,所谓"牵率应酬"。

明初也是一样,史载明宣宗"励精图治,(杨)士奇等同心辅佐,海内号为治平。帝乃仿古君臣豫游事,每岁首,赐百官旬休。车驾亦时幸西苑万岁山,诸学士皆从,赋诗赓和,从容问民间疾苦"③。这些在某种程度上反映着所谓的盛世景象,也影响到了当日诗风的发展方向。

二、唱和之作——先发声者为倡,后应声者为和

唱和是较早出现的诗歌集体性创作的形态,其渊源甚早,《诗·郑风·萚兮》云："萚兮萚兮,风其吹女;叔兮伯兮,倡予和女。"孔子也说过："与人歌而善,必使反之,而后和之。"④东晋之后,唱和风气开始兴盛。晋宋以还,唱和活动与公宴之风相结合,益发兴盛,同时又促使了一些诗歌形态的成熟。⑤《先秦汉魏晋南北朝诗》收录魏晋南北朝时期的诗歌中有"和诗"者近二百首,可见唱和诗在当时之盛。唱和诗这种创作形态的勃兴正反映出一种新的诗学观念,即以诗歌作为社会交际、感情交流的工具。唱和大体可分为文人间的唱和与奉命唱和两种:前者是文人之间

---

① 就连李白这样的伟大诗人,也有不得已的应制之作。天宝元年,唐玄宗下令征召李白赴京,李白以为自己时来运转,所以有"仰天大笑出门去,我辈岂是蓬蒿人"。到长安后才知道,皇上不过只是让他做个待诏翰林,不过是在一些场合写写诗助助兴。天宝元年的十月,唐玄宗带杨贵妃去骊山,李白奉命陪同写了《龙池柳色初青听新莺百啭歌》。次年春天,玄宗与杨贵妃在兴庆宫沉香亭赏赏牡丹,玄宗想听新词入曲,命李白作《清平调词三首》;夏天,玄宗泛舟白莲池,李白写了《白莲花开序》。此外,《春日行》《阳春歌》等也是同样环境下写的陪侍应制之作。

② 陈岩肖:《庚溪诗话》卷上,丁福保《历代诗话续编》本,中华书局1983年版。

③ 《明史》卷一四八,《杨士奇传》,中华书局1974年版。

④ 《论语·述而》,朱熹《四书集注》,岳麓书社1985年版。

⑤ 《四库全书总目》卷一八八,《玉山名胜集》提要谓:"宴集唱和之盛,始于金谷、兰亭。"又集部卷一六八《咏物诗》提要谈到咏物诗的发展时说:"昔屈原颂橘,荀况赋蚕,咏物之作,萌芽于是,然特赋家流耳。……其托物寄怀,见于诗篇,蔡邕咏庭前石榴,其始见也。沿及六朝,此风渐盛。王融、谢朓,至以唱和相高,而大致多主于隶事。"可见六朝的唱和对于咏物诗的发展和繁荣起了促进作用。

意气相投的诗艺交流,后者主要是君臣之间、上下级之间的应酬交际之作。①

在唐诗里充斥更多的是文人之间的唱和之作,并无多少现实意义。白居易闲适诗、杂律诗为数最多,多是流连光景,应酬唱和之作。白居易与元稹之唱和活动,在唐代就影响很大,它是"元白体"得以流传的重要因素。所以,宋初的唱和之风,实际上是文人接受白居易诗歌的重要契机。这些诗歌的背景是文人清闲和怡然自得的精神面貌的表现。李昉将其与李至唱和之作在《二李唱和集》②的序言写道:"南宫师长之任,官重而身闲;内府图书之司,地清而务简。朝谒之暇,颇得自适,而篇章和答,仅无虚日。缘情遣兴,何乐如之……昔乐天、梦得有《刘白唱和集》流布海内,为不朽之盛事。今之此诗,安知异日不为人之传写乎。"显然,朝政的清闲和自得之乐,是创作诗歌的背景,也是诗歌所要表达的内容。薛涛虽然因为身份低贱没有真正成为校书郎,但"万里桥边女校书"的美名远播,连盆地之外的名人雅士也都争相与她唱和。

君臣或臣僚之间的唱和风气在宋初非常盛行,几乎所有的著名文人都参与其中。典型代表就是《西昆酬唱集》和《南岳酬唱集》③。西昆酬唱主要是杨亿等人在受命编书之时,作为一种生活的调剂而进行的创作。宋真宗景德二年(1005 年)秋,杨亿、刘筠、钱惟演等先后受命编纂《历代君臣事迹》。史料搜寻的枯燥、卷帙披阅的劳累和馆阁生活的单调,使得馆臣们在心理上和生活上都希望得到某种调剂和补充,以"宣其底滞而忘其倦怠也"④。加之,唱和本文士之能事,如杨亿所说:"君臣唱和赓载而成文,公卿宴集答赋而为礼,废之久矣,行之实难,非多士之盈庭,将斯文之坠地。"⑤蔡居厚《蔡宽夫诗话》上说:"国初沿袭五代之余,士大夫皆宗白乐天诗,故王黄州(王禹偁)主盟一时。祥符、天禧之间,杨文公(杨亿)、刘中山(刘筠)、钱僖公(钱惟演)专喜李义山,故昆体之作,翕然一变。"

宋代,苏门"六君子"的创作中,存在大量的唱和之作,历来的文学研究,多把唱和诗看作应酬文学,评价不高。宋人严羽说:"和韵最害人诗。"⑥明人王世贞说:

① 代表性的有北宋杨亿等人的西昆酬唱,欧阳修等人的礼部唱和,邓忠臣、张耒等人的同文馆唱和,明成祖永乐年间胡广、胡俨等人的燕山八景唱和,明英宗正统初年杨荣等人的杏园唱和等。

② 李昉与李至唱和之作编为《二李唱和集》。

③ 乾道三年(1167 年)八月,朱熹借用中等门人赴潭州张栻处,讨论《礼记》《中庸》,史称"岳麓会友",为宋理学界大事。途中陪朱熹登南岳衡山,得诗 149 首,编成《南岳唱酬集》传世。朱熹《南岳酬唱集序》写道:"自岳宫至楮州,凡百有八十里,其间山川林野,风烟景物,视向所见,无非诗者。……今远别之期近在朝夕,非言则无以写难喻之怀。……既而敬夫以诗赠吾三人亦各得答赋以见意。"

④ 《欧阳文忠公文集》卷四三,《四部丛刊》初编本。

⑤ 杨亿:《广平公唱和集序》,《武夷新集》卷七,《四库全书》本。

⑥ 严羽:《沧浪诗话·诗评》,郭绍虞校释本,人民文学出版社 1983 年版。

"和韵联句,皆易为诗害而无大益。"①但也有人认为:"得隽之句,警策之篇,多因彼唱此和中得之,他人未尝能发也,所以辄自爱重。"②白居易与元稹唱和,常常是"酬答朝妨食,披寻夜废眠"③。皮日休与陆龟蒙唱和,也是"苟其词之来,食则辍之而自饫,寝则闻之而必惊","未尝不以其应而为事"。④ 如此郑重其事,也就有可能产生佳作。比如说针对元稹、白居易的唱和之作,陈寅恪先生就曾指出:"(元白)二公之于所极意之作,其经营下笔时,皆有其诗友或诗敌之作品在心目中,仿效改创,从同立异,以求超胜,绝非广泛交际率尔酬唱所为也。"⑤可谓深中肯綮。⑥

三、飨宴之作——下笔成三赋,传觞对九秋

公宴之风,始于先秦。《诗经》中已有大量的宴饮诗,《左传》《国语》等关于各国诸侯大夫在宴享时赋诗的记载,更说明了早期诗歌的社会交际功用。不过,春秋时期的赋诗基本上是"赋诗断章",而非自己所创作。公宴之上集体作诗、赋诗之风始盛于魏晋南北朝。而且,与春秋时代的赋诗着重于各国之间的政治外交应对不同,魏晋南北朝的公宴诗基本上是统治集团内部人际关系的润滑剂,着重于沟通君臣、臣僚之间的感情,进一步发挥了"诗可以群"的功能。六朝大量的公宴诗,其内容多写集体的宴饮、游乐,也有些是咏物或怀古之作,借此表达臣僚之间、君臣之间的感情。刘勰《文心雕龙·时序》谈到曹魏时代最高统治者非常重视诗歌:"魏武以相王之尊,雅爱诗章;文帝以副君之重,妙善辞赋;陈思以公子之豪,下笔琳琅。并体貌英逸,故俊才云蒸。"并说建安诸子"傲雅觞豆之前,雍容衽席之上,洒笔以成酣歌,和墨以藉谈笑"。在《明诗》篇中又说建安诗人"并怜风月,狎池苑,叙酣宴,慷慨以任气,磊落以使才"。这种公宴赋诗的风气,逐渐成为一种传统。南朝时,宋"明帝秉哲,雅好文会"⑦;梁朝"时主儒雅,笃好文章,故才秀之士,焕乎俱集。于是武帝每所临幸,辄命群臣赋诗,其文之善者赐以金帛。是以缙绅之士,咸知自励"⑧。裴子野《雕虫论》还说:"(宋明帝)每有祯祥及行幸宴集,辄陈诗展义,且以命朝臣,其戎士武夫,则请托不暇,困于课限,或买以应诏焉。"在这种场合,一些好胜的"戎士

---

① 王世贞:《艺苑卮言》卷一,丁福保辑《历代诗话续编》本,中华书局 1983 年版。
② 白居易:《白居易集》卷六八《与刘苏州书》,中华书局 1979 年版。
③ 《白居易集》卷一七《江楼夜吟元九律诗成三十韵》。
④ 皮日休:《松陵集序》。
⑤ 陈寅恪:《元白诗笺证稿》,上海古籍出版社 1978 年版,第 300 页。
⑥ 巩本栋:《关于唱和诗词研究的几个问题》,《江海学刊》,2006 年第 3 期。
⑦ 《文心雕龙·时序》,赵仲邑《文心雕龙译注》,漓江出版社 1982 年版。
⑧ 《南史·文学传序》。

武夫"也会附庸风雅。如梁代大将军胡僧祐虽然"不解辑缀",但"每在公宴,必强赋诗,文辞鄙俚,多被嘲谑,僧祐怡然自若,谓己实工,矜伐愈甚"①。公宴诗颇为时人所重,如《梁书》卷二三《王藻传》说他"善属文辞,尤好古体,自非公宴,未尝妄有所为,纵有小文,成辄弃本"。可见当时不但"诗可以群",而且写诗也已经成为高雅的"群"所必要的基本素质。在公宴上赋诗,也就出现即席的创作。赵翼《陔余丛书》卷二四《即席》条谓:

> 宋武帝延后进二十余人,置酒赋诗。萧介染翰即成,文不加点。臧盾以诗不成罚酒一斗,盾饮尽,言笑自若。帝曰:"臧盾之饮,萧介之文,皆席之美也。"《南史》:梁武帝制武宴诗三十韵示羊侃,侃即席上应诏。后世即席赋诗本此。

赵翼认为"即席赋诗"创作的风气,始于刘宋。此前的"即席"创作之风,主要集中在作赋方面,比如枚皋"为文疾,受诏则成"②,又如祢衡在黄射宴会上应命所作之《鹦鹉赋》,范晔称其"揽笔而作,文无加点"③。江总《赋得一日成三赋应令诗》对即席作赋有详细描写:"副君睿赏道,清夜北园游。下笔成三赋,传觞对九秋。飞文绮縠采,落纸波涛流。"④也可见诗、赋同作之风。当然,即席赋作通常篇幅较为短小,有时甚至只是寥寥几句,如《三国志·吴书》卷五六《朱桓传》裴松之注引《文士传》:

> 张惇字子纯,与张俨及(朱)异俱童少,往见骠骑将军朱据。据闻三人才名,欲试之,告曰:"……其为吾各赋一物,然后乃坐。"俨乃赋犬曰:"守则有威,出则有获。韩庐宋鹊,书名竹帛。"纯赋席曰:"席以冬设,簟为夏施。揖让而坐,君子攸宜。"异赋弩曰:"南岳之干,钟山之铜。应机命中,获隼高墉。"三人各随其目所见而赋之,皆成而后坐。据大欢悦。

这样的即席之赋,形态已近于诗。由于魏晋南北朝流行的五言诗歌体制较便于集体参与,所以即席作诗之风逐渐盛于即席作赋了。即席创作既体现出群体之间相处之乐,对于诗人的才思也是一个考验。《南史》卷五九《王僧孺传》载:

> 竟陵王子良尝夜集学士,刻烛为诗。四韵者则刻一寸,以此为率。(萧)文琰曰:"顿烧一寸烛,而成四韵诗,何难之有?"乃与令楷、江洪等共

---

① 《梁书》卷四六,《胡僧祐传》。
② 《汉书》卷五一本传。
③ 《后汉书》卷一一〇,《文苑列传·祢衡传》。
④ 《先秦汉魏晋南北朝诗·陈诗》卷八。

打铜钵立韵,响灭则诗成,皆可观览。

这则史料非常传神地记录了当时诗人的即席创作活动,先是以刻烛来限制写诗的时间,大家犹嫌其易,所以竟出现打铜钵立韵,要求"响灭则诗成"。可见这种即席作诗在当时已成为一种诗思敏捷的竞赛。①

《南史》载梁代曹景宗在武帝为其凯旋而召集的宴会上,用群臣挑剩的"竞""病"二韵成五言四句诗一首:"去时儿女悲,归来笳鼓竞。借问行路人,何如霍去病。"曹景宗所分得为僻韵,而所作却雄壮且自然,颇为难得,故传为佳话。洪迈说南朝人作诗多先赋韵。② 分题、分韵的集体创作方式体现了娱乐化和游戏化的倾向,使君臣和悦、上下尽欢,而在这种娱乐化和游戏化的集体创作中,又暗含着比较高下的意味。这种"群居相切磋"的创作现象表明,自觉追求创作的集体性和功利性已成为当时的风气。魏晋南北朝文士之间的欢聚与离别给诗人提供了丰富的情思与灵感。魏晋南北朝诗人的同题共作,其诗题往往集中在咏物之上,这也是咏物诗在此期间兴盛的主要原因之一。

在相同的背景下,"分题"与"分韵"创作形态也出现了。所谓"分题"是指若干诗人分探得题目以赋诗,亦称"探题",严羽《沧浪诗话·诗体》列有"分题"并说:"古人分题,或各赋一物,如云送某人分题得某物也。或曰探题。"这种分题的风气大约始于南齐,王融、沈约、虞炎、柳恽与谢朓等人在宴席上,分别以座上所见之物为题而赋诗(注:《先秦汉魏晋南北朝诗·齐诗卷四》收录谢朓与诸人同咏座上所见一物之诗,所咏之物如镜台、灯、烛、琴、乌皮隐几、席、竹火笼等),此后分题、诗便盛行起来。"分韵"或称"赋韵",是指相约作诗,举定数字为韵,互相分拈,而各人就所得之韵赋诗。分题分韵方式的出现标志着诗歌创作出现由他人命题或随机选题而作的风气,在这里,诗歌创作的个性化首先受到集体性规范的制约。诗人要有娴熟的技巧和广博的知识,才能对各种题目应对自如,或在所限的韵中运用自如,不致受到拘束。分题与分韵无疑增进诗歌创作的难度,当时人们之所以乐于此道,其实也在

----

① 梁武帝萧衍经常主持这种即席限时的创作,并对优胜者多加褒奖,甚至加官晋爵。《梁书》卷四〇《褚翔传》载:"中大通五年,高祖宴群臣乐游苑,别诏翔与王训为二十韵诗,限三刻成。翔于座立奏,高祖异焉,即日转宣城王文学,俄迁为友。时宣城友、文学加它王二等,故以翔超为之,时论美焉。"又《南史》卷二二《王规传》载梁武"诏群臣赋诗,同用五十韵。规援笔立奏,其文又美,武帝嘉焉,即日授侍中"。《梁书》卷一四记姚察说:"观乎二汉求贤,率先经术;近代取人,多由文史。"从上可见当时取士的风气之一斑。

② 《容斋续笔》卷五:"南朝人作诗多先赋韵,如梁武帝华光殿宴饮连句,沈约赋韵,曹景宗不得韵,启求之,乃得'竞''病'两字之类是也。予家有《陈后主文集》十卷,载王师献捷,贺乐文思,预席群僚,各赋一字,仍成韵,上得'盛、病、柄、令、横、映、并、镜、庆'十字,宴宣猷堂,得'连、格、白、赫、易、夕、掷、斥、坼、哑'十字,幸舍人省得'日、谧、一、瑟、毕、讫、橘、质、帙、实'十字。如此者凡数十篇。今人无此格也。"

某种程度上反映出当时诗歌制作重视创作的集体性与社会交际的新时尚。顾炎武《日知录》卷二一"诗题"条云："唐人以诗取士,始有命题分韵之法,而诗学衰矣。"袁枚《随园诗话》卷七也批评道："至唐人有五言八韵之试帖,限以格律,而性情愈远。且有'赋得'等名目,以诗为诗,犹以水洗水,更无意味。从此,诗之道每况愈下矣。"

四、闲适之作——以淡泊知足之心,对清爽自然之景

闲适诗和讽喻诗是白居易特别看重的两类诗作,二者都具有尚实、尚俗的特点,但在内容和情调上却很不相同。讽喻诗志在"兼济",与社会政治紧相关联,多写得意激气烈;闲适诗则意在"独善","知足保和,吟玩性情"①,从而表现出淡泊平和、闲逸悠然的情调。② 以淡泊知足之心,对清爽自然之景,境界不算大,格调也不甚高,但自得自适之情却别有一番意趣。这种知足保和的心境,越到晚年表现得越突出:"世间好物黄醅酒,天下闲人白侍郎。"③闲适生活与诗酒人生、佛道心境全都表现在闲适诗里:"七篇《真诰》论仙事,一卷《坛经》说佛心。"④"绿蚁新醅酒,红泥小火炉。晚来天欲雪,能饮一杯无?"⑤白居易的知足保和,源于他对政治的厌倦和对佛、老思想的向往,他炼丹服药,诵经坐禅,释、道二家在他的人生态度、生活情趣中都留下了甚深的印记。当然,也源于根深蒂固的浅俗思想。他的很多闲适诗,都热衷于铺叙身边琐事,将衣食俸禄挂在嘴边,千篇一律,令人生厌。在大和八年所作的《序洛诗》中,他这样说:"自(大和)三年春至八年夏,在洛凡五周岁,作诗四百三十二首。除丧朋哭子十数篇外,其他皆寄怀于酒,或取意于琴,闲适有余,酣乐不暇,苦词无一字,忧叹无一声,岂牵强所能致耶!"这一时期的诗作,多"称心而出,随笔抒写"⑥,从内容到形式,都是浅之又浅,俗之又俗。苏轼说"元轻白俗"⑦,所谓白之俗,主要就表现在这里。白居易的闲适诗在后代有很大影响,其浅切平易的语言风格、淡泊悠闲的意绪情调,都曾屡屡为人称道。但相比之下,这些诗中所表现的

---

① 白居易:《与元九书》,郭绍虞:《中国历代文论选》(一卷本),上海古籍出版社2001年版。

② 如诗人步入仕途不久所作、列在白集"闲适"第一篇的《常乐里闲居偶题十六韵》一诗,即表现出对"帝都名利场"的厌倦、对现有生活的满足。诗末四句这样写道:"窗前有竹玩,门外有酒沽。何以待君子,数竿对一壶。"另一首作于盩厔尉时的《官舍小亭闲望》也有类似的诗句:"亭上独吟罢,眼前无事时。数峰太白雪,一卷陶潜诗。人心各自是,我是良在兹。"

③ 《尝黄醅新酎忆微之》。

④ 《味道》。

⑤ 《问刘十九》。

⑥ 赵翼:《瓯北诗话》卷四。

⑦ 《祭柳子玉文》。

那种退避政治、知足保和的"闲适"思想，以及归趋佛老、效法陶渊明的生活态度，因与后世文人的心理较为吻合，所以影响更为深远。如白居易有"相争两蜗角，所得一牛毛"①，"蜗牛角上争何事，石火光中寄此身"②的诗句，而"后之使蜗角事悉稽之"③。即以宋人所取名号论，"醉翁、迂叟、东坡之名，皆出于白乐天诗云"④。宋人周必大指出："本朝苏文忠公不轻许可，独敬爱乐天，屡形诗篇。盖其文章皆主辞达，而忠厚好施，刚直尽言，与人有情，于物无着，大略相似。谪居黄州，始号东坡，其原必起于乐天忠州之作也。"⑤凡此种种，都展示出白居易及其诗的影响轨迹。

闲适文学有代表性的还有宫体诗，这是南朝梁后期和陈代所流行的一种诗歌流派。它发端于齐梁之际，到萧纲及其周围文人时达到全盛。"宫体"之名，始见于《梁书·简文帝纪》对萧纲的评语："然伤于轻艳，当时号曰宫体。"但这种风格的诗歌，自梁武帝及吴均、何逊、刘孝绰已开其端。宫体诗的主要作者就是萧纲、萧绎以及聚集于他们周围的一些文人如徐干、庾肩吾、徐陵等，陈后主陈叔宝及其侍从文人也可归入此类。历来对宫体诗的批评，多以为其中有不少以写妇女生活及体态为内容。魏征《隋书·经籍志·集部总论》："梁简文帝在东宫，亦好篇什，清辞巧制，止乎衽席之间，雕琢蔓藻，思极闺闱之内。后生好事，递相仿习，朝野纷纷，号为宫体，流宕不已，讫于丧亡。"自此，宫体诗成为亡国之音的代名词。

其外，与闲适文学密切相关的就是游仙诗。游仙诗是道教诗词的一种体式，是歌咏仙人漫游之情的诗。早在《楚辞》中已有抒写仙人轻举登霞的篇章。如《远游》篇，将古老仙话传说诗歌化，通过"游"的描写以表现逍遥世界，抒发内心的忧思情绪，初具游仙诗的雏形。到了秦朝，始皇帝好神仙，曾"使博士为《仙真人诗》，及行所游天下，传令乐人歌弦之"。《仙真人诗》的出现，反映了当时求仙之风的浓厚。继此之后，汉乐府之中，亦有反映神仙思想的作品，如十九首郊庙歌中的《日出入》《天马》都表达了畅游太空的理想。不过，作为一种成熟的体裁，游仙诗的流行则是汉代以后的事。魏晋时期，不仅道人创作游仙诗，文人亦相继创作游仙诗，蔚然成一代诗风，故我国第一部文学作品选集——梁朝萧统所编《文选》列"游仙"为文学体裁之一。刘勰在《文心雕龙》中对游仙诗有专门的评说，至于钟嵘的《诗品》就更加细致地品评郭璞等人的作品风格。魏晋南北朝以后，尽管游仙诗不像此前那样

---

① 《不如来饮酒七首》其七。
② 《对酒五首》其二。
③ 吴曾：《能改斋漫录》卷八。
④ 龚颐正：《芥隐笔记》。
⑤ 《二老堂诗话》。

兴盛,但作此等诗歌者依然大有人在。像白居易、李贺等人仍颇具游仙之遗风。在思想上,游仙诗往往表现出超越世俗社会局限的强烈愿望;在艺术上,游仙诗想象奇特,善于运用夸张、拟人、象征等多种修辞手法;而道家神仙典故的运用,则使游仙诗更具备浪漫的色调。

五、字里乾坤——文字巧智与文学游戏

汉字是世界上最古老的文字之一。在形体上逐渐由图形变为由笔画构成的方块形符号,所以汉字一般也叫"方块字"。它由象形文字演变成集音形义为一体的文字符号。它可拆可联,多音多意,文字游戏正是利用汉字的各种特点来变化、演绎,使其成为一种独特的文人游戏。娱乐性成为文字游戏最大也是最重要的特征。在中国的语言文学中,除了正统的诗词曲赋以外,还存在大量杂体诗词,这些诗词很另类,代表性的有:打油诗、回文诗、剥皮诗、离合诗、宝塔诗、字谜诗、辘轳诗、八音歌诗、藏头诗、诙谐诗、集句诗、联句诗、百年诗、嵌字句首诗、绝弦体诗、神智体诗等40多种。

当"文字"遇上"游戏",它便因其娱乐性受到中国正统、严肃的传统文化的排挤和轻视。文字游戏被人们当成文化的副产品或者玩弄文字的雕虫小技。但文字游戏作为一种特殊的文化现象,它不仅把我国汉字的神奇和精妙演绎得出神入化、淋漓尽致,还微妙细腻地反映出了中国古代文人的生活状态和人生态度。文字游戏形式多样,内容丰富,变化精妙。兹列举数例说明。

回文诗,也写作"回纹诗""回环诗"。它是汉语特有的一种使用词序回环往复的修辞方法,文体上称之为"回文体"。虽然不乏游戏之作,却也颇见遣词造句的功力。清人朱存孝说:"诗体不一,而回文优异。"唐代吴兢《乐府古题要解》的释义是:"回文诗,回复读之,皆歌而成文也。"刘坡公《学诗百法》言:"回文诗反复成章,钩心斗角,不得以小道而轻之。"回文诗以苏伯玉妻《盘中诗》为最早,相传为汉时苏伯玉之妻所作。苏伯玉使蜀,一去数载不归,妻子思念,于是,就把自己的心意全部"盛"在一只盘子里,寄给远方的丈夫,以表相思。①西晋以来,历代诗家争相仿效,如庾信、白居易、王安石、苏轼、黄庭坚、秦观、高启、汤显祖等,均有回文诗传世。其中以

---

① 山树高,鸟鸣悲。泉水深,鲤鱼肥。空仓雀,常苦饥。吏人妇,会夫稀。出门望,见白衣。谓当是,而更非。还入门,心中悲。北上堂,西如阶。急机绞,杼声催。长叹息,当语谁? 君有行,妾念之。出有日,还无期。结巾带,长相思。君忘妾,未知之。妾忘君,罪当治。妾有行,宜知之。黄者金,白者玉。高者山,下者谷。姓者苏,字伯玉。人才多,智谋足。家居长安身在蜀,何惜马蹄归不数? 羊肉千斤酒百斛,令君马肥麦与粟。令时人,知四足。与其书,不能读。当从中央周四角。

《璇玑图》最负盛名。①

　　拆字诗指的是根据汉字的结构特点,将字分成几个字,组成词语,暗寓此字。清代赵翼《陔馀丛考·拆字诗》:"南宋人《苕溪集》有拆字诗一首:'日月明朝昏,山风岚自起,石皮破仍坚,古木枯不死。可人何当来,意若重千里,永言咏黄鹤,志士心未已。'"②从前,有一个小官,退职后以教书为生,他自恃清高,瞧不起手艺人。一年端午节,一个学生请他去吃饭。学生家里正请裁缝、木匠两位师傅干活,这个学生的父亲就请他们三个同桌。这位教书先生想:这两个"赤脚佬",沾了我的光,要奚落他们一下。吃饭时,他便说道:"今天东家请客,我们同坐一桌,大家来点诗文,以助酒兴如何?"两个师傅回答:"好吧。"他得意地开口道:"一点起,高、官、客,鸟字旁,鸡、鹅、鸭,无我先生高官客,尔等怎吃鸡鹅鸭?"裁缝师傅听了,接着道:"雨字下,霜、雪、露,衣字旁,衫、袄、裤,我不制缝衫袄裤,先生怎御霜雪露?"木匠师傅也慢悠悠地接口道:"一撇起,先、生、牛,木字旁,格、栅、楼,木匠不建格栅楼,何处关你先生牛!"那退职小官听了,脸红气急,无言可答。

　　顶针诗也叫作"顶真体""联珠体""连球体""连锦联",作为诗体名的连珠一诗,首见于《后汉书》。最常见的顶真诗是下句的首字与上句的尾字重复,此外还有一个双音问题乃至一个短语重复,后来又发展出第一首的末句来作为第二句的首句。这种诗歌常有很强的民歌色彩,是宋元时代带游戏性的一种文字体制。王季思先生说:"顶针续麻"是"一种文字游戏,上句末一字和下句的头一字重叠"。《桃话冷落》③是一首写于明代的顶真诗作。

　　藏头诗,如《水浒传》中梁山为了拉卢俊义入伙,"智多星"吴用和宋江便生出一段"吴用智取玉麒麟"的故事来,利用卢俊义为躲避"血光之灾"的惶恐心理,口占四句卦歌:芦花丛中一扁舟,俊杰俄从此地游。义士若能知此理,反躬难逃可无忧。暗藏"卢俊义反"四字,广为传播。结果,成了官府治罪的证据,终于把卢俊义"逼"上了梁山。

　　联句诗,旧时做诗的一种方式,多用于宴席及朋友间酬应。由两人或多人各成

---

　　① 苏蕙的《璇玑图》总计八百四十一字,纵横各二十九字,纵、横、斜、交互、正、反读或退一字、迭一字读均可成诗,诗有三、四、五、六、七言不等,甚是绝妙,广为流传。她为寻回真爱所作的故事也流传至今。

　　② 这是刘一止的一首拆字诗。刘一止,字行简,南宋初年有名学者,为官有节有品,诗词皆可观,《宋史》有传。这首诗的巧处除第六、八两句外,每句第三字都可拆为前两字,如"明"拆为"日"和"月"、"岚"拆为"山"和"风"等;而第六则"重"拆为"千里"、第八句"志"拆为"士心"。

　　③ 《桃话冷落》:桃花冷落被风飘,飘落残花过小桥。桥下金鱼双戏水,水边小鸟理新毛。毛衣未湿黄梅雨,雨滴江梨分外娇。娇姿常伴垂杨柳,柳外双飞紫燕高。高阁佳人吹玉笛,笛边弯线挂丝绦。绦丝玲珑香佛手,手中有扇望河潮。潮平两岸风帆稳,稳坐舟中且慢摇。摇入西河天将晚,晚窗寂寞叹无聊。聊推纱窗观冷落,落云渺渺被水敲,敲门借问天台路,路过小桥有断桥,桥边种碧桃。

一句或几句,合而成篇,是比较典型地体现诗歌创作集体性的形态。① 传统文体学史家认为,联句诗始于《柏梁台诗》。如刘勰《文心雕龙·明诗》谓:"联句共韵,则《柏梁》余制。"②联句与同题共咏处于相近的文学史背景,这就是注重诗歌创作的集体性形态。联句诗盛于六朝。晋宋时代不少人作诗用联句,与柏梁体不同的是,大抵为一人作四句,并有较完整的意思。王士禛《带经堂诗话》卷一说:"联句昔人各赋四句,分之自成绝句,合之乃为一篇,谢朓、范云、何逊、江革辈多有此体。"六朝的联句与唱和关系非常密切,许多联句其实都包含着唱和的意味。明人徐师曾《文体明辨序说》中谈及联句创作时指出:"必其人意气相投,笔力相称,然后能为之。"可见文人以联句的形式表达彼此之间的相契相知、意气相投的友情,因而自觉或不自觉地又成了文人墨客以文会友的"友谊比赛"。

酒令,中国特有的一种酒文化,兴起于春秋战国时代;上古即有一种被称为投壶的饮酒习俗,源于西周时期的射礼。后汉贾逵撰有《酒令》一书。魏晋时,文人雅士纵情山水,清淡老庄,游心翰墨,作流觞曲水之举,成为文坛千古佳话。酒令在唐宋时长足发展,"唐人饮酒,必为令以佐欢"。③ 唐代的酒令名目已经十分繁多,如有历日令、鼍头令、瞻相令、巢云令、手势令、旗幡令、拆字令、不语令、急口令、四字令、言小字令、雅令、招手令、骰子令、鞍马令、抛打令等。宋代丰富发展了酒令文化,有关酒令的书籍就琳琅满目,有《酒令丛钞》《酒杜刍言》《醉乡律令》《嘉宾心令》《小酒令》《安雅堂酒令》《西厢酒令》《饮中八仙令》等。至明清时代则进入高峰期,清代俞效培辑成《酒令丛钞》四卷。酒令既是文字游戏,也是一种智力游戏。

谜语是最普及的游戏形式,刘勰在《文心雕龙·谐隐》中说:"自魏代以来,颇非俳优,而君之嘲隐,化为谜语。谜也者,回互其辞,使昏迷也。或体目文字,或图像物品,纤巧以弄思,浅察以炫辞。义欲婉而正,辞欲隐而显。"早在夏朝,就出现了一种用暗示来描述某种事物的歌谣,到了春秋战国时期,这种歌谣演变成"瘦辞"。《国语·晋语》记载:"有秦客瘦辞于朝,大夫莫之能对也。"这些"瘦辞"和"隐语",就是我国灯谜的雏形。《世说新语·捷悟》记魏武帝曹操曾率军路过曹娥碑,见碑背题有:"黄绢幼妇,外孙齑臼。"于是问主簿杨修:"解否?"杨修答道:"解。"魏武帝说:

---

① 比如:白居易《醉后走笔酬刘五主簿长句之赠》:"秋灯夜写联句诗,春雪朝倾暖寒酒。"《旧唐书·郑颢传》:"馆宇萧洒,相与联句,予为数联,同游甚称赏。"明焦竑《玉堂丛语·文学》:"公环奇跌荡,限韵命题,即席联句,动辄数百言。"《镜花缘》第六九回:"偏偏公主又要联韵,及至轮到妹子,又是险韵,想了许多句子,再也压不稳。"

② 关于《柏梁诗》的真伪与时代问题的争论,详见刘跃进:《中古文学文献学》第五章第四节,江苏古籍出版社1997年版。

③ [宋]蔡居厚:《诗话》。

"卿暂且不说,待我思之。"行军三十里,魏武帝才说:"吾已得之。"两人互对答案。修曰:"黄绢,色丝也,于字为绝。幼妇,少女也,于字为妙。外孙,女子也,于字为好。齑臼,受辛也,于字为辞。"石碑谜隐"绝妙好辞"四字。此谜一揭,魏武帝十分感叹,说:"我才不及卿,乃觉三十里。"

对联,也称对对子,是我国特有的一种汉语言文学艺术形式,也是中国古代文人雅士、风流才子显示才华的常用方式,以此来显示才思敏捷、文采风流。在中国,对联可以说无处不在,有春联习俗、婚联习俗、寿联习俗、挽联习俗等,广泛应用于社会各行各业。这种语言文字的平行对称,深深植根于中国哲学阴阳二元观念及深层民族文化对称平衡心理。《文心雕龙·丽辞》:"造物赋形,支体必双;神理为用,事不孤立。夫心生文辞,运裁百虑。高下相须,自然成对。"楹联能谐能庄,既具有文学的严肃性,又不乏游戏性的幽默机智。由于对联追求对仗,自然是对得越工稳、越巧妙越好。这其中既是文学创作,又包含了思维游戏和语言游戏的成分。事实上,纯以逗乐谐趣、斗智试才为目的的游戏性对联也不少,它往往借助汉字音、形、义的特殊性,运用各种修辞手法和别出心裁的奇思妙想撰写而成。游戏性对联在宋代就很普遍了。苏轼就曾经创作过不少游戏性对联,留下了许多趣闻佳话。从他以后,对对子成为文人之间乃至普通百姓中试才斗智的一种主要方式,成为我国传统文化的一部分。

明代的朱元璋、刘基、解缙,清代的乾隆、纪昀都是热衷于游戏性对联的大师。据《明史·袁炜传》载,明朝大臣袁炜向嘉靖皇帝进献一副对联,上联是"洛水玄龟初献瑞,阴数九,阳数九,九九八十一数,数通乎道,道合元始天尊,一诚有感";下联是"岐山丹凤两呈祥,雄鸣六,雌鸣六,六六三十六声,声闻于天,天生嘉靖皇帝,万寿无疆"。皇帝看了大喜,给袁炜升官晋级。而乾隆自诩摘星汉,某年殿试,出一上联考校状元。联曰"东启明西长庚南箕北斗朕乃摘星汉",那状元随口应道"春芍药夏牡丹秋菊冬梅臣是探花郎"。有一年殿试乾隆又出一联"口十心思思家思民思社稷",这状元倒也乖巧:"身寸言谢谢天谢地谢君王。"有些对联纯属于文字游戏,有些则意味深长。好的对子或幽默风趣,或机智隽永,富含情趣、理趣、风趣、妙趣,是世俗生活的文人化,也是文人生活的世俗化,从中既可以窥见士大夫精神生活之一隅,也可感受汉字文化符号的特殊魅力。

机智幽默

从前,有个进士老爷,专横跋扈,不可一世。有年春节,他为了炫耀,在自己的大门上贴了这么一副对联:

父进士,子进士,父子皆进士

婆夫人，媳夫人，婆媳均夫人

正巧，镇上有个穷秀才，路过进士的家门，看见了这副对联。他先是露出鄙视的神态，接着，又露出一丝得意的笑容。到晚上，他见四下无人，就悄悄地在对联上加改了一些笔画。第二天一大早，进士的门前围满了大堆看热闹的人，他们有说有笑，议论纷纷，大家都称赞："改得好！改得好！"门外的吵嚷声惊动了进士老爷，他连忙打开大门，一看，立即昏倒在门前的台阶上了。原来，进士门前的对联，已被秀才改成了：

父进土，子进土，父子皆进土

婆失夫，媳失夫，婆媳均失夫

妙趣横生

好读书不好读书；好读书不好读书①

闲人免进贤人进；盗者莫来道者来

贾岛醉来非假倒；刘伶饮尽不留零

海水朝朝朝朝朝朝朝落；浮云长长长长长长长消②

琴瑟琵琶八大王；魑魅魍魉四小鬼

一杯清茶，解解解元之渴；二曲天音，乐乐乐师之心③

和尚撑船——篙打江心罗汉；佳人汲水——绳牵井底观音

红面关 黑面张 白面子龙 面面护着刘先生；奸心曹 雄心瑜 阴心董卓 心心夺取汉江山

稻草捆秧父抱子；竹篮提笋母怀儿

情趣盎然

客上天然居；居然天上客

此木是柴山山出；因火生烟夕夕多

山石岩上古木枯此木为柴；白水泉边女子好少女更妙

画上荷花和尚面；书临汉帖翰林书

---

① 此联为明徐渭所作，上下联文同意不同，上联指年少时好读书却不爱好读书，下联指年老时爱好读书但不好读书。妙用"好"这个多音字而妙趣横生。

② 此联是河北省秦皇岛市山海关孟姜女庙里的对联，巧妙运用汉字多音字的特点，构思新颖。

③ 这也是多音字妙用，"解"和"乐"都有三种读音，分别表达不同的意思，真是匠心独运，巧夺天工。

理趣隽永

> 天近山头行到山腰天更远；月浮水面捞到水底月还沉
>
> 钱有二戈,伤坏多少人品；穷之一穴,埋没若许英雄
>
> 福无双至(今朝至)；祸不单行(昨夜行)
>
> 以六书传四海；愿一刻值千金(刻印店联)

谑趣诙谐

> 过西湖提锡壶锡壶落西湖惜乎锡壶,学物理如雾里雾里学物理勿理物理
>
> 近世进士尽是近视,京师禁试进士,进士襟湿,巾拭；是时肆市始失史诗,仕识世失时势,实似石狮,狮蚀

打油诗,一种富于趣味性的俚俗诗体,相传由中国唐代作者张打油而得名。清代翟灏在其《通俗编·文学·打油诗》中曾引张打油《雪诗》云："江上一笼统,井上黑窟窿。黄狗身上白,白狗身上肿。"后世则称这类出语俚俗、诙谐幽默、小巧有趣的诗为"打油诗"。有时作者出于自谦,也称自己的诗为"打油诗"。兹列举数例。

相传有位考生,数学几何学得不好,考试时在考卷上写下"人生在世能几何？何必苦苦学几何？学了几何值几何？不学几何又几何？"阅卷先生看了,在考卷上批评道："该生几何既差,且意志消沉,殊不足取。然打油诗尚有巧思,建议姑给五分。"

打油诗不是民间诗人的专利,一些文人学士偶尔也会操笔吟上几首打油诗,不少脍炙人口的打油诗名作就出于文人之手。刘骥是苏洵的友人。苏洵 26 岁时,其妻生第二胎女儿,邀请刘骥喝喜酒。刘骥醉后吟了一首《弄瓦》诗。

> 去岁相邀因弄瓦,
>
> 今年弄瓦又相邀。
>
> 弄去弄来还弄瓦,
>
> 令正莫非一瓦窑？

古代有重男轻女的观念,刘骥因友人之妻接连生的都是女孩,就借机调侃。古代对生儿生女有弄璋弄瓦之说,源出诗经《小雅·斯干》,"令正"是对人妻子的敬称。这首诗雅中带俗,俗中有雅,富有浓厚的生活情趣和朋友之间开怀无忌的幽默,足以博人一笑。

明朝文人沈石田有一次收到友人送来的一盒礼物,并附有一信。信中说："敬

奉琵琶,望祈笑纳。"他打开盒子一看,却是一盒新鲜枇杷。沈石田不禁失笑,回信给友人说:"承惠琵琶,开奁视之;听之无声,食之有味。"友人见信,十分羞愧,便作了一首打油诗自讽。

> 枇杷不是此琵琶,
>
> 只为当年识字差。
>
> 若是琵琶能结果,
>
> 满成箫管尽开花。

王阳明,明代著名的文学家、哲学家和军事家,一代大儒,穆宗皇帝曾评价他"两间正气,一代伟人,具拨乱反正之才,展救世安民之略"。少年时他酷爱下棋,痴迷到废寝忘食,有一次他因贪下象棋,忘了回家吃饭。母亲一气,夺了他的象棋,扔到河里。他看着象棋随水漂流,摇首顿足,哭之以诗:

> 象棋在手乐悠悠,苦被严亲一旦丢。
>
> 兵卒堕河皆不救,将军溺水一齐休。
>
> 马行千里随波去,士入三川逐浪流。
>
> 炮声一响天地震,象若心头为人揪。

整首诗里,所有的棋子都具有生命。他的兵马遭到了惨重的失败:"兵卒堕河""将军溺水""马随波去""士逐浪流""炮震天地""象为人揪"。整首诗反映了童年王阳明的那种童真童趣,尤其淋漓尽致地表达了他失去象棋的那种悲伤之情,传神般地刻画出一位超级象棋迷焦虑不安的神态和无可奈何的心情。

文字游戏虽以娱乐性为主,但并不是说它没有目的性,相反,娱乐即是它的目的之一。如宋代的苏东坡、苏小妹、佛印和尚之间用文字相互打趣的故事就很多。由于苏轼兄妹的容貌长得不怎么样,苏东坡扁额长脸,满腮胡须,肚突身肥,再加上他本人不修边幅,虽然才高八斗,但绝不是一位帅哥。

据说,苏小妹额头很高,眼窝深陷,于是苏轼就拿妹妹开涮:

> 未出堂前三五步,
>
> 额头先到画堂前。
>
> 几回拭泪深难到,
>
> 留得汪汪两道泉。

妹妹哪肯罢,马上反唇相讥,针对哥哥的马脸长相即兴一诗:

天平地阔路三千，

遥望双眉云汉间；

去年一滴相思泪，

至今流不到腮边。

据说张先在 80 岁时娶了一个 18 岁的小妾，兴奋之余作诗一首："我年八十卿十八，卿是红颜我白发。与卿颠倒本同庚，只隔中间一花甲。"苏东坡知道此事后就调侃道："十八新娘八十郎，苍苍白发对红妆。鸳鸯被里成双夜，一树梨花压海棠。"梨花显然指的是白发苍苍的丈夫，海棠指的是青春花季的红颜少女。这是一段畸形的婚姻，喜庆中饱含悲剧的况味，作者寓悲悯于玩笑，一树梨花压海棠，道尽无数未说之语！

明初翰林学士解缙才思敏捷，常常是出口成章。一天朱元璋对解缙说，昨天宫里有喜事，你吟首诗吧。解缙听说皇帝得了儿子，于是开口吟道："君王昨夜降金龙。""金龙"二字显然是拍皇帝的马屁。谁知朱元璋又说，是个女孩儿。解缙马上改口道："化作嫦娥下九重。"朱元璋又说，生下来就死了。解缙来句："料是人间留不住。"朱元璋说，已把她扔到水里去了。解缙又吟："翻身跳入水晶宫。"因为是龙种，男女活死都与凡人不同，马屁拍得真到家。

在中国古代四大名著之一的《红楼梦》里，文字游戏就被广泛妙用。曹雪芹借助了中国文字、语言所特有的一些功能，大量而娴熟地运用了绝妙的语言文字技巧，叙述故事，刻画人物，表现主题，从而形成了博大精深、瑰丽斑斓的艺术效果。《红楼梦》开篇第一回"甄士隐梦幻识通灵，贾雨村风尘怀闺秀"，明着是写甄士隐梦中见识一僧一道携通灵宝玉投胎入世，贾雨村穷困之时多情于甄家丫鬟。暗着却是说"曾历过一番梦幻之后，故将真事隐去"。一明一暗，一实一虚，一语双关，天衣无缝。《红楼梦》第一回出场的几位人物的姓名，也巧妙地利用汉字的谐音从一个侧面交代了通部小说的旨意。"甄士隐"的含义是将"真事隐去"，"贾雨村"的意思是"假语存焉"。甄士隐的女儿"英莲"，生世坎坷，确实值得"应怜"；甄家的丫鬟"娇杏"，"偶因一着错，便为人上人"。当初，只因回头多看了贾雨村两眼，便成了官太太，真是"侥幸"。"真事隐""假语存"，一个"有命无运"，一个"命运两济"。曹雪芹在《红楼梦》的诗词曲赋中，大量应用了谶语式的伏笔写作技法，暗示故事的结局与人物的命运。比如第二十二回"听曲文宝玉悟禅机，制灯谜贾政悲谶语"就直接点明了"灯谜诗"是谶语。还有甄士隐的"好了歌"、太虚幻境中的"十二图册判词""红楼梦十二支曲"等,都是公认的是对人物命运的预示。①

即使是有逞才使气之嫌的那些游戏文字,也并非绝无可取。清人赵执信说过:"元白、皮陆,并世颉颃,以笔墨相娱乐,后来效以唱酬,不必尽佳,要未可废。"②朱光潜先生更进一步指出:"和韵也还是一种趁韵,韩愈和苏轼的诗里,趁韵例最多……都不免含有几分文字游戏的意味……不过,我们如果把诗中文字游戏的成分一笔勾销,也未免操之过'激'。就史实说,诗歌在起源时就已与文字游戏发生密切的关联,而这种关联已一直维持到现在,不曾断绝。其次,就学理说,凡是真正能引起美感经验的东西都有若干艺术的价值,巧妙的文字游戏,以及技巧的娴熟的运用,可以引起一种美感,也是不容讳言的。"③这些看法都较为持正。

汉字无疑是世界上极富魅力的伟大创造,字里行间富含的趣味深值玩味,其中包含的情趣、理趣、兴趣、意趣真是精妙无比。

---

① 《红楼梦》中宝玉看"副册"仍是不解,又去看"正册",见第一页上"画着两株枯木,木上悬着一围玉带;又有一堆雪,雪下一股金钗"(两株枯木是"林"字,雪谐"薛"音)。下面就是这首判词。"可叹停机德,堪怜咏絮才;玉带林中挂,金簪雪里埋。""停机德"指的是薛宝钗。"咏絮才"喻指林黛玉。"玉带林中挂"一句中"玉带林"倒过来读就谐音"林黛玉"。玉带、枯木,是黛玉命运悲惨的写照,暗示的是死亡结局。"金簪雪里埋","金簪"即"宝钗","雪"谐音"学",此句嵌进"薛宝钗",预示宝钗命运如图里的金簪一般,被埋在雪里不得其所,暗示薛宝钗必然遭到冷落孤寒的境遇。她虽然如愿当上"宝二奶奶",但终在宝玉出家离去后,空守闺房,成了封建礼教的牺牲品。《红楼梦》中类似的文字游戏艺术运用较多,可参见蔡义江:《〈红楼梦〉诗词曲赋评注》。

② 赵执信:《谈龙录》,人民文学出版社1981年版。

③ 《朱光潜美学文集》第二卷,上海文艺出版社1982年版,第47页。

第 六 章

传播与接受——佛教对俗文学的影响

印度佛教传入中国,是世界上两大文化体系的接触和碰撞。在这个过程中,两种文化既相互侵蚀,又相互妥协,在碰撞、砥砺、融合、沟通中而达到新的"涅槃"。佛学在融合过程中为了被广大的中国普通大众所接受,使用了浅近的语言、通俗的表达方式,使佛教向世俗化逐渐演变,同时也被越来越多的人所推崇。在这个世俗化的过程中,佛教也对中国文学产生了深远的影响,使中国文学在内容上愈来愈关注个人的日常生活及世俗化情感,同时也使中国的文学逐渐舍弃了辞藻华丽、内容深刻的"雅"文学,而选择了语言朴素、内容世俗的"俗"文学,实现了中国文学由"雅"向"俗"的转变。所谓文学的世俗化,指的是在知性思维指导下形成的一种以贴近普通人心理的文学观念,观照日常事物并揭示其刹那感悟,使人们在文学作品中更多地找到自己,它应该包括两个方面的内涵:一是与伦理化相对而言的,指文学摆脱伦理的束缚,不再关注形而上学的东西,而更多关注个人的日常生活及世俗情感,具有生活化和私人化的特点;二是指文人的审美趣味与底层民众相接近,即文学中表现的思想观念、价值取向、审美情趣的平民化或者说通俗化。其世俗化不可避免地对传统的中国精英文化产生广泛而深刻的影响。

佛教的传入对中国主流文学审美趣味的影响十分巨大。佛教对于俗文学的影响也就特别深远。首先是传播学意义上的影响。叙事性加强,手段方式的改变,从视觉转变为听觉,从文字符号的抽象性转变为绘画的直观性。中国传统文化受道家崇无思想与"大音希声,大象无形"的影响,追求"不着一字,尽得风流"的空灵的艺术境界与缥缈玄远的化境。以虚写实,以无写有,所以对艺术形象的价值认识不充分。而佛教为了将佛法佛理推而广之,在传播方式上进行大胆探索。佛教的壁画、石刻、雕塑、佛经故事等,将深奥的佛理佛法直观化,视觉化,听觉化,趣味化。

这就使得佛于目不识丁的贩夫走卒、村姬乡叟都能接受。其次是为迎合市民的趣味而降低了文学高贵的身份。通俗易懂,趣味性加强,故事性加强;口语化,非书面化,佛经故事。再次是空间拓展,寺院文化特点。最后是接受对象的改变。但俗化的同时,也有雅化的一面。比如王维、孟浩然等诗歌中的佛思想、空灵思想。由于佛即是空,所以又有明显的反世俗倾向。这一点我们必须认识到。俗文学是流行于民间为大众所喜爱的文学,是不被士大夫阶层尊重的文学。魏晋以后,佛教势力深入民间,一般人民的生活和佛教的关系特别密切,因而佛教对于俗文学的影响也就特别深远。这方面的情况是复杂的,内容是丰富的。但是大体上可以分作两个方面:一是佛教自己的俗文学创作,即所谓"变文";二是受佛教影响的其他俗文学作品,这又可以分作四个方面:(一)传播方式,(二)体裁,(三)题材,(四)思想。

从文体方面看,佛经一般是用散文和韵文交替出现的体裁,也有少数是通篇使用韵文。正统的讲经,有讲有唱,就是适应佛经的这种体裁。隋唐以后的俗讲,用的也是讲唱交替的形式。孙楷第先生说:"唐、五代俗讲本分两种:一种是讲的时候唱经文的。这一种的题目照例写作'某某经讲唱文',不题作变文。它的讲唱形式,是讲前唱歌,叫押座文。歌毕,唱经题。唱经题毕,用白文解释题目,叫开题。开题后背唱经文。经文后,白文;白文后歌。以后每背几句经后,即是一白一歌,至讲完为止。散席又唱歌,叫解座文。一种是不唱经文的,形式和第一种差不多,只是不唱经文的。内容和第一种也有分别。第一种必须讲全经。这一种则因为没有唱经文的限制,对于经中故事可以随意选择。经短的便全讲。经长的,便摘取其中最热闹的一段讲。然而在正讲前也还要唱出经题。所以这一种也是讲经文一体,但照例题作变文。"①这两种俗讲的本子,现在通称为"变文"。变文用讲唱交替的形式演述故事,在体裁方面为中国的俗文学开了一条路,唐、宋以后不少俗文学作品是用这种体裁写下来的。

从题材方面看,中国俗文学的题材与佛教有着千丝万缕的联系:一种是直接取材佛教故事,比如以玄奘取经为题材的俗文学作品②;另一种是题材间接从佛教来的,比如"梵志作术"的故事。鲁迅先生认为这类故事"非中国所故有",是天竺故事

---

① 孙楷第:《论中国短篇白话小说》,棠棣出版社1953年版。
② 例如,宋朝的话本《大唐三藏取经诗话》。后来有人又将其编成剧本,如金人院本《唐三藏》和元人杂剧《唐三藏西天取经》,最终由吴承恩深度加工成神魔小说《西游记》;源于《佛说盂兰盆经》之"目连救母",唐朝的俗讲师把这个故事铺叙成《大目乾连冥间救母变文》。此后又有元杂剧《目连救母》,明朝《目连救母劝善戏文》,清代《劝善金科》等。一直到清朝末年,目连戏在地方戏的剧目里还占着很重要的地位。

的蜕化演变。①

从主旨方面看,同正统主流文学比起来,俗文学受佛教的影响特别深远。几乎可以说,一千多年来各种体裁的俗文学作品,佛教思想浸润的痕迹都十分明显。第一,人生本苦,万法皆空。理想的立身处世的好办法是出世,求解脱,这是佛教的根本思想。中国俗文学中有些作品突出地表现了这种思想,如唐人沈既济的传奇小说《枕中记》,清朝蒲松龄《聊斋志异》里的《续黄粱》等;也有的在一部分情节里表现了这种思想,如著名的长篇小说《金瓶梅》的结尾是孝哥出了家,《红楼梦》的结尾是贾宝玉出家。第二,地狱轮回,因果报应。地狱轮回也是佛教思想的重要组成部分。从六朝的志怪小说起,俗文学作品描述地狱轮回情况的很不少,如目连救母的故事,《聊斋志异》里的《席方平》,都是很有名的。俗文学作品有劝善止恶的作用,所以常常演述因果报应的故事,阐明报应不爽的思想。从南北朝起,历代各种体裁的俗文学作品,以因果报应为主要内容的,尤其是一部分情节表现果报思想的,可以说数也数不清。有的甚至是全部谈果报的,如六朝志怪小说《宣验记》和《冥祥记》,清初丁耀亢的长篇小说《续金瓶梅》等。第三,佛道神通、修持得福。佛,菩萨,罗汉,得道的僧尼,有多种神通,如前知、变形态、降妖魔、治病以及做各种常人看来不可能的事,也是俗文学作品里常常看到的内容,如《画壁》里的老僧和《菱角》里的观音大士就是。

佛教不是中国本土的产物,想让中国的广大人民信受奉行,就要翻译佛教的经典,就要宣扬佛教的教义。中国古代文化不普及,识字的人不多,加以佛教教义深奥繁富,领悟很不容易,所以宣传解说就要讲求技巧。一要通俗,通俗才能够普及;二要有情趣,有情趣才能够吸引群众。因此,宣讲者即"唱导师"必须具备"声、辩、才、博"四种综合素质。依据慧皎《高僧传》记载,南北朝时期,宣扬佛教教义已经有了"经师"(称为呗)和"唱导师"。② 唱导不是诠释式的讲经,而是演义式的讲经,所以可以"谈无常""语地狱""征昔因""核当果""谈怡乐""叙哀戚",总之,是用可歌可泣的故事来感动人心。南朝末年,据赵璘《因话录》记载:

---

① 鲁迅先生《中国小说史略》说:"然此类思想,盖非中国所故有,段成式已谓出于天竺,《酉阳杂俎》云:'释氏《譬喻经》云,昔梵志作术,吐出一壶,中有女子与屏,处作家室。梵志少息;女复作术,吐出一壶,中有男子,遂与共卧。梵志觉,次第互吞之,拄杖而去。余以吴均尝览此事,讶其说以为至怪也。'所云释氏经者,即《旧杂譬喻经》,吴时康僧会译,今尚荐……魏晋以来,渐译释典,天竺故事亦流传世间,文人喜其颖异,于有意或无意中用之,遂蜕化为国有。"

② 慧皎《高僧传》:"天竺方俗,凡是歌咏法言,皆称为呗;至于此土,咏经则称为转读,歌赞则号为梵音。""唱导者,盖以宣唱法理,开导众心也……夫唱导所贵,其事四焉,谓声辩才博。非声则无以警众,非辩则无以适时,非才则言无可采,非博则语无依据。至若响韵钟鼓,则四众惊心,声之为用也;辞吐俊发,适会无差,辩之为用也;绮制雕华,文藻横逸,才之为用也;商榷经论,采撮书史,博之为用也。"

有文淑僧者,公为聚众谈说,假托经论,所言无非淫秽鄙亵之事。不逞之徒转相鼓扇扶树,愚夫冶妇乐闻其说,听者填咽寺舍,瞻礼崇拜,呼为和尚。教坊效其声调,以为歌曲。其盱庶易诱,释徒苟知真理及文义稍精,亦甚嗤鄙之。①

不难见出,为了迎合听众,这些俗讲僧人"假托经论",穿插"淫秽鄙亵"之事,以博得"愚夫冶妇"的欢心,形成听众"填咽寺舍"的盛况。可以说,为了传播佛教,吸纳信众,这些僧侣费尽心机,甚至不择手段。这些讲唱经文的脚本,也就成了佛经传播的文本,对此后的中国叙事文学影响深刻。孙楷第先生在《中国短篇白话小说的发展与艺术上的特点》里说:"宋朝的说话,是直接继承变文的,唱法应当一样。但现在我们见到的宋人话本,多半是开端有诗词,中间成段的歌词没有。我想是刻书时删去了。明末的拟话本,照例开端有诗,相当于押座文。正讲前有人话,相当于开题。煞尾有诗,相当于解座文。这是讲经转变的老规矩。"

诸宫调是流行于宋、金、元几个朝代的一种俗文学艺术形式,采用散文韵文交替的形式演述长篇的故事,歌唱的曲调比较复杂,变化多。例如《西厢记诸宫调》共用乐曲一百九十三套,虽然重点在于歌唱,但是乐曲之前有散文的解说,这同变文的体裁还是一脉相承的。

弹词是明清两代盛行于南方的俗文学艺术形式。内容以写男女悲欢离合的比较多,所以常常有细腻的描写、深挚的情思。弹词以歌唱为主,但是歌唱之间要插入一些讲说,这显然还是变文的传统形式。

宝卷是从宋末一直延续到清末的一种俗文学艺术形式,和变文的关系特别密切,一般研究文学史的人都认为它是变文的嫡系子孙。它继承变文,不只是形式,就是内容也大多是宣扬佛教教义的。

中国的俗文学,除了上面提到的几种以外,直接间接受到变文影响的还有不少。中国戏剧的结构,有白有唱,有上场诗和下场诗,同变文和小说等讲唱的作品有不少相似之点,这显然也是受了变文的影响。此外,鼓子词、清宫调、弹词、宝卷、戏剧等,也深受变文的影响。

---

① 《资治通鉴》胡三省注说:"释氏讲说,类谈空有,而俗讲者,又不能演空有之义,徒以悦俗邀布施而已。"被人指斥为"淫秽鄙亵",可见所讲内容已与佛典大异其趣了。

第 七 章

传播与推广——媒介对俗文学的影响

人类社会早期,受生产力制约,文化是奢侈品,只有贵族才能接受教育,享受文化。对于社会底层的普通百姓来说,文化太过于奢侈。所以主流文学也只是贵族文学。虽然《诗经》也好,《楚辞》也好,最初也不过是山野百姓的自然抒发,但一经官方插手,便取于民而用于官了,完成了从民间走向郊庙的华丽转身。这个过程,民间的乡土味与乡土气逐渐淡化。经政治着色之后反过来成了教化百姓的工具。汉代纸的发明,大大降低了文化传播的成本,使得文化从贵族走向民间成为可能。或者说为文化普及奠定了经济学意义上的基础。宋代,印刷技术的革命,大大提高了文化传播的速度。这两大技术革命,都在深刻影响文学的品质。文学的受众发生了根本性的变化。"旧时王侯堂前燕,飞入寻常百姓家"。如果没有纸的发明,没有印刷术的一次次改进,文学的普及难以想象,特别是通俗的鸿篇巨制的小说很难传播。书写的困难以及载体的昂贵使得文字局限在篇幅短小的题材体制中,难以发展为鸿篇巨制。

纸张的发明是书写材料的伟大革命,极大地促进了人类文化的传播与交流。美国人麦克·哈特在《影响人类历史进程的100名人排行榜》中,将蔡伦排在第七位,远远排在15世纪发明印刷机的德国人古腾堡之前。正是由于纸的广泛使用,才有了"洛阳纸贵"的文坛佳话。也正是由于造纸技术的一次次改进,才有了"其美在色"的"薛涛笺",有了薛涛与诸般文人之间的美妙唱和。①

传抄是明清小说重要的传播方式之一。② 这是因为,第一,书籍印本书虽多,但由于交通不便或其他原因,购买书籍仍不容易。第二,图书售价太贵,资财有限,难以购买。第三,一些珍贵罕见的书籍,只有个别人有收藏,市场上没有售卖,只好借抄。第四,明代藏书家对抄本的情有独钟。师生、亲戚、朋友之间相互借抄,使一些书改变了孤本单传的险境,得以有复本传布,发挥了重要的续绪作用。③ 但它的弊端也是显而易见的。首先,抄本的流传数量少,传播速度慢,传播范围狭窄。其次,由于抄手水平不一,抄本质量悬殊,任意点窜原抄、以讹传讹、辗转误抄等情况较普遍。

"戏剧与小说,异流同源,殊途同归者也。"④将小说改编为戏曲是明清小说的又一传播方式。早在明清以前,许多优秀的唐传奇小说都曾被改编为宋元戏文或元杂剧。如王实甫的《西厢记》、白朴的《梧桐雨》、尚仲贤的《洞庭湖柳毅传书》《崔护谒浆》、郑光祖的《倩女离魂》等。到了明代,特别是嘉靖、万历以来,随着小说的影响日益扩大,越来越多的戏曲作家以小说为蓝本,将之改编为戏曲。此种改编从艺术的角度而言未必是好事,但从传播的角度而言却是有益的。祁彪佳《远山堂曲品》曾经屡次批评改编后的戏曲较原本鄙俗,但是对他们往往能产生"轰动村社"的效应又很无奈:"全不知音调,第效乞食瞽儿,浴门叫唱耳。无奈愚民佞佛,凡百有就这,以三日夜演之,轰动村社。"⑤将小说改编为可供舞台实际演出的戏曲,迎合市民趣味,推动了小说在更大范围内的流传。明清时期兴盛的说书、戏曲表演,既然如此受到民众欢迎,其所演内容又多取材于通俗小说,它自然也就成了文盲、半文盲民众与通俗小说之间的桥梁。实际上,若与版籍传播相比,明清通俗小说的曲

---

① 据说薛涛笺是由"浣花溪的水,木芙蓉的皮,芙蓉花的汁"制作而成,又名"浣花笺""松花笺""减样笺""红笺"。北宋苏易简《文房四谱》云:"元和之初,薛涛尚斯色,而好制小诗,惜其幅大,不欲长,乃命匠人狭小为之。蜀中才子既以为便,后裁诸笺亦如是,特名曰薛涛焉。"又说:"府城(指成都)之南五里有百花潭,支流为一,皆有桥焉。其一王溪,其一薛涛,以纸为业者家其旁。……以浣花潭水造纸故佳,其亦水之宜也。"从这些记载中可知,"薛涛笺"的形制是红色小幅诗笺。宋应星《天工开物》称赞薛涛笺:"其美在色。"何宇度《益部谈资》说:"蜀笺古已有名,至唐而后盛,至薛涛而后精。"

② 程伟元乾隆五十六年(1791)刊本的《红楼梦序》谓《红楼梦》一书:"好事者每传抄一部,置庙市中,昂其值得数金,可谓不胫而走者矣。"尽管明清是中国传统印刷技术集大成的时期,但抄本小说终清之世都经久不衰。

③ 在公共文献流通活动不甚发达的情况下,有效地促进了书籍的民间流通。在明代通俗小说的社会传播中,借阅和传抄的意义不仅在于其传播范围,还在出版传播中担当着提供版本的责任。对于明代通俗小说传来说,借阅和传抄的主要价值是保存了濒临绝灭的资源,有时可以纠正通行刊本的缺失。

④ 蒋瑞藻:《小说考证》附录《戏剧考证》,上海古籍出版社1984年版,第337页。

⑤ 祁彪佳著、黄裳校录:《远山堂明曲品剧品校录》,古典文学出版社1957年版,第134页。

艺传播,其作用十分独特且不可替代。因为通俗小说文本必须粗解文字才能阅读,而民间曲艺则有目共睹、有耳同闻,所谓"茶肆酒坊,灯前月下,人人喜说,个个爱听"(清俞万春《结水浒全传引言》),其传播面与传播力度均远胜于版籍传播。在明清小说的社会传播中,说唱、戏曲有着重要的、不可替代的位置。

中国 11 世纪发明的活字印刷作为中国古代"四大发明"之一,曾对世界文明进程和人类文化发展产生过重大影响,是印刷史上一次伟大的技术革命。[①] 小说作为"近代市民阶级的史诗",其传播的主要方式是以印刷物为主的大众传播,传播的途径从借阅、传抄逐渐转为商品流通,小说的阅读群体由文人、士子扩展到普通阶层,这些传播与接受方式的变化对文学的审美趣味产生了重要的影响。

刊刻技术的进步对于扩大书籍的传播范围具有极其重要的意义。据《小说书坊录》记载,从明代正德至清代乾隆时期,因消费市场的需求,出现大量的刻坊,刊刻了数百种小说。逍遥子《后红楼梦》云:"曹雪芹《红楼梦》一书,久已脍炙人口,每购抄本一部,须数十金。自铁岭高君梓成,一时风行,几于家置一编。"[②]毛庆臻《一亭考古杂记》载:"乾隆八旬盛典后,京板《红楼梦》流行江浙,每部数十金。至翻印日多,低者不及二两。"[③]至嘉靖时,刻书业盛极一时。明胡应麟《少室山房笔丛》谓:"余所见当今刻书,苏常为上,金陵次之,杭又次之,近湖刻、歙刻骤精,遂与苏常争价。"而私家刻书不但形成风气,且出现了大规模的私家刻书工场。出版业作为一种产业应运而生。刻印技术的日渐成熟以及巨大的市场需求,推动了出版业的欣欣向荣。出版商安少云在《初刻拍案惊奇》的封面刊登广告说:"本坊购求,不啻拱璧;览者鉴赏,何异藏珠。"大批具有一定层次的文人投身其中,是通俗小说传播达到巅峰的关键因素。这一时期的通俗小说,无论从创作抑或刊刻的数量、质量及题材类型的多样化来看,都是前所未有的。自明至清,阅读小说成为人们茶余饭后的重要消遣、娱乐方式之一。胡应麟《少室山房笔丛》指出,"古今著述,小说家特盛;而古今书籍,小说家独传,何以故哉?……夫好者弥多,传者弥众;传者日众,则作者日繁"[④]。小说的地位得以空前提高,由"丛残小语"[⑤]、"街谈巷语,道听途说者之所造"上升到"文学之最上乘"[⑥],走向大众消费。这在客观上促使小说向市场化发展。

---

① 有关毕昇发明活字印刷的事迹,沈括《梦溪笔谈》有比较完整的记录。
② 丁锡根:《中国历代小说序跋集》,第 1175 页。
③ 转引自古典文学研究资料汇编《红楼梦卷》卷四,中华书局 1953 年版,第 347—358 页。
④ 胡应麟:《少室山房笔丛》,上海书店出版社 2001 年版,第 282 页。
⑤ 桓谭:《新论》,上海人民出版社 1977 年版,第 69 页。
⑥ 班固:《汉书》,中华书局 1975 年版,第 1745 页。

在商业利润的诱惑下,小说创作观念由表达作者的人生体验向重视读者的阅读需求转变。作者把目光转向消费者,密切关注其期待视野,揣测其阅读心理,生产大众喜好的小说作品,以获取市场利润。过分注重迎合读者的审美趣味,致使创作水平降低,导致一些作品的艺术水准相去甚远,"辞气浮露,笔无藏锋,甚且过甚其辞,以合时人嗜好"①。清初文人张赞孙在《正同学书》中指出:"近来文字之祸,百怪俱兴,往往创为荒唐诡僻之事,附以淫乱秽亵之词,谓为艺苑雄谈,风流佳话;甚之曲笔写生,规模逼肖,俾观者魂摇色夺,毁性易心,其意不过取蝇头耳……以暨黄童红女,幼弱无知,血气未定,一读此等词说,必致凿破混沌,邪欲横生,抛弃躯命。小则灭身,大且灭家,兴言至此,稍有人心者,能无不寒而栗哉!"②这样的担心显然不是多余的,为了商业利润而一味迎合读者猎奇、猎艳的阴暗阅读心理,势必导致文学作品质量下降甚至堕落是显见的预期。

为进一步拓展市场,书坊主人还尝试各种办法,千方百计地降低小说的成本,刺激销售。除了前面曾提到的所谓"简本"外,还常常雇用价格低廉的刻工,使用质量较差的纸张。一部通俗小说,从编撰到出版,需要经过许多环节,每一道发生费用的环节,均可提供一个成本压缩的空间:譬如在编撰环节,书坊可以采用抄袭他人之书、缩短小说篇幅等手段,以逃避或节省稿酬支出;在雕版环节,书坊可以采用租借、挖改现成书版,或选用廉价板材、使用便利的匠体字进行雕刻等手段,以提高经济效益;在印刷、装订环节,书坊则可通过选用廉价纸张、缩小书籍开本等方法,来减低成本。通过以上措施,明清时期小说的接受面迅速扩大,《三国演义》《水浒传》《聊斋志异》《红楼梦》等著名小说几乎是家喻户晓。明代学者胡应麟曾说道:"今世人耽嗜《水浒传》,至缙绅文士亦间有好之者。……嘉、隆间,一巨公案头无他书,仅左置《南华经》,右置《水浒传》各一部;又近一名士听人说《水浒》,作歌谓奄有丘明、太史之长。"③清人王侃也曾说道:"《三国演义》可以通之妇孺,今天下无不知有关忠义者,《演义》之功也。"④

经过宋、元、明、清的发展,市民文学逐渐取代经典,成为市民的新宠。"人皆读四子书,及长习为商贾,置不复问,有暇则观演义说部"⑤,"小说演义,家弦户诵"⑥,

---

① 鲁迅:《中国小说发展史略》,上海古籍出版社 2006 年版,第 205 页。
② 戴不凡:《小说见闻录》第 291 页,浙江人民出版社 1982 年第 2 版。
③ 胡应麟:《少室山房笔丛》,上海书店出版社 2001 年版,第 437 页。
④ 王侃:《江州笔谈》卷下。见朱一玄:《明清小说资料选编》,齐鲁书社 1989 年版,第 99 页。
⑤ 谢永泰修、程鸿诏纂:《黔县县三志》。
⑥ 余志:《得一录》卷一一,转引自王利器辑:《元明清三代禁毁小说戏曲史料》,上海古籍出版社 1981 年版,第 193—194 页。

"不但诱惑愚民,即缙绅子弟,未免游目而蛊心焉"①,"士大夫家几上,无不陈《水浒传》《金瓶梅》以为把玩"②,"仅识字之人,有不读经,未有不读小说者"③,"市井粗解识字之徒,手挟一册"④,"几于家置一编,人怀一箧"⑤。这种状况自晚明即已蔚然成风。大批士子文人从对传统儒学的追随转向对市民文学的亲近,从科场走向市场,从而促成了文化的世俗化,进一步推动了市民文学的繁荣。

为了适应和迎合市民的阅读审美意识,文学一改过去自命清高的传统,转而对民间的曲艺表现出浓厚的兴趣,尤其对戏曲与小说表现了极大的关心。文人对民间流行的市井文化作品进行深度加工,并因此成为不朽的文学名著。例如,《水浒传》改写自《大宋宣和遗事》,《三国演义》改自《三国志平话》,《西游记》改写自《大唐三藏取经诗话》。此外像《杨家将演义》《说岳全传》《隋唐演义》《说唐》《三遂平妖传》等都是在前代讲史话本的基础上加工而成的。在表现手法上,明清时期的文学作品尤其是小说充分吸收和消化了传统说唱艺术通俗、理鄙的特色,尽量地通俗易懂、平易近人,从而形成文学创作通俗化的潮流,中国文学也从此前的与政治文化紧密相连转而与市民文化紧密相关。

一面是巨大的商业利润刺激,一面是著书立说的道德良知,文人的内心煎熬可想而知。最终,大批文人迎合世俗需要,冲破传统"小道"观念的封锁,将创作通俗小说作为参与现实生活和实现自我价值的重要途径,以极大的热情编写令人拍案惊奇的故事以满足世俗社会如饥似渴的娱乐需求。"在明代文学艺术领域,原先格格不入的文人士大夫与普通百姓之间的审美趣味和审美理想开始出现向对立方双向选择的现象。文人士大夫的审美趣味由思辨、展示人的精神世界、抒发人的胸襟,向描绘世俗的人情世态的方向转化;而市民阶层的审美趣味也开始摆脱过去那种一味的低级庸俗,向典雅、华丽的方向转化。这种双向选择的结果,使当时人的审美风尚向多种趣味并存、多元化发展迈了一大步,而这种双向选择的连接点便是小说。"⑥

---

① 《大清圣祖仁皇帝实录》卷二五八,转引自王利器辑:《元明清三代禁毁小说戏曲史料》,上海古籍出版社 1981 年版,第 27 页。

② 礼亲王昭:《啸亭续录》卷一"小说"条。

③ 康有为:《日本书目志》卷一四,上海大同译书局刊。

④ 《大清仁宗睿皇帝》卷二七六,转引自王利器辑:《元明清三代禁毁小说戏曲史料》,上海古籍出版社 1981 年版,第 64 页。

⑤ 《江苏省例潘政》同治七年,转引自王利器辑:《元明清三代禁毁小说戏曲史料》,上海古籍出版社 1981 年版,第 142 页。

⑥ 罗绮摘:《华夏审美风尚史·残阳如血》,河南人民出版社 2000 年版,第 15 页。

下编 | 理式篇

提要：每一种新的文体产生时，其文学地位都是相当边缘和卑微的，甚至即使在其兴盛时期，也往往不是取代原有的文体，而不如说是一种有益的补充。词、曲的两个别号"诗余"和"词余"暗示了这两种文体在兴起时的附庸地位。就此而言，白居易之作《忆江南》时，大略将之视为《竹枝词》一类的民间小调，而李白作《菩萨蛮》《忆秦娥》则看起来是相当突兀，以至于早熟得令人难以置信。到南宋，词已经取得和诗一样正统的地位，并逐渐典雅化，它早期的命运则落到一个新的边缘文体——散曲上面。虽然元朝有"九儒十丐"之说，但就元曲的作者来看，无疑是更为边缘的文人群体，也只有这样的人，才能不顾忌这一文体的卑微、附属的文学地位。在中国正统的文学史观念中，词、曲长期都不被承认为一种诗歌形式，这一点，也直到近代民国时期才在西方理论的影响下打破。而随后兴起的小说，其地位则更加卑下，因此，其早期作者是更为边缘的知识分子群体。在晚清之前，小说家很少能享受到职业尊严。

第 八 章

嫡生与庶出——关于卑下文体

在古人建构的文体苑囿里,文体与文体之间并不是一种平等的关系,各体之间有着尊卑、雅俗的等级之分。因此,"辨体"就成为中国古代文学批评与文学创作的首要原则。宏观来看,荀子"文出五经"之论开中国文体血统论之先河。后经曹丕《典论·论文》、陆机《文赋》、挚虞《文章流别论》的推波助澜,至刘勰《文心雕龙》,文体研究遂成显学。检视中国文论典籍,"文体优先论"俯拾即是。诸如"文章以体制为先""凡为古文辞者,必先识古人大体,而文辞工拙,又其次焉""故词人之作也,先看文之大体,随而用心""先体制而后工拙""文莫先于辨体""论诗文当以文体为先,警策为后""文辞以体制为先"。之所以一再强调文体优先,不只是写作时间上的先后问题,更主要的是指价值上的优先地位。各种文体既有血统上嫡庶之分,也有价值上的高低之别。

中国文学批评为什么特别强调"辨体"?主要强调文体的源流,重视文体血统纯正。《文心雕龙·附会》说,"夫才童学文,宜正体制,必以情志为神明,事义为骨髓,辞采为肌肤,宫商为声气"。可见,古代文体学将"体制"与"情志""事义""辞采""宫商"等结合起来,以期实现对文学整体把握与考量。小说与戏剧——无疑是世界上最具广普性的文学体裁,但中国文学批评对此一向较冷漠。《中国文学理论辞典》中关于小说、戏剧的词条几近于无,最具权威的郭绍虞先生的九十万字的《中国文学批评史》竟一字不提小说和戏剧批评。[①] 造成这种偏失的原因是复杂的,但最主要的恐怕还是与中国文学批评观念中主流文学的道统思想有关。即便像梁启超这样对小说的教化功能有深刻认识的人,也对中国古典小说十分鄙视。针对古典

---

① 张建:《关于几本文学批评史的意见》,文载《中国文哲研究通讯》,1991 年第一卷第 4 期。

小说他曾说:"宗其大较,不出诲淫诲盗两端。"并认为古典小说几乎是中国万恶之源,中国的状元宰相的思想来源于小说,才子佳人的思想来自小说,江湖盗贼的思想来自小说,妖巫狐鬼的思想来自小说。他深切感慨:"小说之陷溺人群乃至如是,乃至如是! 大圣鸿哲数万言谆诲之而不足者,华士坊贾一二书败坏之而有余。"①

　　然而主流与非主流并不因为上流社会的偏狭观念而永远泾渭分明,各不相干。在私底下,生长于荒原的野花,常常为正统文人爱不释手,他们将之采来,供奉于案头,观赏把玩,沉迷不已。久而久之,野花变成家花,成为上流社会案头的新宠! 胡适先生在其所著《白话文学史》中指出:"一切新文学的来源都在民间。民间的小儿女,村夫农妇,痴男怨女,歌童舞伎,弹唱的,说书的,都是文学上的新形式与新风格的创造者。这是文学史的通例,古今中外都逃不出这条通例。"俗文学是通俗文学、民间文学、大众文学、口头文学的总称,是一切文学作品之母。在我国,远古的歌谣、神话,先秦的寓言,汉代的乐府民歌,晋代的志怪小说,唐代的传奇、变文,宋代的话本、南戏、诸宫调,元代的杂剧,明清的章回小说、俗曲、笑话都属于俗文学的范围。

　　在传统的历史叙事文学中,从来都是雅文化有地位,而俗文化是没有地位的。《诗经》中的十五国风是真正俗文学的代表。但是,这些"男女相与咏歌"的"里巷歌谣之作"之所以能保存下来,主要还是因为其"上可以化下,下可以刺上"的政治功用。上可以使统治者"观风俗,知得失,自考正也",下能够对百姓"风以动之,教以化之"。从"诗三百"到"诗经",是乡间文学步入艺术殿堂的成功范例。等而下之,战国时期的《楚辞》是这样,汉魏六朝的乐府诗也是这样。最早的五言诗都是童谣民歌一类的东西,未引起文人士大夫的注意。直到汉末,才有上流文人仿效乐府歌辞,创作诗歌。而魏晋时期以曹氏父子为中心的文学运动,提倡"依前曲作新声",实际上推动了五言诗的文人化进程。所以胡适先生才说:"以前的文人把做辞赋看作主要事业,从此以后的诗人把做诗看作主要事业了。以前的文人从仿做古赋颂里得着文学的训练,从此以后的诗人要从仿做乐府歌辞里得着文学的训练了。"以后的词、曲、小说仍然是这样。

　　沈约《宋书·谢灵运传论》说:"自汉至魏,四百余年,辞人才子,文体三变。"这种变化最终导致崇高感的丧失与使命感的缺失。汉末的才性之争对人的主体性的影响,改变了既往儒家君子人格模式,淡化了道德的约束。这就抽空了文学主体的道德伦理内涵,同时也就放大了先天的禀赋。"才"对"德"的胜利,意义深远。这是

---

① 《论小说与群治的关系》,《饮冰室合集·文集之十》,中华书局1989年版。

人的解放的重要历史时期。竹林七贤、魏晋名士、魏晋风流等应运而生。《酒德颂》、绝交书、《世说新语》记录大量怪诞的行为就不难理解了。这就自然地导致了儒家文化所树立与打造的文化崇高感的丧失。文学崇高感的消解，是文学审美趣味下移的前提。《搜神记》《世说新语》、游仙诗、宫体诗等文学形态的出现也就顺理成章了。与崇高感的丧失和使命感的缺失互为消长的是对感伤与阴柔美的崇尚。比如：宫体诗对女性的推崇，对生命脆弱、人生虚白的认识，竹林七贤放浪形骸、醒醒邈遐等怪诞行为。如此世风必然造就如此文风。① 难怪后来陈子昂对这种世风之下的文学有道弊五百年的感叹，刘勰、钟嵘等对此也多为不满。

汉以来，俗乐蓬勃发展，反映在《汉书·艺文志》当中，是在诗赋略中产生了以歌辞为内容的"诗"的小类，收录了一批"歌诗"和"声曲折"的书；反映到《隋书·经籍志》中，集部则增加了许多歌辞总集。著录有《古乐府》《乐府歌辞钞》《歌录》《吴声歌辞曲》等歌辞作品 9 种 45 卷；在其注文中，又著录有《乐府歌诗》《晋歌章》《三调相和歌辞》《伎录》《歌辞舞录》等歌辞作品 29 部 150 卷以上。这种情况表明了汉以来音乐发展的主要趋势：（一）由于战乱、民族文化交流和社会经济的发展，雅乐又经历了一次礼崩乐坏的变迁；（二）由于少数民族音乐大量输入，乐律学发展受到极大刺激；（三）由于乐府制度的加强，大批民间歌曲进入宫廷，造成曲调素材的繁盛以及文人撰写乐府歌辞之风的繁盛。

到了唐宋，市井文学兴盛，这种文学是都市文化的产儿，是商业文化的私生子。这种与士林雅文化分庭抗礼的文化形态，在内容、形式和风格上都与雅文化格格不入。它们"不歌颂皇室，不抒写文人学士们的谈穷诉苦的心绪，不讲论国制朝章，所讲的是民间的英雄，是民间少男少女的恋情，是民众所喜听的故事，是民间的大多数人的心情所寄托的"。这是一种新鲜的、未经雕凿的、想象力特别奔放却又夹杂着污泥浊水的文化，它的魅力，不仅一般的市民无法阻挡，而且，一部分优秀的文人士大夫也被这种魅力所吸引，加入到创作队伍中来，柳永、关汉卿、施耐庵、罗贯中都是这样的人。由于他们的参与，市井文化才有可能成为雅俗两种文化相互影响

① 据同时代的颜之推在《颜氏家训》里记载，当时的上层男士，崇尚阴柔之美，非常重视个人修饰，出门前不但要敷粉施朱，熏衣修面，还要带齐羽扇、麈尾、玉环、香囊等各种器物挂件，于此方能"从容出入，飘飘若仙"。剃须、敷粉、薰香，穿女人衣服，喜步态轻盈，这些女性化的审美突显出魏晋时期的男性对阴柔的崇尚。典型的代表就是魏国丞相何晏，还有就是大书法家王羲之。何晏每天下班以后，都喜欢穿上女人的衣服。而王羲之走起路来则是"飘如游云、矫若惊龙"。要说美男，当首推魏晋时期那个活活被人看死的卫王介。据说卫王介长得美如珠玉，以致他出游时"观者如堵墙"，卫王介被这阵式闹得当场就晕了过去，不久便死了，于是就有了典故"看杀卫王介"。由此观之，那个时代的男士是何等的矫揉造作。如此世风，必然有相应的文风。如萧绎《金楼子·立言篇》所说的"至如文者，惟须绮縠纷披，宫徵靡曼，唇吻遒会，情灵摇荡"，这里的"文"就有齐梁时代特定的文体所指。

的中介；而这种中介作用终于使雅俗之间森严的壁垒被突破了。于是，两种文化才有可能被接通，从而产生出新的文化形态来。这种日复一日的浸染和推进，终于在明代中叶以后，酝酿了近代审美意识的觉醒，掀起了一个文艺启蒙的热潮。在这里，李贽、徐渭、冯梦龙以及后来的金圣叹等一大批文人，为市井文化社会地位的提高做出了突出贡献。他们把小说、戏曲提高到正统文学的高度，将市井文化摆到神圣的文学殿堂之内，甚至在自己的文学主张中认同市民阶层的社会价值观和审美价值观。他们通过对小说、戏曲的评点以及对民歌的搜集、整理和改编加工，肯定了市井文学中的真性情、真精神，为它们争取和雅文化平起平坐的权利。同时，这些人的参与也使得市井文化的内涵复杂化了。由此可见，俗文化在历史上也只能有两种结果，或者被改造之，利用之；或者被取缔之，封杀之。我们看后来的乐府、词、曲，以及更后来的戏曲、小说，都没有逃脱这两种历史命运。

不过，从积极的角度讲，尽管俗文学不能登大雅之堂，但它在历史上并不总是无所作为的；事实上，它一直向雅文学输送着新鲜"血液"，而雅文学也因此不断获得生命活力。换一种说法，现在许多被我们视为雅文学的文体，最初都是由俗文学演变而来的，都曾经有过俗的出身，有过从俗到雅的过程。这些来自民间的新花样、新形式、新体裁，层出不穷，总是给文人的创作以启发和营养。诚如胡适在《白话文学史》中所言："能保存得一点生气，一点新生命，全靠有民间的歌曲时时供给活的体裁和新的风趣。"郑振铎先生在《中国俗文学史》中也说过："当民间发生了一种新的文体时，学士大夫们其初是完全忽视的，是鄙夷不屑一读的。但渐渐的，有勇气的文人学士们采取这种新鲜的新文体作为自己的创作的形式了，渐渐的这种的新文体得了大多数的文人学士们的支持了，渐渐的这种新文体升格而成为王家贵族的东西了。至此，而它们渐渐的远离了民间，而成为正统的文学的一体了。"我们看后来的许多诗人，如李白、杜甫、白居易等，当他们对创作现状不满的时候，都要向汉乐府中寻找灵感，他们甚至常常在作品中化用汉乐府的诗句。如果我们不为传统的偏见所蒙蔽的话，那么，就应该承认，俗文化一定具有雅文化不可替代的特质和相对独立的文化价值；就艺术审美观念而言，俗文化也有不同于雅文化的独特的标准。袁行霈先生所著《中国文学概论》一书，曾将中国文学分为四大类别，即宫廷文学、士林文学、市井文学和乡村文学。袁先生认为："这种分类，既着眼于题材内容，又兼顾文学产生发育的环境土壤以及作者和欣赏者，是一种综合的分类法。"如果我们相信袁先生的这种分类大致不错的话，那么很显然，宫廷文学和士林文学就属于雅文化的范畴，而乡村文学和市井文学就属于俗文化的范畴。

第 九 章

稗官野史与道听途说——小说说小

在中国古代,以"小道可观"看待小说由来已久,"小道"指称小说的非正统性,"可观"则有限度地承认小说的价值功能,可谓一语而成定评,深刻制约了小说发展进程与价值定位,中国古代小说始终处于一个尴尬位置和可怜地位正与此相关。这一评判小说文体的基本术语经数千年而不变,可以看成是中国古代小说评价体系中的核心内涵。"小说"之"小",就在于它是"稗官"所造,上不得台面,进不了庙堂。所以,小说与历史结缘,却只是"正史"外的"野史";小说与"大道"结缘,不遗余力地"演义"所谓的"明言""通言""恒言",以期博得官家的欢心,却因为总是说"子不语"的"怪、力、乱、神"而成为"小道",不受待见。秦汉以降,小说家有时被归入子部,有时被归入史部,有时甚至被归入杂家,但无论归入哪一家,都被放在附庸的位置上。所以,在中国古代,小说是一种边缘的文体,是"哲学的边缘""历史的边缘"与"文学的边缘"相结合的混杂文体。总的来说,小说是挂靠在"文化的边缘"的特殊文化产品。①

一、小说说小

小说本意就是道听途说的无稽之谈。《汉书·艺文志》有云:

> 小说家者流,盖出于稗官。街谈巷语,道听途说者之所造也。孔子曰:"虽小道,必有可观者焉,致远恐泥,是以君子弗为也。"然亦弗灭也。闾里小知者之所及,亦使缀而不忘。如或一言可采,此亦刍荛狂夫之

---

① 何永康主编:《二十世纪中西比较小说学》,江苏教育出版社 2006 年版,第 409 页。

议也。

由此可见，"小说家"之"文"，本出于"街谈巷语，道听途说"，也就是民间传说的各种言论和"故事"。班固对"小说家"颇为不屑，曰："诸子十家，其可观者九家而已。"那第十家，即"小说家"。但"小说家"能跻入"十家"，以致《艺文志》不能不记之，又说明其在当时声势不弱。而班固云"小说家""出于稗官"，更值得深究。① 虽然学界在"稗官"的名实辨析上尚有分歧，但有一点是共同的："街谈巷语，道听途说"之"口头文学"所以成"小说"，进而蔚为"一家"，与先秦某种文化制度相关。《春秋·襄公十四年》："史为书，瞽为诗，工诵箴谏，大夫规诲，士传言。"这"传言"的"士"，大约便是"稗官"一流，所传之言，即"街谈巷语，道听途说"，是为民间口传的、具有反映"民愿"和"观风"意义的言论事件，以及相传已久的"历史故事"。正是在这个意义上，汉桓谭《新论》云：小说家"合丛残小语，近取譬论，以作短书，有可观之辞"。曹植云："夫街谈巷说，必有可采；《击辕》之歌，必应《风》《雅》，匹夫之思，未易轻弃也。辞赋小道，固未足以俞扬大义，彰示来世也。"② 可见在一些文人的观念中，"小说"乃"一家"言，价值犹在不入"家"的辞赋之上。

在中国文学的传统观念中，以诗文为代表的雅文学一向是正宗，小说、戏曲等俗文学被视为鄙野之言，甚至是淫邪之辞。如在文、诗、词、曲等之间，在诏、策、奏、启等之间，都存在着一个不同价值的序列。各体之间尊卑、雅俗的等级界限也不是一成不变的，同样存在着"越界"的相对性和可能性。词相对于诗是俗体，相对于曲又是雅体；词本身在发展初期是俗体，在文人介入后的成熟期又是雅体。今天位极众体的"小说"，在古代只能入于第"十流"，"小说"的名称本身已明确表明古人对此文体的价值评判；《文心雕龙》几乎不论"小说"，至今还为不少学者所疵点，这正反映出古今文体尊卑观的变迁。

在中国小说史上，将"小说"看成为正史之外的野史传说是一个延续长久的认识。唐人刘知己谓："是知偏记小说，自成一家，而能与正史参行，其所由来尚矣。爰及近古，斯道渐烦，史氏流别，殊途并骛，权而为论，其流有十焉：一曰偏记，二曰小录，三曰逸事，四曰琐言，五曰郡书，六曰家史，七曰别传，八曰杂记，九曰地理书，十曰都邑簿。"宋人司马光撰《资治通鉴》，明言"遍阅旧史，旁采小说"。欧阳修倡言"小说不足以累正史"，亦将小说与正史相对。"巷语""途说"之"小说"中的"历史故事"尤为重要。中国上古史籍，有一个从口传形态转化为文本形态的过程。事实

---

① 余嘉锡：《小说家出于稗官考》，文载《余嘉锡论文杂著》。
② 曹植：《与杨德祖书》，转引自郭绍虞：《中国历代文论选》（第一册），上海古籍出版社1979年版。

上,作为信史的正史,其三代之事原非文本史传,其来源也只能是民间代代相沿的口传故事,包括司马迁的《史记》,其"史料"来源之一为广采民间传说,也是常识;等而下之,裴松之《三国志注》中的若干"故事"、葛洪《西京杂记》托言是班固作《汉书》而未用的史料,其实都是汉代以来口耳相传的"巷语""途说"之"小说家言",可见从先秦到两汉,"历史故事"在民间是十分兴盛的。

如果将先秦至两汉"小说"——或曰"故事文学"作一整体观,按今天的文学观念,真正的"主流文学",就应当是"故事文学"——包括"小说"文学与"史家"文学。后者,是文人创作的、整合民间文学后的文人文学;前者的主体,则是文献无载、为"书写文学史"所失落的民间文学——虽然我们只能从"文献背后的事实"发现之。由此得到的启示是:当代的"书写文学史"不应当使前代"文学史"书写中丢失的"事实文学史"继续沉沦,使"书写"和"事实"继续"错位"。李昌集先生认为,文学史研究,首先考察的是历史的文学运动,应当努力追求展示文学历史运动的全社会图景,而不能将平面的、单线条的历史局部替代立体的、多元化的丰富历史。"主流"与"非主流"的问题,只是其中一个方面的内容而已。"文学史研究"与"文学研究"的不同,在其不仅要解读历史留存的"文学",更要探究"文学"生存和运行的"历史"。文学作品解读,在"意义"和"审美"感受上,不妨见仁见智,而文学"史"的"事实",从根本上说,乃是"唯一"的——尽管对同一事实,也可能会有各种不同的理解和阐释。

"小说"的情况,稍有不同,魏晋之前作为"主流"的"小说"——"故事文学",民间"小说"的命运与"小曲"一样,也复归民间状态而滋长,成为文人"书写文学史"中的"暗流"。"故事小说",在诗文之"主流文学"的覆盖下,很难在文人文化圈中得到突破的机会,虽有进展(如唐传奇),但免不了"非主流"化的命运。直至元末以后,一些下层文人方以民间"说话"为样本,开始了"文学性"的长篇小说创作;明中叶后,反映世俗情趣的"事假理真"之文人"拟话本"日益增多,越来越多的市民文人成为"小说"作者,市民小说渐成城市"娱乐文化"中的重要内容,成为市井文学传播中的"主流"。但是,在"士君子"的观念和"话语"中,小说一直是"非主流文学",小说之作,终古代而未能成为整个文人层的集体行为,所以不可能有诗文领域诸"体"纷呈、百舸争流的辉煌景象。① 陈平原先生认为,小说的流行,不光只是粗通文墨的"愚民"的事,饱学之士也然。"士大夫家几上,无不陈《水浒传》《金瓶梅》以为把玩。"因为"把玩",所以不同于"少年轻薄"及"乡曲武豪"的"家置一编、人怀一箧"而

---

① 李昌集:《文学史中的主流、非主流与"文学史"建构》,载《文学遗产》,2005 年第 2 期。

犯上作乱了。可也正因为只是"把玩",也就登不了大雅之堂,只可私下阅读品味。①

　　我国虽早有"有唐三百年,用文治天下"一说,这里所说的文从未将小说列入其内,从《汉书·艺文志》开始,小说便弃于"可观者"诸家之外,真德秀所编《文章正宗》里,将文明确归为辞令、议论、叙事、诗赋,而用虚构方法创作的小说,被排除在外。由于传统习俗视小说为"鄙其琐猥"之物,历代"著绅先生,视小说若洪水猛兽"。因此,文人仕途得意时,有谏草、有辞令、有诗赋,唯独没有小说。相反,曹雪芹、吴敬梓等小说作家,都是些身世凄凉、境遇落泊之文人。鲁迅曾感叹"在中国,小说向来不算文学家的","做小说的也不能称文学家的"。直到清末梁启超等发起小说界革命,才在《论小说与群治之关系》中第一次明确地提出了小说的重要性"欲新一国之民,不可不新一国之小说;故欲新道德,必新小说;欲新政治,必新小说;欲新风俗,必新小说"②。这样,小说才摆脱街谈巷尾之语,稗官野史之流的地位,更多的人写小说,读小说。

　　这样的偏见,也可以从文学批评中略见一斑。盛行于明清之际的小说评点,历来是被一些专家学者们所轻视的。被冠之以"陈腐"与"八股气"。晚清的张之洞就曾对金圣叹和他的小说评点大肆攻击,讥诮金圣叹是不学无术的"粗人",并将小说评点喻之为乌头、巴豆一类的有毒食物,"误食必病",进而将其判为"不可以为考据,不可以为词章,不可以为义理"的死刑。后来胡适承袭了张之洞的偏见,也对金圣叹的小说评点全盘否定。毛宗岗的《三国演义》评点,也被人宣判为没有理论价值而置之不理,著名学者郑振铎就认为毛宗岗的评点"实在不足使我们注意""这种批评,是大可以不必作的"。还有张竹坡的《金瓶梅》评点、脂砚斋的《红楼梦》评点等均被否定。③ 青木正儿是日本著名汉学家、中国文学戏剧研究家。1949 年出版《清代文学评论史》,该书讨论了清代的诗论、文论、词论,讲得很细致,而对清代的小说批评"提不起尝试兴趣""付之阙如了"。郭绍虞在将近 50 万字的鸿篇巨制《中国文学批评史》里,居然没有涉及戏剧与小说的批评理论。④

―――――――――――――

　　①　陈平原:《中国小说叙事模式的转变》,北京大学出版社 2003 年版,第 18 页。
　　②　梁启超:《新中国未来记》,转引自王向远《宏观比较文学讲演录》,广西师范大学出版社 2008 年版,第 23 页。
　　③　叶朗:《中国小说美学》,北京大学出版社 1982 年版,第 16—17 页。
　　④　郭绍虞:《中国文学批评史》,上海古籍出版社 1979 年版。

二、从"似子而浅薄"到"似史而悠缪"——小说的通俗性与兼容性

"小说"无疑是一种技艺高超的说话艺术,幽默诙谐,引人入胜,即所谓的"俳优小说"①。这种民间的说话艺术在汉末已甚为流行,如《陈书》载王叔陵"夜常不卧,烧烛达晓,呼召宾客,说民间细事,欢谑无所不为"。《魏书》载蒋少游"滑稽多智,辞说无端,尤善浅俗委巷之语,至可玩笑"。至《唐会要》卷四言韦绶"好谐戏,兼通人间小说"。宋代吴自牧《梦粱录》卷二十《小说讲经史》:"说话者谓之舌辩,虽有四家数,各有门庭,且小说名银字儿,如烟粉、灵怪、传奇、公案、朴刀杆棒、发踪变泰之事。"罗烨《醉翁谈录·小说开辟》:"夫小说者,虽为末学,尤务多闻,非庸常浅识之流,有博览该通之理。……有灵怪、烟粉、传奇、公案,兼朴刀、杆棒、妖术、神仙。自然使席上风生,不枉教坐间星拱。"

因为小说是"末学",故不登大雅之堂;因为小说家"多闻",所以天南海北,闺阃域外,无所不知,无所不晓;因为"善浅俗委巷之语",故正中下怀;加之"好谐戏""民间细事,欢谑无所不为",故能给人身临其境之感。这样的艺术,"自然使席上风生,不枉教坐间星拱"。这是小说的魅力,扣人心扉,引人入胜。

随着宋元说话的兴盛,尤其是通俗小说的勃兴,小说的虚拟性与虚构性日趋明显,即便是历史演义题材类的小说,也极力挣脱历史的束缚,由注重"实录"而转向注重"虚构"。嘉靖年间洪楩编刊的话本小说集《六十家小说》即然,且纯以娱乐为归,体现了小说文体向通俗化演进的迹象。天都外臣在《水浒传叙》一文中亦专以"小说"指称《水浒传》等通俗小说:"小说之兴,始于宋仁宗。于时天下小康,边衅未动,人主垂衣之暇,命教坊乐部纂取野记,按以歌词,与秘戏优工,相杂而奏,是后盛行,遍于朝野。盖虽不经,亦太平乐事,含哺击壤之遗也。其书无虑数百十家,而《水浒》称为行中第一。"清代罗浮居士《蜃楼志序》对"小说"一词的界定更是明显地体现出了"通俗性"这一特色:"小说者何?别乎大言言之也。一言乎小,则凡天经地义,治国化民,与夫汉儒之羽翼经传,宋儒之正心诚意,概勿讲焉。一言乎说,则凡迁、固之瑰玮博丽,子云、相如之异曲同工,与夫艳富、辨裁、清婉之殊科,宗经、原道、辨骚之异制,概勿道焉。其事为家人父子日用饮食往来酬酢之细故,是以谓之小;其辞为一方一隅男女琐碎之闲谈,是以谓之说。然则最浅易、最明白者,乃小说

① 这一名称较早见于南朝宋裴松之注《三国志》所引《魏略》:"太祖遣淳诣植。植初得淳甚喜,延入坐,不先与谈。时天暑热,植因呼常从取水自澡讫,傅粉,遂科头拍袒,胡舞五椎锻、跳丸、击剑、诵俳优小说数千言讫,谓淳曰:邯郸生何如耶?"

正宗也。"作者认定小说正宗就是浅易与明白。可见,通俗性是小说的生命力之所在。

需要特别指出的是:"小说"既是一个"历时性"的观念,即其自身有一个明显的演化轨迹,同时,"小说"又是一个"共时性"的概念。如《四库全书总目》对"小说"的看法即与《汉志》一脉相承,《总目》所框范的小说"叙述杂事""记录异闻""缀辑琐语"和明清以来的通俗小说在清人的观念中被同置于"小说"的名下。

> 欧阳修在《新唐书·艺文志》中,不仅第一次将《搜神记》之类的志怪作品由史部杂传类移录于子部小说家类,而且第一次将大批唐传奇作品著录于正史艺文志小说家类,并将虚构与否作为区分史传与小说的基本标准,从而开启了具有近代意识的小说观念的先河,对中国小说的发展作出了积极的贡献。①

中国古代小说从"似子而浅薄"到"似史而悠缪",始终在子史之间寻找位置。正是这种特殊的地位决定了中国古代小说的特殊品格,而史志著录小说作品归类的变化则反映了中国传统小说观念的发展。这种似子非子、似史非史的文体尴尬境遇,成就了中国古典小说独特的精神意蕴。② 或许正是由于小说的不伦不类,恰恰机缘巧合地成就了小说艺术强大的兼容性,可以从容有机地将其他文种兼收并蓄。在后世长篇章回体小说,特别是四大名著中,这样的特征一目了然。也有学者认为,被排斥于"中心"与"主流"之外的小说,虽然失去了许多发展的机遇与待遇,但同时也获得了别样的自由与可能。"小说因其'小'而肆无忌惮,因其'俗'而无所顾忌,因其'野'而率性作为,为中国文化灌注了来自原野和草野的感性动力,从'边缘'撕破了窒息人性的文化罗网,用异端的精神掀起了石破天惊的文化狂澜。"③

三、没有身份的诞生——中国小说作者之谜

如果说作品之于作者亦如子女之于父母,那么,中国古代小说大多系身份不明的私生子。由于中国小说没有合法的定位,处在不伦不类的尴尬境地,所以一个值得注意的现象就是作者身份问题。在中国,不仅经史子集等作品的作者较为清楚,就是散文、诗歌的作者基本上也是清楚的。但一到小说问题就来了,许多小说的作

---

① 王齐洲:《中国文学观念论稿》之《试论欧阳修的小说观念》,湖北教育出版社 2004 年版,第 450 页。
② 王齐洲:《中国文学观念论稿》,湖北教育出版社 2004 年版。
③ 何永康主编:《二十世纪中西比较小说学》,江苏教育出版社 2006 年版,第 411 页。

者难以确认。就连四大才子书也一样,影响如此之大,且在当时就声名显赫,但作者问题一直莫衷一是。

"第一奇书"《金瓶梅》的作者"兰陵笑笑生",真实身份一直众说纷纭。《金瓶梅》成书约在明万历年间,以"禁书""奇书"闻名,具有独特的文学价值和艺术成就。作者"兰陵笑笑生"作为第一位独立创作长篇小说的作家,其真实面目成为历史谜团。万历丁巳(1617 年)刻本《金瓶梅词话》开卷就是欣欣子序,欣欣子序第一句话就说"窃谓兰陵笑笑生作《金瓶梅传》"。显然,《金瓶梅》的作者是"兰陵笑笑生"。"兰陵"是郡望,"笑笑生"是作者。所以该序最后一句话是:"吾故曰:笑笑生作此传者,盖有所谓也。""笑笑生"只是笔名,究为何人呢? 代表性的学说有:王世贞说①;屠隆说②;贾三近说③;李开先说④;徐渭说⑤。此外还有汤显祖说、冯梦龙说、李先芳说、沈德符说、李渔说、赵南星说、卢楠说、李贽说、冯维敏说、谢榛说、贾梦龙说、薛应旗说、臧晋叔说、金圣叹说、田艺蘅说、王采说、唐寅说、李攀龙说、萧鸣凤说、胡忠说、丁惟宁说等,不一而足。尽管《金瓶梅》作者候选人名单越来越长,而且如黄霖关于屠隆说,卜键关于李开先说,鲁歌、马征关于王稚登说,许建平、霍现俊关于王世贞说,潘承玉关于徐渭说等,在当今《金瓶梅》研究成果中可以并称五大说,但平心而论,尚没有一说为学术界所普遍认同。

《西游记》的作者也是一个历史悬案。在所发现的各种不同版本《西游记》中,或署名朱鼎臣编辑,或署名华阳洞天主人校,或署名丘处机撰,或干脆没有署名。20 世纪 20 年代,胡适与鲁迅据清代文献考证出《西游记》作者是淮安嘉靖中岁贡生吴承恩,此说一度几成定论。但自 20 世纪 80 年代以来,有学者又对吴承恩的作者身份提出异议。理由一是今存吴承恩诗文及其友人文字中从未提及撰写《西游记》一事;二是《淮安府志》所载吴承恩著《西游记》一事并未说明是演义、稗官,而通常情况下演义、稗官是不录入地方志的;三是在清朝藏书家黄虞稷所著《千顷堂书目》中吴承恩所著《西游记》被列入舆地类(即地理类)。因此,有人重新提出《西游记》是邱处机所著。此外,有人依据《西游记》中的诗词认为《西游记》的作者是明朝

---

① 最早透露出王世贞作《金瓶梅》的系明刻本《山林经济籍》与《万历野获编》。其后清人陈陈相因,王世贞说几成定论。此说后遭鲁迅、吴晗、郑振铎等人否定。20 世纪 90 年代,朱星再倡此说。许建平《金学考论》、霍现俊《〈金瓶梅〉发微》再次举起此说大旗。

② 此说为黄霖首倡。

③ 此说为张远芬所主张。其《金瓶梅新证》提出十条证据。

④ 此说以徐朔方为代表。

⑤ 最早透露这一信息的是明袁中道《游居柿录》。1999 年潘承玉《金瓶梅新证》详细论述了《金瓶梅》作者之"徐渭说"。

的"青词宰相"李春芳。

《水浒传》的作者历来说法不一，除目前广泛认可的作者为施耐庵外，历史上还有其他几种观点，包括了罗贯中说①，施惠说②，郭勋托名说③，宋人说④等。还有人认为《水浒传》前七十回为施耐庵著，后三十回则为罗贯中著。也有人认为《水浒传》是施耐庵写的，但经过罗贯中的整理加工。

《红楼梦》的作者更是扑朔迷离，众说纷纭。《红楼梦》又名《石头记》，作者是"无材补天"的石头；又名《情僧录》，作者是情僧空空道人；又名《风月宝鉴》，题名者是东鲁孔梅溪；又名《金陵十二钗》，题名者是批阅增删者"曹雪芹"⑤。较流行的观点是《红楼梦》前八十回由曹雪芹撰写，后四十回经高鹗与程伟元补续完成。但也有观点认为八十回后是由无名氏所续，高鹗与程伟元不过是编纂者。

首先，小说著作权不明，直接的原因是小说地位卑下。比如说，在通俗小说进入文人独创时期的乾隆年间，人们对吴敬梓创作《儒林外史》仍扼腕叹息："《外史》纪儒林，刻画何工妍。吾为斯人悲，竟以稗说传。"⑥在人们都认为小说是俗物的时候，即使作家写出旷世之作，也会因为这些社会不入流的看待而轻贱自己的作品。不以此为荣，反而以此为耻。这些看法严重创伤了作家的写作热情，也使得作家在社会中的地位低下，无法为他们带来荣耀和尊重，自然不愿意在作品中署名，承认自己的著作权。正是因为这些社会历史原因，使得古代一些写出千古奇文的小说家们，因为自卑、怕败坏名声、连累家族名誉等原因在撰写小说的过程中署以笔名甚至不愿署名。那些小说的作者究竟是谁，也因此成为千古之谜。林语堂先生说：

①　此说最早见于明代高儒《百川书志》中，说《水浒传》是"钱塘施耐庵的本，罗贯中编次"。直到民国年间，鲁迅、俞平伯仍然认为《水浒传》简本是罗作，繁本是施编。但是，这种观点现在普遍没有得到认同。

②　此说见于无名氏《传奇会考标目》："施耐庵，名惠，字君承，杭州人。"孙楷第《中国通俗小说书目》中认为"耐庵即施惠号"。此后又有人考证《水浒传》中有江浙方言，并发现施惠的《幽闺记》中有一些描写和《水浒传》相似，以此推断二书皆出自同一人之手，乃施惠所作。

③　戴不凡认为"疑施耐庵即郭勋"，胡适《水浒传新考》认为郭勋刻水浒乃是假托。

④　此说认为《水浒传》是罗贯中编写，但考证出罗贯中是宋朝人。程穆衡在《水浒传注略》中推测施耐庵为宋末元初人。其后黄霖根据《靖康稗史》七种的编者署名"耐庵"，而推断这位南宋末年的"耐庵"就是施耐庵，并且认为施耐庵所作水浒乃是简本，而不是当前的版本。

⑤　关于曹雪芹，不只他的生卒年一直存有争议，甚至连他的字、号，也不能十分确定，按照曹雪芹的好友张宜泉的说法，应该是姓曹，名沾，字梦阮，号芹溪居士。但有研究者认为他的字是芹圃，号是雪芹。他的生年，现在主要的有两种看法：一种认为他生于公元1715年，另一种说法认为他生于公元1724年。他的卒年，一般有三种说法：一种认为他卒于公元1763年，一种认为他卒于公元1764年，最后一种认为卒于公元1765年初春。曹雪芹的上世的籍贯，现在也有两种看法：一种认为他的祖籍是河北丰润，明永乐年间迁至辽东铁岭，后来跟随清兵入关；另一种认为他的祖籍是辽阳，后迁沈阳，他的祖上曹振彦原是明代驻守辽东的下级军官，大约于清太宗天命六年（公元1633年）后金攻下了辽阳时归附，后随清兵入关。

⑥　程晋芳：《怀人诗》之十六，见《勉行堂文集》卷二《春帆集》。

"中国小说家常有一种特殊心理,他们自以为小说之写作,有谬于儒教,卑不足道,且惧为时贤所斥,每隐其名而不宣。①

其次,小说著作权不明,与法律保障的缺失也有关系。书籍的版权是随着印刷术的采用而出现的,由于复制技术的发展而产生了作品的版权问题。"版权所反映的利益大多需要通过传播途径实现,所谓'无传播则无权利',现代版权制度的诸规则也表现了保护作者权利和促进传播的双重旨趣。"②但在古代,这一切都无从谈起。由于在明末清初小说的传播中"商品的生产是隐形化的",因此作者并不具有作品的"专有性",即没有版权,作者显然也没有版权意识。古代通俗小说有大量的创作者湮没无闻,而其作品在很大程度上也就成了书坊能任意翻刻和更改的对象。明末清初小说被翻版盗印的情况比比皆是,由于明末战乱频繁,坊贾偶得残版便以为奇货可居,大可作伪以欺世。各书的原本也大多传世甚鲜,使坊贾的作伪不容易为世人所知道,于是翻刻、翻印之风颇盛,以各书的残版、残卷杂凑成书,随便题一书名者,在明清之交几乎成了一种风气。这又为小说的著作权增加了许多不确定因素。研究古代通俗长篇章回小说名著,如《水浒传》《西游记》《红楼梦》等,无可避免地会遭遇到续书问题。中国古代通俗小说的续书不仅数量众多,而且时间持久,这在世界小说史上是罕见的。例如"四大名著"之一《红楼梦》的前八十回的作者是曹雪芹,高鹗的后四十回就是对前八十回的续写。古代小说续书问题,也是导致作者著作权模糊的一个因素。比如一本书在创作过程中,因为另外一个文人不满意小说的结尾,重新进行了改写。这样的人多了以后,一本小说的作者就会有好几个,并且有很多的版本,如果他们都使用各种各样的"笔名",更增加了辨别小说原作者的难度。在古代,一个小说的作者,有号、字、笔名,喜欢了,还可以换成自己住的地方的名字。他们随意地使用,也增加了确定一些小说的作者的难度。此外,重名的现象在小说的创作和传播中,也是存在的。例如,兰陵笑笑生写的《金瓶梅》得到大量传播以后,别人也写了一本《金瓶梅》,同样以大量的性描写为主,这样,在传播的过程中,又增加了小说作者著作权的模糊度。

值得一提的是,文字狱也是造成著作权不明的重要原因。文字狱自古就有,以明清最盛。清代文字狱自顺治开始,中经康熙、雍正、乾隆四朝,历时140余年。文人学士在文字中稍露不满,或皇帝疑惑文字中有讥讪清朝的内容,即兴大狱,常常广事株连。《红楼梦》就是在文字狱十分严重的乾隆时期成书。自乾隆大兴文字之

---

① 林语堂:《有不为斋随笔·小说》,群众出版社1996年版。
② 刘华、陆剑:《我国古代版权保护理念缺失的文化解读》,引自《中国版权》2006年第1期。

狱起,32年间,制造的冤案占了整个清王朝此类冤案的百分之八十,由此便可感知到当时的恐怖。朝野人人自危,士子噤若寒蝉。这些使得文人志士即使写出了优秀的作品,也不敢大张旗鼓地写出自己的大名,承认自己的著作权。

四、名不正则言不顺——中西方小说命名形态管窥

小说命名是作者思想意识最直观的体现,是作品最直观的外在形式,它是一种文本符号,既折射出时代文化、政治变革、文学思潮对作者的影响,也凝聚了作者隐秘的潜意识的理解与想法。而读者在浏览小说题名时,读者与小说已经有了一个快速的文本交流,勾引起读者的阅读兴趣,预设了朦胧的阅读期待,所以小说书名在一定意义上说,比文本内容更快捷地完成了小说文本的建立。

但小说的命名则被研究者忽视。在中西不同文化背景下所形成的小说命名差异也是一个有趣的文学现象,如果将中西方小说的命名方式做一简单比照就一目了然。简单来说,中国小说作品命名重抒情性、写意性,小说命名向史传靠拢、以"闻""录"名篇,且小说作品书名无一例外地都有雅化倾向;而西方文学作品命名重写实性、传记性,发展到当代,又有了哲学思辨的色彩。

西方小说最引人注目的一个命名特点就是习惯以主人公的姓名为书名,这在欧洲中世纪流行的骑士小说中就可见端倪,《艾凡赫》《阿马迪斯·德·高拉》《古斯曼·德·阿尔法拉切的生平》《太阳骑士》《埃斯普兰迪安的英雄业绩》《希腊的堂利苏阿尔特》《帕尔梅林·德·奥利瓦》《骑士西法尔》等。从骑士小说到影响世界文坛深远的西方现实主义小说,书名几乎都是主人公的姓名——《托梅斯河上的小拉萨路》《菲洛柯洛》《菲亚美达》《伽拉苔亚》《奥尔比凯》《贝尔法哥》《帖木儿传》(此小说直译应为《高康大和庞大古埃》)《辛克顿船长》《杰克上校》《罗克珊娜》《帕梅拉》《吉尔布拉斯》《欧也妮·葛朗台》《贝姨》《邦斯舅舅》《高老头》《约翰·克利斯朵夫》《嘉丽妹妹》《贝多芬传》《玛丽·巴顿》《董贝父子》《安娜·卡列尼娜》《奥列佛·退斯特》《大卫·科波菲尔》《简·爱》《包法利夫人》《羊脂球》等。《汤姆·索亚历险记》《哈克贝利·费恩历险记》《堂·吉诃德》《简·爱》《德伯家的苔丝》《格列佛游记》《大卫·科波菲尔》《嘉莉妹妹》《鲁滨逊漂流记》等,戏剧文学也一样,例如莎士比亚的《哈姆雷特》《李尔王》《罗密欧与朱丽叶》《奥赛罗》等。这种命名方式似乎融入了西方作家的骨髓和血液里,以基因组合的方式一代代传承。

对比西方小说这种命名习惯,中国小说绝少以人名做书名。据统计,西方小说书名中,以人名为书名占了全部西方小说书名的54.4%,其中又以西方现实主义小

说以人名为书名占了 36.8％；我国小说书名中，唐传奇中有过比较醒目的以人名做书名的现象，如《莺莺传》《李娃传》《毛颖传》《李赤传》《霍小玉传》《高力士外传》《庐江冯媪传》《谢小娥传》，以及零零碎碎的小说名中假托名人来提高小说知名度之外，中国小说命名中绝少出现以人名做书名的现象。中国小说书名出现人名只占小说全部命名的 9.5％。

那么，是什么原因造成我国小说家不习惯或不偏爱以人名为书名呢？在此我们尝试从中西文化差异进行探讨。众所周知，西方文化起源于希腊文化，而希腊文化是个性主义文化，重视人的价值实现，崇尚自由与智慧，有很强的叛逆精神、自由意志和主体意识，如希腊神话中的普罗米修斯按照自己的意志决定自己的行动，敢于违抗天帝宙斯的意志，盗火给人类，他被誉为先知、英雄、比宙斯更伟大的存在，在后来的西方文学中，是人们热情赞美的对象。《伊利亚特》开篇第一章就说出了"阿喀琉斯的愤怒是我的主题"，《荷马史诗》之《奥德赛》就是以书中主人公奥德赛为书名的。在这样的文化浸润下，后世以古希腊神话为依托的小说就秉承了希腊文化中重视个人的现象，小说书名都是以人名为题。

西方文化在中世纪沉寂，在文艺复兴中重新焕发光彩，而文艺复兴标榜的"人文主义"高度颂扬"人"是现世生活的创造者和享受者，要求文学艺术表现人的思想感情，科学是为人谋福祉，教育是发展人的个性，要求把人的思想感情和智慧从中世纪的愚昧中解放出来，还原人的个性与自由。莎士比亚在他的著名剧本《哈姆雷特》中就说出了西方人一直持有的"人是高贵的"观念——"人类是多么了不得的杰作！多么高贵的理性！多么伟大的力量！多么优美的仪表！多么文雅的举动！在行为上多么像一个天使！在智慧上多么像一个天神！宇宙的精华！万物的灵长！"在这种文化观念下，西方小说以人名来命名就十分自然，不足为奇。个性自由、理性至上是小说的全部内容。如伍尔芙《达罗威夫人》《狒拉西》，福克纳《萨多里斯》，布勒东《娜佳》，阿斯图里亚斯《总统先生》，胡安《佩德罗·帕拉姆》，娜塔莉·萨洛特《马特洛》等。书名简单明了地叙述了书中发生的具有全局性的、跟主人公紧密相连的事件，诸如冒险、寻宝、游记，等等。这一类书名突出表现在 18 世纪现实主义小说中：笛福《鲁滨孙漂流记》，斯威夫特《格列佛游记》，格尔德斯密司《威克菲尔德牧师传》，菲尔丁《弃儿汤姆琼斯的历史》《约瑟夫·安德鲁斯传》等。同时还有儒勒·凡尔纳的《地心游记》《环游世界八十天》等一系列诸如此类的书籍问世。

18 世纪，欧洲各国基本上完成了原始的资本主义积累，以英国为例，1835 年开始产业革命，又通过战争，侵占了印度、非洲等地，称霸于世界。在英国称霸世界的过程中，受金钱和利益的引诱，大批的英国人从英国本土出发，向世界各地进军，以期大发横财。这些人中有海盗、有奴隶贩子、有淘金人,其中最著名的当属开启了美国历史的"五月花号"。通过冒险,海盗成了英王受封的爵士,大批的苦役犯过上了富裕的生活,当然这里也有纯粹传道布教的虔诚教士。这样,社会中就兴起了冒险的风气。此时就出现了一大批的冒险小说,如斯末莱特《蓝登传》,狄更斯的《匹克威克外传》,勒得·普赖斯《哈尔罗杰历险记》等。著名美国作家马克·吐温的两部历险小说《汤姆·索亚历险记》和《哈克贝利·费恩历险记》的小说命名就是有感于作家早期在密西西比河上的冒险经历。

从19世纪尤其是20世纪起,西方机器大工业快速扩张,甚至挤压了人类的生存空间,许多人都撰文声称"人成了机器的奴隶",表现现代人异化的现代主义得到了人们的追捧与认同,小说的题名又开始了往意象象征的方向发展,书名寄托了作者的某种对人世特别是对当时人们的生存现状的思考,书名往往暗扣西方经典,主要是《圣经》或《荷马史诗》,希望在人们阅读小说的第一眼能体会到作者的苦心,然后反思自我,做出行动与改变,回报社会,回报人类。这其中包括爱尔兰的意识流大师乔伊斯的《尤利西斯》,戈尔丁的《蝇王》,约翰·斯坦贝克的代表作《愤怒的葡萄》,马尔克斯的《百年孤独》,福克纳的《喧哗与骚动》,海明威的《丧钟为谁而鸣》和波特的《盛开的犹大花》《黑白马,黑白骑士》,普拉斯的《钟罩》和劳伦斯的《虹》等。以乔伊斯的《尤利西斯》为例,这部作品是以古希腊史诗奥德赛中的尤利西斯之名为题的。在《荷马史诗》中,尤利西斯是位勇敢、机智的英雄,他经过十年的海上漂泊,克服了无数个困难,终于返回了家乡,与亲人团聚,并且严惩了垂涎自己的妻子、觊觎自家财产的求婚者们。总之,他的性格中感情与理智俱全,他是人类的代表。但是,乔伊斯笔下这部以尤利西斯为题的小说的主人公虽然拥有类似于尤利西斯的遭遇,但精神状态、心智毅力、人品性格等统统劣于古代的那位"尤利西斯",乔伊斯以此为书名,是希望告诫现在的西方人:希腊时代中人们所拥有的智慧、胆力、善良、忠诚、信任等美好的品质全部被庸俗、淫荡、空虚、堕落、欺凌所取代,现在的人们陷于一种深重的精神危机之中。

1880年前后,西方主要国家进入迅猛的经济发展和国际扩张阶段,其中尤以英、法、德三国为最。工业化和城市化的进程随之加快,极大地改变了人们的生活,尤其改变了传统农业社会的人际关系结构。19世纪以前田园牧歌式的乡村风光,被充斥着钢筋水泥的巨型城市所取代,人们的价值观、世界观、宗教信仰等受到激烈的冲击和挑战。欧美社会的个人出现了普遍的疏离感、陌生感和孤独感。尤其是两次世界大战彻底打破了欧洲社会岌岌可危的旧秩序和旧宗法,致使敏感的知识分子,尤其是文学家和艺术家们,对资本主义的价值体系和伦理体系产生严重的怀疑,并滋生反叛情绪。所以尽管现代主义文学一样属于资本主义文化的一部分,但是这种文学怒斥资本主义对人类美好心灵家园的毁坏,批评现代生活造成人的压抑和扭曲,所以此时的小说书名往往一题多义,不能以传统的思维来理解,如萨特的《恶心》,加缪的《局外人》,毛姆的《人性的枷锁》,康拉德的《黑暗的中心》,格雷厄姆·格林的《权力与荣誉》,法朗士的《诸神渴了》,纪德的《地粮》,莫利亚克的《蛇结》,杜伽尔的《蒂波一家》,赫尔曼的《在轮下》,托马斯·曼的《魔山》,雷马克的《西线无战事》等。

相比之下,中国传统小说起源于史传,脱胎于史传,创作观念和创作方法认同于史传,文体形式靠近史传。从篇名上看,以"传"或"记"二字作为篇名后缀词者,俯拾皆是。唐宋传奇中有《任氏传》《柳氏传》《柳毅传》《李章武传》《霍小玉传》《南柯太守传》《莺莺传》《无双传》《飞烟传》《杨太真传》《王魁传》《古镜记》《离魂记》《枕中记》《三梦记》《秦梦记》《王幼玉记》《越娘记》《流红记》等;宋元明话本小说也是如此:《杨温拦路虎传》《董永遇仙传》《苏长公章台柳传》《张生彩鸾灯传》《陈巡检梅岭失妻记》《五节禅师红莲记》《花灯轿莲女成佛记》《柳耆卿诗酒玩江楼记》《快嘴李翠莲记》《曹伯明镜勘赃记》《唐三藏西游记》《孔淑芳记》《沈鸟儿画眉记》《李亚仙记》《张于湖误宿女观记》《杜丽娘记》《郭大舍人记》《徐文秀尹州令记》;明清小说仍是如此,近代苏曼殊的四个短篇题名时的《绛纱记》《焚剑记》《碎簪记》《非梦记》,如此等等。这主要是因为,从起源上,中国小说主要起源于历史传说。中国人将小说视为"史官纪事",将小说称为"稗官野史"。如班固在《汉书·艺文志》中著录了十五种小说,篇名下有小注云"史官记事"。《隋书·经籍志》认为南北朝小说"推其本源,盖亦史官之末事"。明代的胡应麟在《少室山房笔丛·九流绪论下》中说过:"小说,子书流也。然谈说道理,或近于经,又有类注疏者。纪述事迹,或通于史,又有类志传者。"明代庸愚子在《三国志通俗演义序》中云:"《三国志通俗演义》文不甚沈,言不甚俗,事纪其实,亦庶几乎史"。在这样的小说文化下,小说命名必然雷同于史传命名,以"传""记"名篇了。①

魏晋时期邯郸淳的《笑林》,张华的《博物志》,干宝的《搜神记》,刘义庆的《幽明录》《世说新语》,王琰的《冥祥记》,沈约的《俗说》,殷芸的《小说》等作品;隋时的《启颜录》;宋元时的《醉翁谈录》《三国志平话》《宣和遗事》《梦粱录》《合同文字记》《全相平话》《秦并六国平话》《武王伐纣平话》;明清小说中,有《聊斋志异》《醒世恒言》《喻世明言》《警世通言》《古今谭概》《京本通俗小说》《剪灯新话》《龙会兰池录》《荔

---

① 王向远:《宏观比较文学讲演录》,广西师范大学出版社 2008 年版,第 37—51 页。

镜传《杜骗新书》《万锦情林》《燕居笔记》《艳异编》《语林》《涉异录》《志怪录》等命名,都体现了这样的命名特点。前面论述小说的起源时,就说过小说"街谈巷语,道听途说者所造也",正如不少的研究者所指出的,中国古代早中期小说,无论是志怪小说,还是轶事小说,都属于广义的野史杂记。这些野史杂记是重大事件之外的细枝末节,是"史之余",所以《博物志》也好,《幽明录》也好,都是早期的小说作者加以收录,相似的篇目加以收录成类,再由类成集(突出代表是刘义庆的《世说新语》),所以这些作品的命名都以"说""志""录""闻"等为名,体现出小说题材来源以及根据传闻而加工的特点。

徐言行曾指出:"中国古代文学中发展得最为成熟的样式是'抒情言志'的诗歌,叙事文学则相应地不发达"[①]。诗歌在中国文坛的影响极其深远,诗歌的命名则带有明显的写意式风格,如《昔昔盐》《忆昔》《春夜喜雨》《壮游》《无家别》《白雪歌》《关山月》《春江花月夜》《枫桥夜泊》《山居秋暝》《静夜思》《春望》《夜雨寄北》《感遇》《江雪》《清明》等,而小说无论在文体还是在作者个人意愿这些方面来说历来都极力向正统文类靠拢,所以中国小说也有一些写意言志的小说书名,单凭书名就能给人以美的愉悦:凝重的历史感、匡济天下的强烈的责任心,淑女君子的爱情,等等。如《三国演义》《耳新》《情楼迷史》《醒世姻缘传》《金瓶梅》《儒林外史》《水浒传》《红楼梦》《聊斋志异》《剪灯新话》《钟情丽集》《龙会兰池录》《铁花仙史》《荔镜传》《怀春雅集》《平山冷燕》《好逑传》《玉娇李》《娇红记》《国色天香》《绣谷春容》《娇红记》《青泥莲花记》《花阵奇言》《仙佛奇踪》《绿野仙踪》等。

相比于西方小说的现实主义命名方法,我国小说命名偏重写意,总的来说,两者文化在发展伊始,就走上了"雅化"与"俗化"的两条道路:《诗经》显示出以注重抒情为特点的走向,《荷马史诗》则开启了以叙事为特征的史诗与戏剧的道路。钱穆认为,这与《诗经》和荷马史诗分处于中西文化的"雅化"与"俗化"时代直接相关。他说:"西方古代如希腊有史诗与剧曲,此为西方文学两大宗,而在中土则两者皆不胜。此何故?曰,此无难知,盖即随俗与雅化两型演进之不同所致也。荷马略当耶稣纪元前九世纪,适值中国西周厉宣之际。其时希腊尚无书籍,无学校,无戏院,亦尚无国家,无市府。'夕阳古柳赵家庄,负鼓盲翁正作场。死后是非谁管得,满村听说蔡中郎。'荷马当时,亦复如是。如在中国……风雅鼓吹,斯文正盛。……正以中国早成大国,早有正确之记载,故如神话剧曲一类民间传说,所谓齐东野人之语,不

---

① 徐行言:《中西文化比较》,北京大学出版社2004年版,第308页。

以登大雅之堂也。"①

五、真实的谎言——志人小说——《世说新语》

所谓的轶事小说又称为志人小说②,而轶事小说首推应当是《世说新语》了③,此书为南朝宋临川王刘义庆集其门下客所共撰,刘孝标作注。分政事、德行、言语、文学等三十六篇,记载东汉到东晋的奇闻轶事,其内容虽然琐碎但真实地将魏晋士大夫的思想及生活状况,很生动地表现出来,并且写出了士人消极厌世,放浪形骸的风气。其中有许多故事是成为后代戏曲小说的题材。

中国上古史传作为信史,其中不乏虚拟与虚构。比如对《战国策》中的部分历史记载,就有人不时提出疑问。④ 比如唐雎劫秦王这件事极有可能是文学作品的艺术夸张,也可能是子虚乌有。《战国策》就是用这样惊心动魄的场面,敷张扬厉的语言,来突出唐雎作为布衣之士的英雄气概——这类夸张和近乎虚构的笔墨,使文章自身失去了信史的作用,增加了历史散文的文学色彩。⑤ 黄岳洲、茅宗祥在《中华文学鉴赏宝库》中说,文章内容未必尽合历史事实,但所表达的思想有积极意义。作为小国之臣,在孤立无援的危难情况下,折服秦王,不辱使命,唐雎堪称一个临危不惧、机智果敢的伏虎英雄。他从"道义"上暗刺了秦王的不义,是一反抗强暴、蔑视王侯的义侠和高士,这种无畏品格为时人和后人所赞赏。同时,唐雎的"不易"显

---

① 钱穆:《中国文学论丛》,三联书店 2000 年版,第 12—13 页。

② 此说系鲁迅根据志怪小说的命名推论而来。

③ 《世说新语》一书,历代皆以"小说"视之。《隋书·经籍志》《旧唐书·经籍志》《新唐书·艺文志》《崇文总目》《通志》《郡斋读书志》《直斋书录解题》《宋史·艺文志》《文献通考》《百川书志》及《四库全书总目》皆归之为小说类,详参王能宪《〈世说新语〉历代著录情况简表》。

④ 吴小如在《古文精读举隅》中谈到,《战国策》并非全部实录。蔡守湘于《先秦文学史》中所持也是"记言记事具有艺术虚构"之论。马积高、黄钧在其《中国古代文学史》中则明示,《战国策》是史家之笔兼策士之辞,"为了耸人听闻,游士的言词有夸张渲染和虚构的特点"。朱东润先生《中国历代文学作品选》中认为:唐雎胁迫秦王之情节(诸如秦王称天子之怒是"伏尸百万,流血千里",唐雎则称布衣之怒为"伏尸二人,流血五步,天下缟素",秦王只好"长跪而谢"。)当出于虚构,不能视为真实的史料记录。游国恩先生认为:"《战国策》最长于说事,但记述事件的后果不尽可靠。"

⑤ 有关"秦王以五百里地易安陵"一事,史书记载不尽相同。《战国策·魏策四》之《秦魏为与国》记曰:"齐、楚约而欲攻魏,魏使人求救于秦,冠盖相望,秦救不出。魏人有唐雎者,年九十余,谓魏王曰:'劳臣请出西说秦,令兵先臣出可乎?'魏王曰:'敬诺。'遂约车而遣之。"同出于《战国策·魏策四》之《秦王使人谓安陵君》的《唐雎不辱使命》一文,则于此事了唐雎的精彩表演。唐雎不但不是九十岁的老人,且年轻英武,神功盖世,能够与年富力强的秦王相抗衡,把秦王吓得跪地求饶。两者前后矛盾,必有一记载有虚构成分。《资治通鉴·秦纪二》则说:"二十二年,王使人谓安陵君曰:'寡人欲以五百里地易安陵。'安陵君曰:'大王加惠,以大易小,甚善。虽然,臣受地于魏之先王,愿终守之,弗敢易。'王义而许之。"安陵国能够暂存与唐雎似乎没什么关系。

示了安陵国土的神圣不可侵犯,守住的是正义,是尊严。秦人企图用欺骗手段不战而屈人之兵,不料却为他人所屈,又平衡了许多亡国者和将亡者的心。故事本身的真实与否倒是次要问题了。再如对被誉为"史家之绝唱,无韵之离骚"的《史记》,虽然一向秉承"实录"精神,但也有人对其真实性提出质疑。

历史著作中不乏虚拟虚构,但作为原本以虚拟虚构见长的小说,则又往往力求真实,《世说新语》便是代表。袁行霈先生在《〈世说新语〉研究·序》中指出:虽系小说家言,未可直以小说视之。其于魏晋社会政治、哲学、宗教、文学以及士人之生活风貌、心理状态,莫不有真实记录。高度认可《世说新语》的史料价值。事实上,对《世说新语》的研究绝大多数并不从史学的角度展开,而是从哲学与美学的角度居多。对《世说新语》美学思想的研究,肇始于20世纪前叶,其中最具有代表性的成果当推宗白华先生《论〈世说新语〉和晋人的美》一文,其第一次较为全面地论述了《世说新语》和魏晋风度的美学价值。文中独具慧眼地指出了"晋人之美"在于神韵,直接启发了此下研究者对《世说新语》美在神韵的探索。当代学者对其多有补充和申发,钱南秀、张永昊、熊国华、程章灿、董晋骞等分别从"审美观""文化底蕴""美学新风""人物美"诸多方面入手,将《世说新语》美学思想放在对整部书或整个美学史研究的参照系中加以或多或少的讨论,在一个宏观的高度深化了对《世说新语》美学思想的认识,确立了其在美学史中的研究价值。

六、谎言的真实——志怪小说——《搜神记》

代表志怪小说最高成就的作品当是《搜神记》,这类小说源于《山海经》《穆天子传》等先秦时代的志怪小说。《搜神记》作者干宝有感于父亲之婢和兄长死而复生的神异经历,一方面"考先志于载籍",另一方面"收遗逸于当时"。其中"干将莫邪""东海孝妇""仙女下嫁董永"等都是后人耳熟能详的故事,且有不少作品都被改编成为流传极广的戏剧曲目。《搜神记》其实是一部古代的民间神话传说,一部分至今还为百姓喜闻乐见,口耳相传。例如"蚕神的故事"(卷十四)、"盘瓠的故事"(卷十四)、"颛顼氏二子的故事"(卷十六)、"细腰的故事"(卷十八)或至今整个地流传于民间,或经过演绎而成今日流行的传说。

《搜神记》不幸为旧文学家当作谈神说怪的小说而摒弃,又不幸为新文学家当作文人编造的神怪小说而不屑一读。事实上,《搜神记》对后世小说影响深远,为中国小说提供了丰富的营养。比如说《搜神记》对女性形象的描写给我们留下了深刻印象,作品通过浪漫的想象,展现了那个时代女性的外在美和奇异美,个性美与人情美,展示了女性的命运与追求,痛苦与抗争。从《搜神记》中,可以读到人们对于长生的梦想和追求,读到当世人们受压抑而渴望突破的性意识,读到他们对于自然生存环境的征服,读到他们对于世外仙境的企盼,也读到他们对于吉凶祸福的思辨。《搜神记》的殉情,具有强烈的抗争意味,面对这种至情主义,在唏嘘感叹之余,也给人不尽的深思和无限的冥想。在荒唐怪诞的奇思妙想之外,有包藏了作者对人性的深刻洞察与人生的新锐见解。正如庄子《天下篇》所言:"以谬悠之说,荒唐之言,无端崖之辞,时恣纵而不傥,不以觭见之也。以天下为沈浊,不可与庄语,以卮言为曼衍,以重言为真,以寓言为广。独与天地精神往来而不敖倪于万物,不谴是非,以与世俗处。其书虽瑰玮而连犿无伤也,其辞虽参差而諔诡可观。""諔诡可观"正是这类小说的价值所在。《搜神记》之后,还有一部《后搜神记》,十卷,旧题为陶渊明撰,应当说是后人之假托。

七、从口头到书面——章回小说的文化标签

毋庸置疑,章回小说是中国文学的特产,也是古代中国小说的主流。是由宋元讲史话本发展起来的,是口头文学书面化的产物。其特点是分回标目,段落整齐,首尾完整。讲史说的是历史兴亡和战争故事,如《金相平话五种》《五代史平话》《宣和遗事》等。由于所说历史故事情节绵长,时空跨度大,无法一次讲完,必须将其分段切割,连续讲若干次,每讲一次就相当于后来的一回。在每次讲话以前,要用题目向听众揭示主要内容,这就是章回小说回目的起源。从章回小说中经常出现的"话说"和"看官"字样,不难看出它和话本之间的血缘关系。

经过宋元两代的长期孕育,元末明初出现了一批章回小说,如《三国志通俗演义》《残唐五代史演义》《水浒传》等。这些小说都在民间长期流传,经说话和讲史艺人补充内容,最后由作家加工改写而成,其描写与虚构的成分大大增强,以便读者案头阅读,完成由听觉到视觉的艺术转变。

到明代中叶,章回小说的回目正式创立,标明"李贽评吴观明刻本"的《三国演义》,改240回为120回,它的时代虽难断定,但明万历十七年天都外臣序刻本《水浒传》,已取消了卷数,直接标目为"回",又加上了对偶的双句回目。这个时期创作的小说,如《西游记》《封神演义》《金瓶梅词话》等,都分回标目,只是有的回目用单语,有的回目用偶句。到了毛宗岗修改《三国志演义》时,为了"务取精工,以快阅者之目",就把"以参差不对,错乱无章"的回目改为对偶整齐的二句。明末清初,回目采用工整的偶句,逐渐成为固定的形式。自此以后直至近代,中国的长篇小说和中

篇小说,普遍采用这种形式。现在我们较为常见的明清及近代章回体小说,大致有文言体章回小说,如《三国志通俗演义》;方言体章回小说,如清代韩子云的《海上花列传》,全文多用吴方言;弹词体章回小说,如陶贞怀的《天雨花》;排偶体章回小说,如清代陈球的《燕山外史》等。

在章回小说研究中,章回小说的社会批判意义是一个早已引起人们充分注意并得以普遍深入探讨的课题。近代,王钟麒就通过章回小说的当代观照,高度肯定和评价了章回小说的社会批判意义。他在《中国历代小说史论》中认为,章回小说的批判精神——"一曰愤政治之压制",因为"吾国政治,出于在上,一夫为刚,万夫为柔,务以酷烈之手段,以震荡摧锄天下之士气"。作为对封建专制政治的批判,古代小说的创作"设为悲歌慷慨之士,穷而为寇为盗,有侠烈之行,忘一身之危而急人之危,以愧在上位而虐下民者,若《七侠五义》《水浒传》皆其伦也";"二曰痛社会之混浊",因为"吾国数千年来风俗颓败,中于人心,是非混淆,黑白易位。富且贵者,不必贤也,而若无事不可为;贫且贱者,不必不贤也,而若无事可为"。作为对黑暗现实的批判,明清章回小说"描写社会之污秽浊乱贪酷淫亵诸现状,而以刻毒之笔出之"①。

小说——不再是街谈巷语的道听途说和稗官野史的无稽之谈,也不再是败坏风俗的诲淫诲盗之书。可以像诗歌一样匡正世风,针砭时弊,堂而皇之地服务王道政治,讽上化下。小说最终获得主流价值认可,贴上体面的文化标签!

八、小说何以称奇——四大奇书

小说,真真假假,是是非非,扑朔迷离,幻化无穷。《红楼梦》第五回有"假作真时真亦假　无为有处有还无",真是一语道破小说天机。而"贾雨村""甄士隐"的言外之意与"满纸荒唐言""谁解其中味"之味外之旨,或许正是小说奇妙所在。这样的艺术境界,既是汉语的奇迹,更是中国小说的奇迹!明朝是中国小说蓬勃发展、走向成熟的时期。《三国演义》《水浒传》《西游记》《金瓶梅》,分别代表四个领域的小说——历史演义、英雄传奇、神魔志怪和人情小说。李渔将这四本书称为小说界的"四大奇书"。小说何以称奇,我们从睡乡居士的《二刻拍案惊奇序》中或许能感受一二,他说:

---

① 郭绍虞等主编:《中国历代文论选》第四册,上海古籍出版社 1980 年版,第 260 页。

今小说之行世者,无虑百种,然而失真之病,起于好奇。知奇之为奇,而不知无奇之所以为奇。舍目前可纪之事,而驰骛于不论不议之乡,如画家之不图犬马而图鬼魅者,曰:"吾以骇听而止耳。"夫刘越石清啸吹笳,尚能使群胡流涕,解围而去,今举物态人情,恣其点染,而不能使人欲歌欲泣于其间。此其奇与非奇,固不待智者而后知之也。则为之解曰:"文自《南华》《冲虚》,已多寓言;下至非有先生、冯虚公子,安所得其真者而寻之?"不知此以文胜,非以事胜也。至演义一家,幻易而真难,固不可相衡而论矣。即如《西游》一记,怪诞不经,读者皆知其谬,然据其所载,师弟四人,各一性情,各一动止,试摘取其一言一事,遂使暗中摸索,亦知其出自何人,则正以幻中有真,乃为传神阿堵。而已有不如《水浒》之讥。岂非真不真之关,固奇不奇之大较也哉!

即空观主人者,其人奇,其文奇,其遇亦奇。因取其抑塞磊落之才,出绪余以为传奇,又降而为演义,此《拍案惊奇》之所以两刻也。其所捃摭,大都真切可据。即间及神天鬼怪,故如史迁纪事,摹写逼真,而龙之踞腹,蛇之当道,鬼神之理,远而非无,不妨点缀域外之观,以破俗儒之隔见耳。若夫妖艳风流一种,集中亦所必存。唯污蔑世界之谈,则戛戛乎其务去。鹿门子常怪宋广平之为人,意其铁心石肠,而为《梅花赋》,则清便艳发,得南朝徐庾体。由此观之,凡托于椎陋以眩世,殆有不足信者夫。主人之言固曰:"使世有能得吾说者,以为忠臣孝子无难;而不能者,不至为宣淫而已矣。"此则作者之苦心,又出于平平奇奇之外者也。

不难看出,"真"与"幻"的论辩所主要解决的问题,就是小说创作的题材问题。关于文学作品的"真"与"幻","虚"与"实","正"与"奇"的问题,一直是文学批评史上争论不休的问题。对此,理论家们经历了一个艰难的探索过程。期间既经历了对创作题材的"真与幻",创作态度的"正与奇",艺术手段的"虚与实"等各个环节的认知过程;也经历了对"虚""幻""奇"由抗拒到接受的心路历程。例如,早在汉代,班固即已指出《黄帝说》四十篇"迂诞依托"的特点[1],王充也认为"世俗之性,好奇怪之语",并不余遗力予以鞭笞,"是故《论衡》之造也,起众书并失实,虚妄之言胜真美也。故虚妄之语不黜,则华文不见息;华文放流,则实事不见用。"[2]直到刘勰著《文心雕龙》,对"托云龙,说迂怪""木夫九首,土伯三目"等仍表示不满,斥之为"诡

---

① 班固:《汉书·艺文志》,引自刘华清等:《汉书全译》,贵州人民出版社 1995 年版。

② 王充:《论衡·对作》,引自袁华忠、方家常:《论衡全译》,贵州人民出版社 1993 年版。

异""谲怪"。受这种观念影响,南北朝时期虽然有大量志怪小说问世,但撰著者的目的仅为"明神道之不诬",评论者亦只不过目之以"爱广尚奇"。因此,在宋代之前,人们虽然没有直接禁止奇幻类文学作品,但大多认为"神鬼怪物,其事非圣,扬雄所不观;其言乱神,宣尼所不语"①。这种状况大约到了宋代才有所改变。洪迈在《夷坚乙志序》中认为,"《齐谐》之志怪,庄周之谈天,虚无幻茫,不可致诘",但"皆不能无寓言于其间"。此后,寓言说便成为奇幻类文学作品合理存在的重要理由。值得重视的是张誉为冯梦龙改写的《平妖传》所写的序言,张誉认为:

> 小说家以真为正,以幻为奇。然语有之:"画鬼易,画人难。"《西游》幻极矣,所以不逮《水浒》者,人鬼之分也。鬼而不人,第可资齿牙,不可动肝肺。《三国志》人矣,描写亦工,所不足者幻矣。然势不得幻,非才不能幻,其季孟之间乎? 尝譬诸传奇,《水浒》,《西厢》也;《三国志》,《琵琶记》也;《西游》则近日《牡丹亭》之类也。

在此,张誉将中国古代通俗小说分为三大类:《三国演义》属于"真"与"正",是以历史题材为创作素材,属于"写人"一类,故"势不能幻";《西游记》属于"奇"与"幻",是作家凭空虚构出来的具有幻想特征的作品,属于"画鬼"一类,故"不逮《水浒》";在作者看来,这两类作品或是"幻极",或是不够"幻",处于"季孟"之间,都不能算是最好的作品。最好的作品是第三类,即处于"奇"和"正"、"真"与"幻"之间的作品。这类作品"备人鬼之态,兼真幻之长",只有《水浒传》能够当之。张誉看到了历史演义小说、英雄传奇小说和神魔小说不同的创作特点,应该说是有一定见地的。他要求小说创作要"备人鬼之态,兼真幻之长",既不能拘泥于客观事实,也要有奇特的想象和幻想,对小说创作是具有一定指导意义的。在此基础上,凌濛初又有了新的见解,他在《拍案惊奇序》中这样说:

> 语有之:少所见,多所怪。今人但知耳目之外,牛鬼蛇神之为奇,而不知耳目之内,日用起居,其为谲诡幻怪,非可以常理测者固多也。昔华人到异域,异域咤以牛粪金。随诘华人之异者,则曰有虫蠕蠕,而吐为彩缯绵绮,则可以衣被天下。彼舌挢而不信。乃华人未之或奇了。则所谓必向耳目之外索谲诡幻怪以为奇,赘矣。

凌濛初特别指出,在"耳目之内,日用起居"之中,同样存在着"奇",这就有意识地把小说创作引向普通人的"日常起居"的生活之中,要求作家在现实生活中发现

---

① 刘知几:《史通·采撰》,中州古籍出版社 2012 年版。

可以"新听睹,佐诙谐"的创作素材。但真正将凌氏的理论发扬光大,并客观地看待"真"与"幻"、"奇"与"正"这两类文学作品的还是睡乡居士。他在《二刻拍案惊奇序》中曾这样论及《西游记》:

> 至演义一家,幻易而真难,固不可相衡而论也。即如《西游》一记,怪诞不经,读者皆知其谬。然据其所载,师徒四人,各一性情,各一动止,试摘取其一言一事,遂使暗中摩索,亦知其出自何人,则正以幻中有真,乃为传神阿堵,而已有不如《水浒》之讥。岂非真不真之关,固奇不奇之大较也哉!

在作者看来,《西游记》之所以得到世人的喜爱,就是因为"幻中有真",能够达到"传神"的高境界。在他看来,小说的批评标准应该是"以文胜,非以事胜"[①]。

九、中国社会三元四维结构——四大名著

为方便描述,我们可以将中国古代社会结构简约为三大基本版块——"家庭""朝廷""江湖"。家庭是血缘制宗法社会的最基本单位,朝廷是无数家庭构成的国家的象征,而在家庭与朝廷之间,还有一个较为宽展的空阔地带,这就是江湖,俗话说,人在江湖,身不由己,就是指的这种三不管的王权真空地带。这里鱼龙混杂,秩序混乱。所谓"人在江湖飘,哪能不挨刀"就是指的江湖险恶。游走江湖的艺人口头常讲的"在家靠父母,出门靠朋友",就道出了这种文化心态,这里所谓的"出门",就意味着走进江湖,在极度缺乏安全感的江湖世界,朋友就是依靠。怎样有朋友,怎样处朋友,一个字——"义",在江湖,义气是不能少的。江湖义气是行走江湖,玩转江湖的不二法则!

基于血缘宗法制的中国社会,其文化结构的核心是"家",以家文化为本位,向四维拓展延伸,由此形成以"孝"为核心的"忠""孝""节""义"之文化体系。其中"孝"为根本,维系家庭与家族的基本伦理,是血缘文化的社会本质属性;"孝"向上可以延伸为"忠",是血缘制家文化的泛化属性,中国自古就有"国之本在家""积家以成国"的说法,如此一来,就形成了家国同构的文化认知。"孝"横向拓展可以衍生出"义",所谓"四海之内皆兄弟",代表泛家庭的人际关系原则;"孝"向下可以派生出"节",是个体文化自控行为,强调的是自我约束与自我节制,是家文化的内化。

---

① 曹炳建:《明人的〈西游记〉研究与明代小说审美观念的历史演变——论"虚与实"、"幻与真"、"奇与正"三组重要小说观念》,《南阳师范学院学报》,2006 年第 11 期。

一切的基础是"仁",相处的原则是"礼"。上下纵横交错,互为支撑,形成一个完整的文化框架,衍生出了中国文化中核心价值以及伦理道德体系。

家庭文化讲的是"孝",朝廷文化讲的是"忠",江湖文化讲的是"义",个体文化讲的是"节"。由此形成中国文化的四大版块——

以家庭为中心的父权文化版块,在家庭讲"孝"。

以朝廷为中心的皇权文化版块,在朝廷讲"忠"。

以江湖为中心的朋友文化版块,在江湖讲"义"。

以自我为中心的自在文化版块,在自我讲"节"。

这四大版块相互作用,对应着人生的各个阶段——修、齐、治、平。修身的根基是节,齐家的根本是孝,治国的核心是忠,平天下的要旨是义。可简化为下图:

修—身—节

齐—家—孝

治—国—忠

平—天下—义

如果将这四大文化版块,对应着人生的各个年龄阶段,则可描述如下:

幼年时期—家庭怀抱—靠父母—亲情感恩—孝文化

青年时期—叛逆父母—靠朋友—志同道合—义文化

中年时期—报效国家—靠君王—君君臣臣—忠文化

老年时期—颐养天年—靠身体—戒之在得—节文化

如果将这四大文化版块,对应着中国文化涵养下的国民阅读诉求,分别对应着的极富代表性的四大名著:

《红楼梦》—孝—家和文化—家庭

《三国演义》—忠—权力文化—朝廷

《水浒传》—义—江湖文化—江湖

《西游记》—节—自在文化—方外

《红楼梦》与中国家文化

孙中山说,中国的家族是中国文化的摇篮,家族文化隐藏着中国文化的全部密码,传承着中国文化的遗传基因。而《红楼梦》无疑是中国家族文化的百科全书,是中国文学史上成就最高的文学作品,清朝末年,读书界流行着这么一句话:"开谈不讲《红楼梦》,读尽诗书是枉然。"可见其流布之广,声名之大,影响之深。其流布与接受的双向契合,具有深刻的启发性。其高度的艺术成就与广泛的艺术接受,根本源于中国家文化的高度发达,是中国的家文化造就了这部大书。可以肯定地说,没有中国的家文化就没有《红楼梦》。在中国式家庭中,养儿防老,积谷防饥的报恩观念;望子成龙,出人头地的封建意识;父慈子孝,相夫教子的本分意识;家和万事兴的人生箴言,家丑不外扬的面子文化,肥水不流外人田的小农意识;在家靠父母,出门靠朋友等处世原则,清官难断家务事的处事经验等,在《红楼梦》中都有体现。

俗话说,国有国法,家有家规,《红楼梦》正是在"葫芦僧乱判葫芦案"的国法与"不肖种种大承笞挞"的家规的双重视域下来审视人物的命运和审判人物的灵魂。《红楼梦》着力描写的"训子"场面,深刻体现了小说的孝慈文化蕴涵。曹雪芹在书中对儒家文化既有批判,又有惋惜,还有找寻优于儒家文化的新的理想的迷惘。贾政、贾代儒训子的失败蕴含了作者对儒家道德文化的批判;对贾珍有失父范的描写是对儒家道德文化的惋惜;贾宝玉作为自由人性的先声,是作者对人生出路和未来理想的一种探索,这种探索充满迷惘——小说结尾宝玉向父亲拜别,表现了对哺育自己的儒家文化的眷恋,反映了作者内心深刻的矛盾。

都说《红楼梦》是一部情痴之书,而书中最着力表现的即是亲情,这与儒家的孝道是分不开的。儒家的孝道在《红楼梦》中可以说也体现得淋漓尽致。无论是贾母在贾府的权威,还是元妃省亲,或是宝玉等小辈对贾母、王夫人等的完全服从,彰显的都是儒家的一个"孝"字。《红楼梦》中贾母是一家之主,是老祖宗,所有人都听命于她。就像宝玉和宝钗的婚事一样,必须按照贾母的意愿安排。贾政虽是朝廷命官,但在家里他也必须听命于贾母。

作者在林黛玉、薛宝钗、王熙凤、贾探春等人身上,也设置了丰富的儒家元素。其中国式的爱情表白和中国化的家政管理,每一个细节,每一个场景,无不彰显着中国家文化的色泽和氤氲。人物的衣着服饰,言行举止,无不契合其身份角色与身世背景。宝钗的体谅、仁爱之心是儒家仁爱、忠恕思想的体现,她"罕言寡语,人谓藏愚;安分随时,自云守拙"也是儒家的中庸思想。贾宝玉对大观园的女儿们都一视同仁,无论是小姐还是丫鬟,都保持着一份敬重,这是儒家仁爱思想的体现。虽然偶尔闹闹小性子,也只是对着那块通灵宝玉发脾气。

《红楼梦》既是家文化的代表,同时也是庙堂文化的缩影。《红楼梦》中对贾府关系的描写,贾薛史王四大家族的交际以及与王权的联系,使得家庭与郊庙紧密地联系到一起,通过向贾府这个家族网透视和联结整个社会。《红楼梦》以贾府为中心,以四大家族为背景,对社会与家庭的盛衰变化原因有了深刻的认识,对人生有了深度的思考。它既展示了一个家族的兴衰,同时也间接反映了庙堂文化与家文化的相辅相成的关系。中国传统文化是深受儒家思想影响的文化,历代文人士子们皆醉心于儒家所确立的"齐家治国平天下"的最高人生理想的实现。这样的人生设计决定了血缘化、社会化、政治化的人生,与"庙堂"有着不可分割的联系,即所谓"居庙堂之高,则忧其民;处江湖之远,则忧其君"的深刻持久的忧患意识。

《三国演义》与中国庙堂文化

鲁迅在《中国小说的历史变迁》称:"因为三国的事情,不像五代那样纷乱;又不像楚汉那样简单;恰是不简不繁,适于作小说。而且三国时代的英雄,智术武勇,非常动人,所以人都喜欢取来做小说底材料。"《三国演义》开篇所谓:天下大势,合久必分,分久必合。这一宏阔的叙述角度,注定了这部不朽著作的史诗般的宏大建构,这是庙堂文化意识与皇权政治意志的典型表征。庙堂强调法理,以君主意志和忠孝礼仪规范着保障历史发展的社会秩序。所以庙堂文化的核心是君主意志。《三国演义》正是这种庙堂文化的集中展示,小说将其旋转在以历史为经,以山林隐士的视角为纬的时空坐标上反复参照,揭示了这种庙堂文化与社会现实之间不可调和的矛盾,因而在一定程度上对其崇高意义进行了消解和颠覆。

《三国演义》是郊庙文化的典型代表,庙堂文化,本质上就是君臣文化。孔子的"君君臣臣,父父子子"①可谓一语道破天机。明君贤相,文死谏,武死战等观念就成为主流文化着力渲染的价值取向。小说中主人公围绕皇权进行尔虞我诈、明争暗斗,他们把"忠"作为自己的最高行为准则,身体力行着"忠"的精神。在《三国演义》中,曹操被塑造成一位"宁教我负天下人,不教天下人负我"的奸雄,是野心家和阴谋家的复合体。刘备则被塑造成为仁民爱物、礼贤下士、知人善任的仁君典型。刘备与诸葛亮是明主与忠臣的最佳拍档。诸葛亮是作者心目中的"贤相"的化身,他具有"鞠躬尽瘁,死而后已"的高风亮节,具有经世济民再造太平盛世的雄心壮志,而且作者还赋予他呼风唤雨、神机妙算的奇异本领。刘备三顾茅庐,诸葛亮为报答其知遇之恩,倾尽其一生。后刘备征讨东吴,于猇亭之战大败而归,在白帝城托孤。他告诉诸葛亮,如果将来自己的儿子刘禅没有能力或者不忠义,可以由诸葛亮取而代之。但是诸葛亮终其一生都忠于蜀汉政权,以克复中原为己任。刘禅是

---

① 《论语·颜渊》:齐景公问政于孔子,孔子对曰:君君,臣臣,父父,子子。公曰:善哉!信如君不君,臣不臣,父不父,子不子,虽有粟,吾得而食诸?

个扶不起的阿斗,对此诸葛亮心知肚明,但他毫无取而代之的私心,一心只为保住刘氏打下的基业。总之,其鞠躬尽瘁死而后已,为蜀汉政权的发展稳定贡献了一生。

《三国演义》整部书突显"忠义",刘关张的兄弟义是这部书的灵魂,"威猛刚毅""义重如山"是作者一种对上古精神"士为知己者死"的诠释。罗贯中不仅表现了对国家统一、清平政治的强烈向往,而且表现了对理想道德的不懈追求。他高举"忠义"的旗号,把它作为臧否人物、评判是非的主要道德标准。通观全书,有许多讴歌理想道德的动人故事。为了忠于"桃园之义",关羽不为曹操的优礼相待所动,毅然挂印封金,千里跋涉,寻访兄长;为了维护兄弟情义,刘备不顾一切地要为关羽报仇,甚至宁可抛弃万里江山;为了报答刘备的知遇之恩、托孤之重,诸葛亮殚精竭虑,南征北伐,不屈不挠,死而后已。

当然,罗贯中的"忠义"观不可能越出封建思想的藩篱。他的所谓"忠",常常指一心不二地为封建王朝奔走效劳,甚至只是为某一集团的领袖卖命捐躯;但也常常指对国家、民族的忠贞不二,对理想、事业的矢志如一,鞠躬尽瘁。他的所谓"义",用在政治原则上,有时是封建纲常的代名词,有时又是坚持真理、鞭挞邪恶的同义语;用在人际关系上,往往以个人恩怨为转移,但也常常指对平等互助、患难相依的真诚追求……这种犬牙交错的状况,使得《三国演义》的"忠义"呈现出复杂的面貌;但就主导方面而言,它反映了中华民族传统的价值观、道德观中积极的一面,值得后人批判地吸收。

简而言之,在《三国演义》中,作者将中国传统文化中儒家的政治理想与道德理想结合在一起。向往国家统一的政治理想预期是《三国演义》贯穿始终的经线,歌颂忠义英雄理想人格的道德预期则是《三国演义》的纬线,两者互为经纬,交织穿插,进而将历史评价与道德评判有机地融合在一起,使这部基于历史的文学巨著达到了难能可贵的艺术高度和文化深度。

《水浒传》与中国的江湖文化

中国古代社会,既有主流的庙堂文化,也有非主流的江湖文化,前者是堂而皇之的显性文化,后者是东躲西藏的潜性文化。但两者之间不过是一枚硬币的两面。这两方面既不能混为一谈,又不能截然分开,冲突而又互相渗透,从而构成我们日常所津津乐道的传统文化。庙堂之上的皇帝宣称要以"忠孝仁义"治天下,江湖之中的草寇也是以"忠义"二字来招兵买马,取悦民众。就其价值观念而言,庙堂和江湖实在没有什么本质的不同。

江湖文化在模拟传统的家庭建构,将原本陌生的人际关系通过义结金兰而还原成亲情关系,从中找到抱团取暖式的家庭温暖。比如"桃园三结义",一拜而成生死之交,完成"虚拟血缘制"的仪式化过程,这既是契约,也是信念,更是信仰,一种基本的道德准则开始生成。贯彻其中的最重要的因素就是"义气","四海之内皆兄弟""忠义堂前无大小""士为知己者死",等等,都是这种信仰的体现。

在四大名著中,《水浒传》无疑是江湖文化的名片,成为江湖文化的符号与标识。

江湖这个概念有三重含义:一是指大自然的江湖,比如庄子的"相濡以沫,不如相忘于江湖";二是知识分子的江湖,如范仲淹的"处江湖之远,则忧其君";三是侠盗们江湖,也就是水浒传中好汉们杀人放火、打家劫舍,或者说劫富济贫、替天行道的江湖。作为第三种意义上的江湖,是《水浒传》中第一次集中凸显出来的概念,是一个与主流社会的显性存在相对应的底层社会的隐性存在。江湖既是一个流动的存在,比如"走江湖""江湖人称",也是一个固化的存在,比如好汉们啸聚的山林、山寨。江湖人要建构一个团队,必然要有一种团队道德作为保障,这便是"义"。梁山泊里的"聚义厅"便是这种文化思维的典型体现。后来宋江将其改为"忠义堂",无疑是庙堂文化对江湖文化的潜在诏安。

"忠义"是封建社会中核心的伦理概念,"忠"诠释了君臣之间的上下关系,而"义"则诠释了兄弟之间的平行关系,既有大哥对小弟的庇护,也有小弟对大哥的顺从。俗话说,人在江湖讲究的就是一个"义"字。江湖文化的核心价值就是"义",江湖人则把"义"作为自己的最高行为准则,江湖的文化也就是"义"的文化。中华传统的儒家文化把"义"作为人生的终极目标和价值取向。《水浒传》中108个好汉的行为举止则处处彰显"义"的精神。小说中的鲁智深、宋江、李逵、林冲、花荣等,无一不是"义"的化身,而"义"在鲁达身上体现得更为明显。例如在《水浒传》第三回"鲁提辖拳打镇关西"中,鲁达"路见不平拔刀相助"的英雄气概跃然纸上。鲁达与金老父女素昧平生,但他为了能让他们摆脱镇关西的纠缠,不惜亡命天涯,足以可见鲁达的义胆忠肝。又如《水浒传》第七回"鲁智深千里护林冲",林冲因得罪太尉之子被刺配沧州,鲁达担心林冲途中遭遇不测,一路暗中保护,并在林冲危难时及时救他脱险,为的只是兄弟间的"义"字。此外,鲁智深为救史进独身行刺贺太守,都体现了其为兄弟两肋插刀的"义"气。108个好汉聚义,齐上梁山泊,与宋王朝展开殊死搏斗,当起义军势如破竹,就差直捣黄龙时,起义军首领心生动摇,他们骨子里的忠君思想并未磨灭,最后宋江和李逵双双赴黄泉,用义成全了他们的忠,而吴用、花荣在宋江坟前自杀,将他们的义延续。

但《水浒传》所标举的"义",其历史局限性十分突出。鲁迅先生在 20 世纪 30 年代就曾经讲过,现在人们还喜欢阅读《三国》和《水浒》,是因为社会上还有"三国气"和"水浒气"。什么是"三国气"和"水浒气"呢?考查鲁迅先生的意思,就是指"流氓气"。

《西游记》与中国的自我文化

在中国古典小说名著中,《西游记》要算是最驳杂的一部书,鲁迅将其定义为"神魔小说"。有关《西游记》的主题历来众说纷纭,莫衷一是。笔者认为,《西游记》是一部小说化的心经,记录了宗教化的心路历程,是中国自我文化的典范之作。小说浓墨重彩地写孙悟空大闹天宫,高呼"皇帝轮流做,明年到我家",是他个人权力欲望极度膨胀的一种表现,反叛意识越强烈,也就是他个人欲望膨胀越高涨的时候。自我欲望膨胀的过程恰恰是孙悟空丧失自由的一个过程。最后只好如来佛出面,把他压在五指山下。唐僧的出现,是对悟空的点化与救赎,将其从世俗引渡到佛界,从地狱送到天堂。叛逆的孙悟空最终被封为斗战胜佛,好色贪吃的猪八戒被封净坛使者,都各得其所,修成了正果。此说最早由明人陈元之提出,他认为《西游记》就是一部修心证道的著作,他在《西游记序》中说:

> 猴,猱也,以为心之神;马,马也,以为意之驰。八戒,其所戒八也,以为肝气之木;沙,流沙,以为肾气之水。三藏,藏神、藏声、藏气之三藏,以为郭郭之主。魔,魔,以为口、耳、鼻、舌、身、意恐怖、颠倒、幻想之障。故魔以心生,亦以心摄,是故摄心以摄魔,摄魔以还理,还理以归之太初。即心无可摄,此其以为道之成耳。此其书直寓言哉!

陈元之又用《周易》"帝出乎震"之说来诠释书名,他说:

> 彼以为大丹之数也,东生西成,故西以为记。彼以为浊世不可以庄语也,故委蛇以浮世;委蛇不可以为教也,故微言以中道理;道之言不可以入俗也,故浪谑笑虐以恣肆;笑谑不可以见世也,故流连比喻以明意。于是,其言始参差而倜诡可观,谬悠荒唐,无端涯涘,而谈言微中,有作者之心,傲世之意。夫不可没矣!

他认为《西游记》小说的作者之所以着意于"西游"二字,是出自大丹之数的"东生西成"的说法。① 金丹学认为，金丹出产在东方，却必须到西方培养，才能成就；还必须再回东方，才能得到永固。

明末清初的袁于令又用象数之学和大衍五行之论来探赜该书玄奥，他在《西游记题辞》中说：

> 文不幻不文，幻不极不幻。是知天下极幻之事乃极真之事，极幻之理乃极真之理。故言真不如言幻，言佛不如言魔。魔非他，即我也；我化为佛，未佛皆魔，魔与佛力齐而位逼。丝发之微，开头匪细。摧挫之极，心性不惊。此《西游》之所以作也。

又云：

> 说者以为寓五行生克之理、玄门修炼之道。余谓三教已括于一部。能读是书者，于其变化横生之处引而伸之，何境不通，何道不洽！而必问玄机于玉匮，探禅蕴于龙藏，乃始有得于心也哉！

谢肇淛在《五杂俎》也说：

> 以猿为心之神，以猪为意之驰，其始之放纵，上天下地，莫能禁制，而归于紧箍一咒，能使心猿驯伏，至死靡他，盖亦求放心之喻，非浪作也。

他也认为孙悟空大闹天宫、上天入地的行为，是"起始之放纵"，丧失了善心；而要把这种善心找回来，就要给孙悟空戴上紧箍，把放纵的心收回来。《西游记》写孙悟空大闹天宫、被压五行山、西天取经成正果，"实际上隐喻了放心、定心、修心"的"心路历程"。

纵观全书，《西游记》弘扬的是佛教的戒、空、净的心之净化，是对抗世俗欲望的脱俗化心路历程。无论是悟空，还是八戒，或者沙僧，最初都是为欲望所支配，放荡不羁，他们放肆与放纵的背后，就是本能的原欲。皈依唐僧后，完成心灵洗礼，这一过程是坎坷的，艰辛的。但在佛法的约束指点下，完成心灵的涅槃。是对自控力的颂扬，对信念与信仰的礼赞。其自我与自在，自律与自觉，是自我克制、自我节制、自我控制的结果，最终达到自我完善的佛的境界。

《西游记》开篇有诗曰："混沌未分天地乱，茫茫渺渺无人见。自从盘古破鸿蒙，开辟从兹清浊辨。覆载群生仰至仁，发明万物皆成善。欲知造化会元功，须看西游

---

① 《周易·说卦传》有"帝出乎震"之说，在后天八卦方位图中，震卦为东，而乾卦为西北，故有天下大事兴于东而成于西之说。此说见于司马迁《史记·六国年表序》："夫作事者必于东南，收功实者常于西北。"后人多以此说来诠释中国历史轨迹。

释厄传。"这一开篇之诗点明了整部小说的心脉,是作者给《西游记》所下的根本性的纲要。人类的一切灾难莫过于心灵迷失,而欲望是造成心灵迷失的魔障,满足欲望所带来的文明进化过程,加剧了心灵的污染。只有皈依佛门才是化伪存真,复归善性的不二法门。

芸芸众生,心智混沌,茫茫渺渺,无所适从,自从盘古开辟鸿蒙,清浊兹分,善恶始辨。但人类开化的过程也就是堕落的开始。诗的前二句是众生堕落的过程,后二句是觉悟的过程。覆载群生仰至仁,发明万物皆成善。将颠倒的心念再颠倒过来,这就是逆炼归元的方法。了解心是万法之源,将一切心用都顶礼皈依至仁的佛性,这样就可以重新发明本心,一切万物无非是自心所现,万物还原此心,定皆成善也。道家"天地与我同根,万物与我一体"也是这样道理。欲知造化会元功,须看西游释厄传。这个颠倒也不是很容易的事,但是唯有此法可以逆炼归元。

十、从边缘走向中心——小说的流行与广普

小说从"边缘文体"走向"中心文体"的过程经历了理论意义上的观念澄清以及实践意义上的传播推广。在中国"史贵于文"的传统文化观念之下,出身卑微的小说要获得尊崇,首先必须获得观念上的合理认可。于是小说对"史统"的攀附就成了操作技术上的一种策略。这一点我们可以从几大名著的社会认可上获得较为感性的认识。

金圣叹在评点《水浒传》时,其切入点是界定其方法源出于《史记》[①];毛宗岗评论《三国演义》的策略与金圣叹一样,认定"《三国》叙事之佳,直与《史记》仿佛"[②];张竹坡评点《金瓶梅》,也将笔触探进其与史传的血缘关系上,他称"《金瓶梅》是一部《史记》"[③];戚蓼生品评《红楼梦》,也是循此理路,将《红楼梦》与"春秋笔法"联系起来。[④] 小说由于与史传结缘,获得了身份上的合法认可,这是主流文学观念的文化强制力的表现,也是主流意识形态的专制力的表征。史统的主流意识对中国小说的发展是一把双刃剑,一方面为小说的发展提供了有效的技术性手段,另一方面

---

① 金圣叹《读第五才子书法》:"《水浒传》方法,都从《史记》出来,却有许多胜似《史记》处。若《史记》妙处,《水浒》已是件件有。"

② 毛宗岗《读三国志法》:"《三国》叙事之佳,直与《史记》仿佛,而其叙事之难则有倍难于《史记》者。《史记》各国分书,各人分载,于是有本纪、世家、列传之别,今《三国》则不然,殆合本纪、世家、列传而总成一篇,分则文短而易工,合则文长而难好也。"

③ 张竹坡《批评第一奇书金瓶梅·读法》。

④ 戚蓼生《石头记序》:"夫敷华掞藻,立意遣词,无一落前人窠臼,此固有目共赏,故不具论。试观其蕴于心而抒于手也,注彼而写此,目送而手挥,似谲而正,似则而淫,如《春秋》之有微词,史家之多曲笔。"

又造成了小说对史传的情感依恋与依赖，客观上造成小说的发育不健全。石昌渝先生说："传统观念瞧不起小说，就在它视小说为无稽之言；而小说家却偏偏要与史传认宗叙谱，在叙述的时候总要标榜故事和人物是生活中实有，作品中毫无夸饰的成分。当小说宣布自己是虚构的，是'真事隐去'、'假语村言'时，小说才是彻底摆脱了附庸史传的自卑心理，正所谓'史统散而小说兴'。"①

但随着市民阶层的兴起以及印刷术及传播方式的进步，自唐而后，小说获得了迅速地发展，从接受一方来看，基于好奇猎奇的公众消费文化心理，为小说准备了客观上的社会刚性需求，对此，刘勰早有洞见，他在论述史传文体的时候，考证史传的演进历史，他分析说：

> 若夫追述远代，代远多伪，公羊高云"传闻异辞"，荀况称"录远略近"，盖文疑则阙，贵信史也。然俗皆爱奇，莫顾实理。传闻而欲伟其事，录远而欲详其迹。于是弃同即异，穿凿旁说，旧史所无，我书则传，此讹滥之本源，而述远之巨蠹也。至于记编同时，时同多诡，虽定、哀微辞，而世情利害。勋荣之家，虽庸夫而尽饰；迍败之士，虽令德而常嗤。理欲吹霜煦露，寒暑笔端，此又同时之枉，可为叹息者也！故述远则诬矫如彼，记近则回邪如此，析理居正，唯素心乎！②

正是由于消费者的"俗皆爱奇，莫顾实理"，促使史传自身的发展也每每悖于事实，讹滥之风盛行，这种迎合消费者的结果在客观上促进了小说的发展。

小说的中心化过程也就是小说的合法化过程。为了给小说一个合法的地位，必须从正名开始。为此，批评界做了种种努力。其中最直接有效的方式就是将其与经学的主流意识接轨。

姑且以《西游记》为例说明。百回本《西游记》的问世，为明代的小说批评提供了新的范本。围绕着对《西游记》的评论，陈元之、谢肇淛、李卓吾、袁于令、张誉、凌濛初、睡乡居士等都发表了许多独到的见解。面对这样一部完全虚幻化的通俗小说，不少人就惊呼其"俚妄"，直斥其为"东野之语，非君子所志"，认为《西游记》"以为史则非信，以为子则非伦，以言道

---

① 石昌渝：《小说》，人民文学出版社1994年版，第39页。
② 刘勰：《文心雕龙·史传》，赵仲邑《文心雕龙译注》，漓江出版社1982年版。

则近诬”,甚至大叫"吾为吾子之辱"①,《西游记》就成了一个四不像的东西,不是寓言,不是哲学,不是证道,而完全是村野农夫的无聊说法,绝非正人君子所为。以至于为《西游记》的作者感到耻辱。陈元之在《西游记序》中对此严加批驳说:

> 否!否!不然!子以为子之史皆信邪?子之子皆伦邪?子之子、史皆中道邪?一有非信非伦,则子、史之诬均,诬均则去此书非远。余何从而定之?故以大道观,皆非所宜有矣。以天地之大观,何所不有哉!故以彼见非者,非也;以我见非者,非也。人非人之非者,非非人之非,人之非者,又与非者也。是故必兼存之而后可,于是兼存焉。

这一段话,实际上牵涉到用什么标准来衡量通俗小说的问题。正统文人总习惯于用子、史的标准来评价一切文学作品,在陈元之看来并不是一种正确的态度,因为"以天地之大观,何所不有哉?"也正是这样一部虚幻性的通俗小说,才更容易引起人们对传统"实录"观念的深刻反思,并在反思的基础上重建崭新的小说观念。这一点可以谢肇淛为代表,他在《五杂俎·卷十五·事部三》中明确提出:

> 小说野俚诸书,稗官所不载者,虽极幻妄无当,然亦有至理存焉。如《水浒传》无论已,《西游记》曼衍虚诞,而其纵横变化,以猿为心之神,以猪为意之驰,其始之放纵,上天下地,莫能禁制,而归于紧箍一咒,能使心猿驯伏,至死靡他,盖亦求放心之喻,非浪作也……其他诸传记之寓言者,亦皆有可采。唯《三国演义》与《钱唐记》《宣和遗事》《杨六郎》等书,俚而无味矣。何者?事太实则近腐,可以悦里巷小儿,而不足为士君子道也。

> 凡为小说及杂剧戏文,须是虚实相半,方为游戏三昧之笔。亦要情景造极而止,不必问其有无也。古今小说家,如《西京杂记》《飞燕外传》《天宝遗事》诸书,虬髯、红线、隐娘、白猿诸传,杂剧家如琵琶、西厢、荆钗、蒙正等词,岂必真有是事哉?近来作小说,稍涉怪诞,人便笑其不经,而新出杂剧,若浣纱、青衫、义乳、孤儿等作,必事事考之正史,年月不合,姓字不同,不敢作也。如此则看史传足矣,何名为戏?

谢肇淛把《西游记》视为一部"寓言"意味十足的虚构之作,他从《西游记》这部

"极幻妄无当"却"深得游戏三昧"的作品中,看到了其中所存在的"至理",在此基础上,作者进一步提出小说创作应该"虚实相半"的理性认识,认为小说创作只要做到"情景造极",就不必耿耿于现实生活中是否确有其事。在谢氏看来,小说创作如果全面照搬历史史实,不敢稍有逾越,就会造成"事太实则近腐,可以悦里巷小儿,而不足为士君子道"的缺陷,使小说"俚而无味",缺乏应有的震撼人心的力量。这种认识已经把小说创作"虚与实"的辩证关系上升到了一个新的理性的高度。

至明清时期,小说已十分流行,据陈平原的考查与统计,《孽海花》出版四五年,"重印至六七版,已在二万部左右。"而《玉梨魂》则"出版两年以还,行销达两万以上"。考虑到当时出版业的落后与读者层的单薄(在晚清影响很大的《新民丛报》最高发行量也才 14000 份;老牌的《申报》到 1918 年也才发行 30000 份。报刊尚且如此,书籍可想而知),行销两万已是相当可观的数字。晚清小说不但发行量大,而且出版种数多。最典型的是 1907 年,商务印书馆出版书籍 182 种 435 册(含杂志),按当时商务印书馆营业额占全国书业三分之一这一比例推算,这一年全国出版的书籍约 550 种 1300 册,而其中查有实据的小说有 199 种之多(翻译 135 种,创作 64 种)。据此看来,晚清小说的销路该是很不错的。真正促成小说从卑下文体走上艺术神圣殿堂的,除上述原因外,另一个重要的推动因素恐怕是西方文化文学观念的输入。正所谓"风气未开,小说只是'睡媒之具';西风输入,小说成了'学问之渡海航'"——不只是黄伯耀,好多"新小说"理论家都一再强调小说、读小说、评小说者,都必须是有学问的人。①

深受西方文学观念影响的梁启超,在《论小说与群治之关系》中,力呈小说之艺术魅力与艺术价值。"欲新一国之民,不可不先新一国之小说。故欲新道德,必新小说;欲新宗教,必新小说;欲新政治,必新小说;欲新风俗,必新小说;欲新学艺,必新小说;乃至欲新人心,欲新人格,必新小说。何以故?小说有不可思议之力支配人道故。吾今且发一问:人类之普通性,何以嗜他书不如其嗜小说?答者必曰:以其浅而易解故,以其乐而多趣故。是固然。"进而将小说的艺术感染力概而为:熏、浸、刺、提。他说:"此四力者,可以卢牟一世,亭毒群伦,教主之所以能立教门,政治家所以能组织政党,莫不赖是。文家能得其一,则为文豪;能兼其四,则为文圣。有此四力而用之于善,则可以福亿兆人;有此四力而用之于恶,则可以毒万千载。而此四力所最易寄者唯小说。可爱哉小说!可畏哉小说!"由此掀起了小说界革命。

光绪二十八年十月(1902 年 11 月),《新小说》杂志在日本横滨创刊。梁启超

---

① 陈平原:《中国小说叙事模式的转变》,北京大学出版社 2003 年版。

在《论小说与群治之关系》中首先强调了小说对于社会改革和社会进步的积极作用,将其地位提高到经史、语录、律例之上,打破了千百年来鄙薄小说的传统偏见。其次,提倡小说界革命,将小说创作纳入资本主义社会改革的轨道,并为小说做出新的分类,为新小说的创作题材揭示了广泛而现实的内容范围。第三,揭示了小说具有"浅而易解""乐而多趣"的艺术特点,分析了小说具有支配人道的"熏""浸""刺""提"四种艺术感染力量。梁启超的"小说界革命"口号在上海广泛传播后,当年一批知名的作家和翻译家相继站出来表态,以示跟随时代前进。李伯元在主办《游戏报》时,曾公开声称"觉世之一道"是"游戏",他推崇玩世不恭的情感,倡导游戏人生。但是,1902 年在《编印〈绣像小说〉缘起》一文中,李伯元突然换了个模样,他称"欧美化民,多由小说,樗桑崛起,推波助澜","于是纠合同志,首辑此编",此时他强调自己编发小说的目标是"或对人群积弊而下砭,或为国家危险而立鉴"。有人描述当时上海文坛情景时说:"盖小说至今日,虽不能与西国之颉颃,然中国而论,界已渐放光明,为前人所不及料者也。"这话一点不过分,从 1902 年到 1910 年,全国共有 25 家文艺期刊问世,其中 16 家在上海。如果稍稍往后再移一移眼光,1902 年至 1919 年,全国问世文艺期刊总共为 59 种,上海出版发行有 55 种,居全国总数的 93.2%。阿英在《晚清小说目》中记录,近代全国出版创作类小说 599 种,其中上海问世的 369 种,占总数的 61.6%,翻译作品上海占全国 84.7%。如果我们将另一个因素考虑进去,《官场现形记》《二十年目睹之怪现状》《老残游记》《孽海花》等近代最著名的代表作都是在 1902 年以后问世于上海。创刊于日本的《新小说》杂志,第二年移师上海。《绣像小说》《月月小说》《小说林》等近代我国著名的文学期刊也都是在 1902 年后在上海诞生的。梁启超的"小说界革命"口号催发了上海文学的繁荣,另一方面它在文学创作上改变了传统的审美趣味。明清以来,才子佳人、男欢女爱的故事是我国古典小说的重头。1892 年,韩邦庆在上海发表的《海上花列传》,及 1900 年陈蝶仙在杭州出版的《泪珠缘》,这二部曾在上海流传很广的长篇小说,其故事的框架仍然沿袭着才子佳人、男女情爱的模式。1902 年"小说界革命"口号提出后,男女情爱的故事,以后几年中在上海几乎销声匿迹。梁启超的小说实用工具说,其本质上并没有跳出我国古已有之的"诗言志""文载道"的观念。而且用小说鼓吹"爱国之思",行"劝惩之意",实践的结果,它使文学作品非驴非马,"似说部非说部、似稗史非稗史"。

翻译小说的引入也是导致"小说界革命"发生的重要原因之一。可是翻译人才的培养需要相当长的时间,而且只有在外交、军事与经济等方面得到基本满足后,才可能有较多的翻译人才关注文学。戊戌变法之前尚属人才培养阶段,其后翻译小说才开始较多出现。这方面准备完成之前,新小说的崛起就无从谈起。因为翻译小说在提供可欣赏的作品的同时,还带来了新的创作观念、题材、手法与技巧,并且烘托了新的小说舆论环境。

舆论环境是决定小说生存状况的基本条件。清代实行禁毁小说政策,清初尤甚,同治时期,江苏巡抚丁日昌又行厉禁。可是鸦片战争以后,清政府丧失了在租界的行政与司法权,无法在那儿禁毁小说,这也是晚清时书局多设在租界内四马路一带的重要原因。不过,舆论仍是无形的掣肘,申报馆由英人美查开设,它大量刊印小说时又郑重发表声明:"从未敢以淫亵之书印行牟利。"因为得罪舆论,就是在和自己的销路过不去。甲午战争以后,小说舆论环境明显改观。官方禁毁小说政策本就遭书商们形式多样的抵制,清政府陷于内外交困之后,控制意识形态的能力大为削弱,此时读者群在扩大,书稿既多又丰富,社会知名人士也开始称赞小说,舆论界的风向完全变了。

十一、焚书与禁书——另类猎杀

在中国,除文字狱之外,还有一种对付文人的方式,这就是禁书。禁书的历史可以上溯到秦代的"挟书律"①,这是基于愚民的政治需要而采用的一了百了的武断形式。诚如东汉思想家王充所言:"始皇前叹韩非之书,后惑李斯之议;燔《五经》之文,设挟书之律。五经之儒,抱经隐匿,伏生之徒,窜藏山中。珍贤圣之文,厥辜深重,嗣之及孙。"②文字狱直接加害文人,禁书则是施暴文本。从孔子的"去郑声"到汉代的"罢黜百家"主流意志的话语霸权一直影响深刻。一般而言,禁书通常迎合世俗阅读期待,拥有广泛的读者群,不仅在市井底层拥有广大受众,就是社会名流与达官贵族,也往往津津乐道。"雪夜闭门读禁书"乃封建时代一些士大夫所谓的"赏心乐事"之一,足见其对社会风化影响之深。因为利益驱动,不法书商无视德化,一味迎合,粗制滥造,低俗不堪,甚至于诲淫诲盗,这些作品对社会的危害不容小觑。客观而言,禁书并非完全无理,也有其不得已的一面。

禁书范围很广,就文体而言,又以小说、戏剧为重灾区。只要与封建统治阶级的"教化"相抵触,必遭禁断和迫害。唐代的赵璘在《因话录》里就记载,文淑僧的"俗讲"因迎合"愚夫冶妇"——市民听众的趣味,被认为是"淫秽鄙亵之事"、诱惑

---

① "挟书律"是秦始皇在进行焚书时实行的一项法令,除了允许官府有关部门可以藏书外,民间和个人一律不得藏书。直到汉惠帝四年,宣布废除挟书律,使得长期受到压抑的各种思想和文化艺术得以正常发展。

② 王充:《论衡·佚文篇第六十一》。

"氓庶",受到"前后杖背"、长期流放"边地"的惩处。① 明清时期,文字狱大兴,凌濛初在编选《拍案惊奇》时针对当时泛滥一时的"污蔑世界,广摅诬造,非荒诞不足信,则亵秽不忍闻"的粗制滥造的小说,认为"有识者为世道忧之,以功令厉禁,宜其然也"②。所以凌濛初在《拍案惊奇凡例计五则》中对自己的编选标准做了说明,特别强调"是编矢不为风雅罪人。故回中非无语涉风情,然止存其事之有者,蕴藉数语,人自了了。绝不作肉麻秽口,伤风化,损元气。此自笔墨雅道当然,非迂腐道学态也。事类多近人情日用,不甚及鬼怪虚诞。正以画犬马难,画鬼魅易,不欲为其易而不足征耳。亦有一二涉于神鬼幽冥,要是切近可信,与一味驾空说谎、必无是事者不同。是编主于劝戒,故每回之中,三致意焉,观者自得之"。

清康熙五十三年查禁小说的圣谕:

> 朕惟治天下,以人心风俗为本,欲正人心、厚风俗,必崇尚经学而严绝非圣之书,此不易之理也。近见坊间多卖小说淫词,荒唐俚鄙,殊非正理,不但诱惑愚民,即缙绅士子,未免游目而蛊心焉,所关于风俗者非细。应即通行严禁。③

---

① 赵璘《因话录》卷四"角部"云:"有文溆僧者,公为聚众谈说,假托经论,所言无非淫秽鄙亵之事,不逞之徒转相鼓扇扶树,愚夫冶妇乐闻其说,听者填咽寺舍,瞻礼崇奉,呼为'和尚'。教坊效其声调以为歌曲。其盯庶易诱,释徒苟知真理及文义稍精,亦甚嗤鄙之。近日庸僧以名系功德使,不惧台省府县,以士流好窥其所为,视衣冠过于仇雠,而溆僧甚,前后杖背,流在边地矣。"段安节《乐府杂录》亦曰:"长庆(821—824)中,俗讲僧文溆善吟经,其声宛畅,感动里人。"类似之今之通俗歌星,亦释徒之拿手故技。唯"所言无非淫秽鄙亵之事",及"释徒苟知真理及文义稍精,亦甚嗤鄙之"。可以推想其俗讲内容,要非佛家义理正经耳。

② 即空观主人《拍案惊奇序》云:"宋、元时有小说家一种,多采闾巷新事,为宫闱承应谈资。语多俚近,意存劝讽。虽非博雅之派,要亦小道可观。近世承平日久,民佚志淫。一二轻薄恶少,初学拈笔,便思污蔑世界,广摅诬造,非荒诞不足信,则亵秽不忍闻。得罪名教,种业来生,莫此为甚。而且纸为之贵,无翼飞,不胫走。有识者为世道忧之,以功令厉禁,宜其然也。独龙子犹氏所辑《喻世》等诸言,颇存雅道,时著良规,一破今时陋习。"

③ 王晓传:《元明清三代禁毁小说戏曲史料》,作家出版社1958年版。转引自陈平原《中国小说叙事模式的转变》,北京大学出版社2003年版,第16页。

禁书种目繁多,主要有因"诲淫"之罪而遭禁的,有因政治原因而遭禁的。① 从特殊的角度折射出中国古代性文化、中国古代神秘文化、中国古代谋略文化等非主流文化的历史侧影,为更全面地为认识中国社会,研究中国文学提供了另一种视角。

---

① 首批禁书目录:《龙图公案》《品花宝鉴》《昭阳趣史》《玉妃媚史》《呼春稗史》《春灯谜史》《浓情快史》《隋阳艳史》《绣榻野史》《巫山艳史》《禅真逸史》《幻情逸史》《株林野史》《禅真后史》《浪史》《梦纳姻缘》《巫梦缘》《金石缘》《灯月缘》《一夕缘》《五美缘》《万恶缘》《云雨缘》《梦月缘》《雅观缘》《聆痴缘》《桃花艳史》《水浒》《西厢》《何必西厢》《桃花影》《梧桐影》《鸳鸯影》《隔帘花影》《如意君传》《三妙传》《姣红传》《肉蒲团》《欢喜冤家》《红楼梦》《续红楼梦》《后红楼梦》《补红楼梦》《金瓶梅》《唱金瓶梅》《续金瓶梅》《艳异编》《日月环》《紫金环》《天豹图》《天宝图》《前七国志》《增补红楼》《红楼补梦》《牡丹亭》《脂粉春秋》《风流野志》《七美图》《八美图》《杏花天》《桃花艳史》《载花船》《闹花丛》《灯草和尚》《痴婆子》《醉春风》《怡情阵》《倭袍》《摘锦倭袍》《两交欢》《一片情》《同枕眠》《同拜月》《皮布袋》《弃而钗》《蜃楼志》《锦上花》《温柔珠玉》《石点头》《奇团圆》《清风闸》《蒲芦岸》《八段锦》《今古奇观》《情史》《醒世奇书》《空空幻》《汉宋奇书》《碧玉塔》《碧玉狮》《摄生总要》《杵杌闲评》《反唐》《文武元》《凤点头》《寻梦托》《海底捞针》《国色天香》《拍案惊奇》《十二楼》《无稽澜语》《双珠凤》《摘锦双珠凤》《绿牡丹》《芙蓉洞》《乾坤套》《锦绣衣》《一夕话》《解人颐》《笑林广记》《岂有此理》《更岂有此理》《小说各种》《宜春香质》《子不语》《北史演义》《女仙外史》《夜航船》《风流艳史》《妖狐媚史》。

第十章　传奇与变文

一、稗官废而传奇作

从现有文献资料来看,最早视"传奇"为文体统称的应该是明朝初年的陶宗仪,其《南村辍耕录》里有:"唐有传奇,宋有戏曲、唱诨、词说。"并认为:"稗官废而传奇作,传奇作而戏曲继。"陶宗仪认为传奇是由稗官发展而来。如果说南北朝时期浓厚的宗教氛围是志怪小说得以充分发展的文化背景,那么,唐代日渐扩张的都市消费文化则是传奇诞生的温床。鲁迅先生认为,诗歌起源于劳动和宗教,而小说则起于休息,"人在劳动时,既用歌吟以自娱,借它忘却劳苦了,则到休息时,亦必要寻一种事情以消遣闲暇。这种事情,就是彼此谈论故事,而这谈论故事,正是小说的起源。"[①]从这个意义上说,唐代传奇就是贵族士大夫的"沙龙文学"。唐代举子们的"温卷",对传奇发展也有一定的促进作用。宋赵彦卫《云麓漫钞》说:"唐世举人,先借当时显人以姓名达主司,然后投献所业,俞数日又投,谓之'温卷',如《幽怪录》、《传奇》等皆是也。盖此等文备众体,可见史才、诗笔、议论。"由于名利关系,"温卷"的风气,到中晚唐尤为盛行,这和唐代传奇的发展情况也是一致的。此外,佛道教义、神怪传说的流行,对传奇创作也有相当的影响。

虽说"传奇者流,源出于志怪",但传奇与志怪终究不同。诚如鲁迅《中国小说史略·唐之传奇文》所言:"小说亦如诗,至唐代而一变,虽尚不离于搜奇记逸,然叙述宛转,文辞华艳,与六朝之粗陈梗概者较,演进之迹甚明,而尤显者乃在是时则始有意为小说。"鲁迅先生所谓的"有意为小说"可视为"小说的自觉"。正是这种自

---

① 鲁迅:《中国小说的历史的变迁》。

觉,造就了唐传奇在志怪的基础上,"施之藻绘,扩其波澜,故所成就乃特异"①。唐传奇的出现,标志着中国古代短篇小说趋于成熟。以至有人将唐传奇与唐诗相提并论,称之为"一代之奇"。②

唐传奇的发展还取决于其他文学体裁对它的影响。唐代传奇作家如王度、沈既济、陈鸿,都是史官。他们利用《史记》以来传记文学的传统经验,使本来只是粗陈梗概的小说,体制更为阔大,波澜更加曲折,人物性格更加鲜明。其次,唐代变文、俗赋、话本、词文等通俗文学的盛行,对传奇的创作也很有影响。从《游仙窟》《柳氏传》《周秦行记》等传奇中,我们可以看到类似变文的散韵夹杂的文体;而《李娃传》更来源于民间的《一枝花话》③。再则唐传奇如《长恨歌传》《莺莺传》《李娃传》《无双传》等,都是小说与诗歌相辅而行,诗人与小说家互相协作,比如白居易写了《长恨歌》,陈鸿就写了《长恨歌传》;元稹既是写《莺莺传》的小说作家,又是写《李娃行》的诗人。正是在各种文学形式的交互影响下,形成了唐代传奇以诗歌与散文结合、抒情与叙事结合的独特风格:既有美妙的意境,又有细致的刻画;既有丰富的想象,又有如实的描绘。因此无论就现实意义或美感价值来看,唐代传奇都超过了六朝志怪小说。

依据鲁迅先生的观点,唐传奇始于唐而终于唐,他在《中国小说的历史的变迁》中说:"传奇小说,到唐亡时就绝了。至宋朝,虽然也有作传奇的,但就大不相同。因为唐人大抵描写时事;而宋人则极多讲古事。唐人小说少教训;而宋则多教训。大概唐时讲话自由些,虽写时事,不至于得祸;而宋时则讳忌渐多,所以文人便设法回避,去讲古事。加以宋时理学极盛一时,因之把小说也多理学化了,以为小说非含有教训,便不足道。但文艺之所以为文艺,并不贵在教训,若把小说变成修身教科书,还说什么文艺。宋人虽然还作传奇,而我说传奇是绝了,也就是这意思。"

二、街东街西讲佛经,撞钟吹螺闹宫廷

变文是唐代兴起的一种说唱文学,多用韵文和散文交错组成,内容原为佛经故事,后来范围扩大,包括历史故事、民间传说等。变文实质上都是通俗的叙事文学,

---

① 鲁迅:《中国小说史略·唐之传奇文》,上海古籍出版社 2006 年版。

② 宋人洪迈认为:"唐人小说,不可不熟。小小情事,凄惋欲绝,洵有神遇而不自知者。与诗律可称一代之奇。"

③ 元稹《酬翰林白学士代书一百韵》"光阴听话移"下自注云:"尝于新昌宅听说《一枝花话》,自寅至巳,犹未毕词也。"又明梅鼎祚《青泥莲花记》中《李娃传》附注亦云:"娃旧名一枝花。"

并以说唱相间为其主要艺术特征,应当视为戏曲和通俗小说的重要渊源之一。①变文在艺术形式上除了叙事曲折、描写生动、想象丰富、语言通俗外,体制上韵文与散文相结合是其重要特点。变文的韵句一般用七言诗,间或杂有三言、五言、六言句式。散文多为浅近的文言和四六骈语,也有使用白话的。

唐代早期的变文,和南北朝"唱导"一样,是以"或杂序因缘,或傍引譬喻"的讲经形式和民间说唱形式相结合来演绎佛经神变故事的。简单而言,就是将佛教经典艺术化、形象化的产物。僧人为了将深奥的佛教经义通俗化,以便招徕听众,将历史故事和现实内容掺杂其中,亦即《高僧传》所谓"商榷经论,采撮书史"。其绘声绘色的讲唱艺术令人神魂颠倒,如醉如痴。正如《高僧传》所描述:"谈无常则令心形战栗,语地狱则使怖泪交零;徵昔因则如见德业,严当果则已示来根;谈怡乐则情抱畅悦,叙哀感则洒泣吐酸,于是围众倾心,举堂恻怆。"

到了中晚唐时期,长安城内许多寺庙经常进行俗讲,盛况空前。韩愈《华山女》诗描述道:"街东街西讲佛经,撞钟吹螺闹宫廷";"观中人满坐观外,后至无地无由听。"可见盛况空前。除俗讲僧外,当时还出现了以转唱变文为职业的民间艺人,他们又进而创作出许多以历史故事、民间传说和现实生活为题材的变文,大大增加了变文的民间性、故事性和现实性。如《伍子胥变文》《汉将王陵变文》《舜子至孝变文》《王昭君变文》《孟姜女变文》等,通过塑造不同的人物形象,对正直、善良而又遭受邪恶势力迫害的人们给以深切的同情,对丑恶的社会现象和虚伪的人情世态予以揭露和谴责。残卷《张义潮变文》《张淮深变文》则直接叙写唐代时事,以歌颂奋起抵御异族侵扰的英雄人物为主题,赞扬了他们勇猛顽强的战斗精神和维护国家统一的高尚情操。

同时,讲唱场地也逐渐多起来。不仅可以与各种杂戏一起在"戏场"演出,而且还有了专门讲唱变文的"变场"。《资治通鉴》卷二四八还记载万寿公主曾到"慈恩

---

① 关于"变文"之概念诠释众说纷纭,莫衷一是,要而言之有如下几种:一、有人认为,"变"是把散文"变"成韵散合体之文(如劳干《敦煌及敦煌的新史料》和苏莹辉《敦煌论集》),这种说法最流行;二、有人则认为,"变"是把口头语言变成书面文字(如杨家骆《小说与讲唱文学》);三、有人恰恰相反,认为"变文"是书面故事的口述化(如欧阳桢《变文中故事的口述》);四、也有人认为,"变"是指把一种文体(如佛经、历史)变成另一种文体即韵散合体之文(如周绍良《谈唐代民间文学》);五、还有人认为,"变文"之所以得名,是因为佛经原典变成了通俗经文(如关德栋《谈"变文"》);六、变文就是"通俗化",这是郑振铎的观点,他在《插图本中国文学史》中说:"原来'变文'的意义,和'演义'是差不多的。就是说,把古典的故事,重新再演说一番,变化一番,使人们容易明白";七、罗宗涛则断言"变文"由六朝音乐和诗歌术语演变而来,并且试图从中国古代典籍找到它的由来(参见《变歌变相与变文》)。

寺观戏场"①,这些民间娱乐场所也吸引着王公贵胄、秀才士子,足见变文等说唱文学的影响之广。郭湜《高力士外传》记载:"太上皇(唐玄宗)移仗西内安置……每日上皇与高司亲看扫除庭院,芟剃草木。或讲经、论议、转变、说话,虽不近文律,终冀悦圣情。"转唱变文竟已深入宫禁,流行之盛,可窥见一斑。

此外,从唐代传奇到宋、元以后的话本、拟话本等白话小说,它们那种长篇铺陈叙事的表现手法,也是跟变文相通的。变文对后代的诸宫调、宝卷、鼓词、弹词等讲唱文学和杂剧、南戏等戏曲文学,也有积极的影响,有些变文,如《维摩诘经讲经文》《八相押座文》,颇类似于戏曲的脚本,它们那种讲唱间杂的形式,与戏曲的唱白体式已很接近。多样化的变文题材也为后代戏曲文学提供了丰富的素材。

---

① 《资治通鉴·唐纪六十四》:上问"公主何在?"曰:"在慈恩寺观戏场。"上怒,叹曰:"我怪士大夫家不欲与我家为昏,良有以也!"亟命召公主入宫,立于阶下,不之视。公主惧,涕泣谢罪。上责之曰:"岂有小郎病,不往省视,乃观戏乎?"

第十一章

犹抱琵琶半遮面

宋代是一个耽迷于现实享乐的时代。他们一改先前严肃古板的教化之风,消解了社稷江山的忧患意识,转而为对世俗风情的沉湎与留恋。商业的繁荣与流通的加速,使得都市生活一片繁华。① 孙隆基先生认为,宋代中国的"现代性",表现为中古佛教的衰微和世俗精神之来临。

宋代是中国文化的转型期,也是分水岭。自此,中国文化发生了根本性的气质变化。文学的精神教化功能逐渐让位于大众娱乐功能。诗歌、散文分别渡过了各自的黄金时期,日渐枯黄,而戏剧与小说却逢时雨甘霖,显出勃勃生机。词——一种"诗"的变种,在这样的历史节骨眼上,以"别是一家"的姿态,极具妩媚地走进文人士大夫的视线。据魏泰《东轩笔录》卷五记载:

> 王荆公初为参知政事,闲日因阅读晏元献公小词而笑曰:"为宰相而作小词,可乎?"平甫曰:"彼亦偶然自喜而为尔,顾其事业岂止如是耶!"时吕惠卿为馆职,亦在坐,遽曰:"为政必先放郑声,况自为之乎!"

从这则史料中,既可以真切感受得到当时文坛复杂的文化气氛,也不难窥见此时文人微妙的内心世界。王安石责怪晏殊作词,自己也同样染指于词。宋人斥责

---

① 宋代的都市化也反映货币经济的发展。宋朝铸造的铜钱超出唐朝时的十倍以上,但仍不敷应用,在缺铜的情形下,宋真宗年间出现民间发行的"交子",是世界最早的纸币。从远洋贸易抽取的税收,也达史无前例的比重。北宋时期,中国人已经开始烧煤炼钢,大型企业雇佣数百全职的产业工人,而政府的两处军工业聘用八千工人——这已经是重工业规模。华北的钢铁业以 1078 年为例,达年产一百二十五万吨的水平,而英国于 1788 年亦即工业革命之始才不过年产七万六千吨。此外,矿冶、造纸业、制瓷业、丝织、航海业也高度发达。宋代中国是前现代的"高科技"之家:造纸、印刷、火药、罗盘虽然多发明于前代,但至宋代成为大规模制造业。宋代已经有印刷术这种传媒。按照班奈狄克·安德生的说法,印刷术是形成近代国家这个"想象的团体"的主要因素。(孙隆基:《中国千年回顾—— 一个全球史的鸟瞰》)

词为有砭令德的"郑声"或"小道""小技"。"花间"词人牛希济曾经作《文章论》,认为"浮艳之文,焉能臻于道理",对于"忘于教化之道,以妖艳相胜"的作品,极力诋毁。但自己保留在《花间词》中的词,倒也是妖艳之至。在宋代文坛上,既有"贬词派",也有"护词派"。陆游持贬词派的观点,认为词是文人酒席间的文字游戏,同六朝绮靡文风有相近之处;而朱彝尊则是为词辩护的,他认为词是通过一些生活琐事的描写,折射出较深的意旨,有变风变雅的性质,仍然是可以"发乎情,止乎礼义"的。

一面是日益繁荣的市井文化与日渐开化的世俗人心,一面是古文运动道德教化之清韵余波。宋词正是在这样的文化夹缝中应运而生,款款而来——娇艳而羞涩,骄傲且自卑。

一、词是艳科

在中国古代诗歌中,以整齐的五七言为代表的"齐言"是最典型的形式。因为它是以整齐规范的外观与灵活多变的内在结构相结合,建构起既具有稳定的形态又具有活泼的生命的艺术形式。稳定的形态与活泼的生命构成的对立统一正与"中庸"的人生宗旨相一致。因而它也就成为最能表现中国古代知识分子心态的艺术形式。但长短句的词就打破了这种均衡与平衡。这种形式上的漫不经心的变化,彻底颠覆了中国文学的精神气质,"言志"演变为"缘情",也使得中国文学的审美趣味由"诗庄"转为"词媚"。贵族的忧患意识被世俗的享乐情怀所替代,高贵典雅的教化传统为低俗媚俗的享乐主义所替代。

欧阳炯在《花间词序》中描述西蜀词人的创作背景:"绮筵公子,绣幌佳人,递叶叶之花笺,文抽丽锦;举纤纤之玉指,拍按香檀。不无清绝之词,用助娇娆之态。子南朝之宫体,扇北里之唱风。"在这种生活背景和文化风气下,所写内容,言情不外男欢女爱、伤春离别;场景无非歌筵酒席、芳园曲径。表现形式自然也就"镂玉雕琼,拟化工而迥巧;裁花剪叶,夺春艳以争鲜"①。

花间词所开创的婉约之风,对中国文学的影响悠久深远。王国维评价《花间词》说:花间的潜势力,依然笼罩着千年词坛。认为:"词至李后主而眼界始大,感慨遂深。"②他从"菡萏香销翠叶残"感受到了"众芳芜秽,美人迟暮"的悲哀感慨。认为此词不仅有君王听歌看舞的小语境,还有南唐偏安一隅存在危亡之忧的大语境。

① 欧阳炯:《花间词序》,房开江等《花间集全译》,贵州人民出版社 1997 年版。
② 王国维:《人间词话》,上海古籍出版社 1998 年版。

二、诗庄词媚

词,从它诞生之日起,便因其独具的文化因子而呈现出特有的柔媚香艳的风格特征。香艳俚俗是其早期特征,后经文人染指,经历了由俗向雅的转化。如果拿艳词与艳诗相比,其审美特征与审美趣味差别明显。艳诗的叙事通常是有审美距离的欣赏,而艳词的叙描则是零距离的把玩。

艳情诗受传统诗风的影响,写男女之情重在"雅",表现的是对爱恋对象的远距离的精神思念和神态欣赏,重在精神慰藉与心灵安抚。而艳情词则具有浓厚的乡野世俗色彩,写男女之情重在"俗",表现的是对爱恋对象的近距离的身体窥视与体态把玩,重在生理需求与感官满足。传统诗歌的结构模式和对仗要求却使得诗风趋于典雅、厚重,可以用它来写刻骨的相思,却难以用它来表现细腻的爱恋过程与女性体态的婉转流动。即使是南朝的宫体诗也比不上温柳词的婉曲细腻,便是一个证明。所以艳情词追求的是过程与细节的逼真生动,是对女性体态及心灵感受的细致描摹与层层铺叙。

叶嘉莹先生认为,词是产生于歌宴酒席、青楼楚馆,以表现女性的柔弱与痛苦为主要内容,它是一种在诗言志的传统约束下得到"解放"的新的文学体式。词的长短错落,参差不齐,是女性的语言,其基本的情思是弱者的情思和形象。词天然地具有诗歌不具有的"弱德之美"。她认为,词从《花间集》描写的美女与爱情开始,就有一种双重性别特色。词是男子借托女子的口吻身份而作的"闺音",却不同于古已有之的屈原之"美人"与曹子建之"贱妾"的有心托寓,是于无形之中流露出男性传统的内心情结。

"据唐宋两代的诗词来看,也许可以说,爱情,尤其是在封建礼教眼开眼闭的监视之下那种公然走私的爱情,从古体诗里差不多全部撤退到近体诗里,又从近体诗里大部分迁移到词里。"①无疑,词为压抑已久的中国人找到了一条可资宣泄的途径,是中国士大夫精心绘制的较为体面的情感图谱。

李清照的《词论》,无疑是对词的另眼相看,是一代才女为词颁发的合法准生证。从她对唐代特别是北宋以来的主要词人的批评意见中,可以见出她对词的审美预期。譬如她认为柳永的词"虽协音律,而词语尘下",表明她反对那种过于俚俗化和带有市民情趣的倾向;她认为晏殊、欧阳修、苏轼等人的词"皆句读不葺之诗尔,又往往不协音律",表明她反对词的风格与诗相接近,和音律上的不严格;认为

---

① 钱钟书:《宋诗选注序》,人民文学出版社 1958 年版。

晏几道的词"苦无铺叙",贺铸的词"苦少典重",秦观的词"专主情致而少故实",表明她主张词既要有铺叙,有情致,也要有比较深厚的文化内涵。概括而言,李清照的词学观点,特别强调了词在艺术上的独特性,即词"别是一家",与诗歌相区别;特别重视词的声律形式;在语言上要求典雅而又浑成。她被推为"当行本色"的婉约正宗,与她对词的见识密不可分。

词确实具有"能言诗之所不能言,而不能尽言诗之所能言"的优势和局限。所谓"词为艳科""诗庄词媚""诗之境大,词之境狭"等,都是在强调"词别是一家"。

三、在青楼与闺阁之间

词本身就是风流的产物,是伴随着宴饮歌舞的欢乐与浪漫而登上文明舞台的精灵。唐至北宋的诸多名篇,大抵难脱思妇闺怨之窠臼。一部《花间集》,满纸女人香,女人是花间的主角,女人是花间的精灵。晚唐五代是风流的岁月,风流的岁月是风韵女人与风骚文人的一次浪漫邂逅。花间词人笔下的相思梦境,更漏声声,不绝如缕。"柳丝长,春雨细,花外漏声迢递。惊塞雁,起城乌,画屏金鹧鸪。香雾薄,透帘幕,惆怅谢家池阁。红烛背,绣帘垂,梦长君不知。"这大概是历史上第一首以"更漏子"来命名的作品。温庭筠以他惯用的斑斓彩笔点染了一个思妇的难眠之夜。从此以后,"更漏子"便拥有了传递"深夜—女子—相思"信息的符号意义。

晚唐五代词无疑是一部中国文人夜生活的全景纪录,这些"苟全性命于乱世"的时代精英普遍选择了一种及时行乐的价值取向,宴饮与狎妓成为他们精神生活的重要寄托,也成为他们作品的重要内容。青楼是他们安顿灵魂的伊甸园,歌妓是他们排解苦闷的最佳知音——"梳洗罢,独倚望江楼,过尽千帆皆不是,斜晖脉脉水悠悠。肠断白蘋洲。"[①]的青楼女子痴情等待;"换我心,为你心,始知相忆深"[②]的青楼红粉生死相依,如胶似漆的缠绵,这一切无疑是生逢乱世的文人醉生梦死的温柔乡。既是情感需求,更是心灵慰藉。青楼成了文人躲避乱世的避风港,成了文人人生沙漠上长途跋涉之绿洲。

当然,这些青楼女子是执着与痴情的,夜对她们来说既意味着瞬间的欢乐与情爱,更意味着漫长的痛苦与等待。而等待与守望则是晚唐五代女子精神家园中永远的现在进行时态。在整个唐五代,文人与女冠都保持着一种相当密切的互动关系,韦庄、温庭筠之流更不用说,即便是不以风流名世的诗仙李白也有"木兰之枻沙

---

① 温庭筠:《梦江南》,房开江、崔黎民:《花间集全译》,贵州人民出版社1997年版。
② 顾敻:《诉衷情》,房开江、崔黎民:《花间集全译》,贵州人民出版社1997年版。

棠舟,玉箫金管坐两头。美酒樽中置千斛,载妓随波任去留。"①文人与女冠的相"狎",或许就是当时的社会风气。与温庭筠一样,柳永一生也是屡试不第、宦途失意,因此,他大部分时间都是在歌楼妓馆厮混,和妓女们关系密切,他的很多词作是应歌妓之邀而作,供歌妓演唱之用。据宋人叶梦得的《避暑录话》所载,柳永"为举子时,多游狎邪,善为歌辞。教坊乐工每得新腔,必求永为辞,始行于世。于是声传一时"。终其一生,柳永都没有离开过妓女,甚至在他死后,也都是由妓女集资安葬。这是文人的不幸,也是文人的大幸!

如果说杜牧的纵酒狎妓之作已吟唱出晚唐末世的颓败之象,那么五十年后韩偓充满胭脂粉黛气息的"香奁体"实在是摇摇欲坠的唐王朝的亡国之音。唐昭宗李晔居然要倚重这样一位专写女子裙裾脂粉的文人来苟延残喘,唐朝的气数真的尽了。

柳永是北宋第一专业词人,一生"偎红依翠""放浪形骸"。他往来于秦楼楚馆,流连于教坊歌台,深受乐工、歌妓的影响,才得以创造出以白描见长的柳体词,才有了"状难状之景,达难达之情"的柳词艺术魅力。透过他留下的大量羁旅行役与悲欢离合的词作,不难感受他的痛苦和无奈,理解"凡有井水处,皆能歌抑词"的真正内涵。

孙康宜指出:青楼伎师与闺阁词人的作品在 17 世纪似享有同等重要的地位,但到了 18 世纪,青楼伎师基本上却全然被隔绝于文学界之外。她们的词作往往不被收录在比较重要的文学选集里。这与晚明如周之标等男性诗词编者热衷收录伎师的作品并尊称她们为"女才子"的做法,成了极尖锐的对比。清代对伎师文学的压抑显然与当时新理学的兴起有关。对大部分男性诗词编辑者而言,印录这些"放荡"女子的作品是不合乎道德的事。很显然,一些男性文人对明末如陈维崧等人"倡楼佚荡、漫与谈诗"的行为也开始提出抨击。更甚者,女性们也开始延用这类的道德观。比如编辑《国朝闺秀正始集》的女文人恽珠,便宣称她单就道德上的因素而将所有伎师的作品排出她的选集之外。而文人许世溥的妻子,则因担心自己的词作若是被收录在词选集中,则自己有可能被误会为青楼的女子,因而意图要焚去自己的作品。② 由明人冯梦龙搜集,清代华广生等编述的《明清民歌时调集》又称《情经》,是一部明清民歌集,收有《挂枝儿》《山歌》《霓裳续谱》《白雪遗音》四部民歌集。《挂枝儿》是明代文学家冯梦龙编纂整理的两部民间时调歌曲专集。《挂枝儿》

---

① 李白:《江上吟》,《李太白全集》,中华书局 1977 年版。

② [美]孙康宜:《词与文类研究》,李奭学译,北京大学出版社 2004 年版,第 192—193 页。

与《山歌》，更多地反映了晚明文学的精神及文人文学与俗文学的结合。《挂枝儿》中的情歌常写得热烈而曲折深细，生活的真实感极强，《山歌》也是以写男女私情为主，其放肆程度，又较《挂枝儿》为甚。这些民歌更多地是展示"情欲"，以沈德符的批评的话来说，带有"秽亵"，但在当时的社会中，却表现着更为大胆的反抗意识。

四、以诗入词

在词的发展史上，苏轼的出现，才真正突破"词是艳科"的藩篱。他把诗文革新运动的精神带到词坛，在词的内容、题材、风格、情趣等方面进行了一系列富有开创性的革新。"以诗入词"是苏轼对词体解放的巨大贡献，在词史上具有划时代的意义。"以诗为词"，简单说来，就是用写诗的方法写词，把诗的题材、形象、意境、创作方法尽情入词，是词的诗化与变异的产物。"以诗为词"本来是陈师道在《后山诗话》中对苏词的否定性评论，陈氏以为"以诗为词"不是词的"本色"。不成想，这一批评与指责却在客观上揭示了苏词开创性的特色。

叶嘉莹先生曾举出豪放派词人苏东坡的《八声甘州·寄参寥子》和辛弃疾的《水龙吟·过南剑双溪桥》来说明词在其文学体式及语言节奏上的弱德之美。东坡一生几经迁贬，却在词中自言"白首忘机"，嘱托友人"不应回首，为我沾衣"，并不直言心中的悲哀和感慨，透露出幽约怨悱的感情，就是弱德之美。身为英雄豪杰的辛稼轩，身为北人，不得南人的信任，终身不能为国收复失地，未能达成驱逐胡人的愿望。但在双溪旁，没有真正地"燃犀下看"只因"凭栏却怕，风雷怒，鱼龙惨"，只好慨叹"元龙老矣，不妨高卧"，词句顿挫婉转，最后"问何人又卸，片帆沙岸，系斜阳缆"语尽而意不尽，语言吞吐转折而出，体现了语言的弱德之美。最后叶先生比较了苏轼的《江城子》（老夫聊发少年狂）和《满庭芳》（蜗角虚名），指出语言直白则不具美感。孙康宜指出，苏轼对诗体的区野可谓触角敏锐，但他的词时而理智重于感情，却可能肇因于他把宋诗的理性精神多少给移植到词里去。因此，纵然他在情景间架设起某种玄秘关系，自己也要与之保持某种"区隔"，以局外人之身抒发哲思。但这并不表示"感性"不存在于苏词之中。词的传统曾经经历漫长的扩展视野的阶段，苏轼的出现顺理成章地为此一阶段谱下终曲。词的传统也曾经经历扩大意象的进一步变革，而苏轼正是此一变革的关键人物。①

---

① ［美］孙康宜：《词与文类研究》，李奭学译，北京大学出版社 2004 年版，第 153—154 页。

第十二章

戏剧——好大的舞台

中国文明发展到元代,出现了一个前所未有的局面,上层文化遭遇到了毁灭性打击,下层文化或者说俗文化首次取代雅文化成为主流,徐子方在《元代文化转型与古典文学》中说:"翻开一部中国文学史,即不难感受到,一直处于正宗主流地位的诗歌散文,到了元代即一下子失掉了无可争议的优势,其黄金时代是一去不复返了……而且不仅在元代,即使在以后的明清两朝,尽管还有不少作家作品,但诗歌散文的衰落已经是无可挽回,作为文学发展中的主流地位它是永远的丧失了,取代它的古代戏曲一下子由过去被鄙视、一直处于非正统地位而跃居传统诗文之上,成为时代文学之主流。"①

关于中国戏曲,林语堂先生有极精妙的表述,他说,戏剧文学之在中国,介乎正统文学与比较接近于西洋意识的所谓意象的文学二者之间,占着一个低微的地位。至于戏曲中的歌辞,则其眼界与体裁大异,它所用的字眼,大半要被正统派诗人嗤之以鼻,认为俚俗不堪的。因为受正统派文学标准的束缚最轻微,故能获得自由活泼的优越性,而不断生长发育。因为中国戏剧作品恰巧大部分是诗,故其地位得以较高于小说,几可与唐代的短歌相提并论。以学者身份而写戏曲,似比之写小说觉得冠冕一些,不致怯生生怕人知道。总之,戏曲的作者不致掩匿其原来的姓名,亦不致像小说那样成为批评家的众矢之的。中国戏剧为白话方言和诗歌的组合;语体文字为一般普通民众所容易了解者,而诗歌可以讴唱,且常富含高尚的诗情的美质。从纯粹的文学观点上观察,中国的戏曲,包括一种诗的形式,其势力与美质远超越于唐代的诗。原因很简单,戏曲语言的本身,即所谓的白话,已解脱了古典文

---

① 张宏杰:《中国国民性演变历程》,湖南人民出版社2014年版,第111页。

学的羁绊,获得天然而自由的雄壮的美质,迥非前代所能梦想得到。那是一种从人们口角直接取下来的语言,没有经过人工的矫揉修饰而形成天真美丽的文字。几位元曲大作家,就把土语写进去,保存它固有的不可模拟的美。戏剧也具有同等重要的教育功用。供给人们以一切分解善恶的道德意识,实际上一切标准的中国意识,忠臣孝子,义仆勇将,节妇烈女,活泼黠诡之婢女,幽静痴情之小姐,现均表演之于戏剧中。用故事的形式来扮演各个人物,人物成为戏剧的中心,孰为他们所憎,孰为他们所爱,他们深深地感受着道德意识的激动,曹操的奸诈,闵子骞的孝顺,卓文君的私奔,崔莺莺的多情,杨贵妃的骄奢,秦桧的卖国,严嵩的贪暴,诸葛亮的权谋,张飞的暴躁,以及目连的宗教的圣洁等等,都于一般中国人很熟悉,以他们的伦理的传统意识,构成他们判别善恶行为的具体概念。①

从总体上说,戏曲是一种中和文化,"乐而不淫,哀而不伤",甚至"怨而不怒"是戏曲的主流基调,大团圆的戏剧结局又是中国戏剧的基本格局。在元杂剧《窦娥冤》、明杂剧《四声猿》、明传奇《临川四梦》、清传奇《万民安》等剧目中,宣扬的却是斥天骂地、放浪形骸、荒诞不经,"愤懑悲歌而继之",这类反映"少数人的清醒"的戏曲作品可以说是戏曲的支流,而且由于现实的种种原因,它们大多遭到禁演的命运,以底层状态存在于历史舞台上。

戏剧反映的题材多是国人普遍关心的事情,如忠臣孝子、夫贵妻贤、精忠报国、为民请命等,强调家国观念和人伦教化。但也不无声色犬马,男欢女爱,宗教迷信以及坑蒙拐骗的低级趣味之作。既有苦情戏,也有愉情戏。十里不同风,五里不同俗,由于幅员辽阔,民族众多,方言各异等客观因素,形成方言俚语味十足的地方民间小戏。上流社会文人士大夫津津乐道的"庙堂官戏"与底层老百姓喜闻乐见的"民间小戏"呈现为一种共生状态。戏曲的主次分流也由此产生,其雅与俗、文与野、大众与小众、精英文人与一般艺人同生共长,泾渭分明。说到底这是社会文化精神的分流,也是社会价值观念的分野,更是世道人心的分布。任何时代都面临着集体精神与个体精神的冲突对立。从辩证法角度来说,它们是可以统一并相互转化的,当集体精神合乎时代发展的需要时,个体精神就会为之同化,这往往表现为喜剧;当个体精神代表了时代的发展趋势时,它要么转化为新的整体精神,要么被旧的整体精神所压制,这往往表现为悲剧。无论是读史,还是观剧,我们都能从中体悟到这种历史的真味。

元代是中国戏剧的黄金时代。事实上,元代剧作家的地位非常低下,但他们却

---

① 林语堂:《吾国与吾民》,华龄出版社1995年版,第261页。

创造了辉煌的艺术奇迹。① 据《录鬼簿》《录鬼簿续编》及《太和正音谱》等文献记载，元代有姓名可考的剧作家近百人，创作杂剧 500 余种，其中流传至今的不下 160种。据《青楼集》及其他零星资料统计，元代有姓名可考的演员大约 80 人，出现了一批色艺双全的名角，比如"有绕梁之声"的赵真真，"声遏行云，乃古今绝唱"的赛帘秀，"杂剧当今独步"的朱帘秀，"歌声坠梁尘"的朱锦秀，声如"凤吟鸾鸣"的顺时秀，"歌喉清婉，妙入神品"的回族女演员米里哈。其外，很多演员，除演技精湛外，还有深厚的文化修养，《青楼集》记载，梁园秀"喜亲文墨，作字楷媚，间吟小诗，亦佳。所制乐府……世所共唱之"。又云张玉莲"丝竹咸精，六博尽解……南北令词，即席成赋；审言知律，时无比也"。《录鬼簿》等记载了杂剧演员的德艺双馨，多才多艺，如张国宾、赵文敬、红字李二、花李郎等，不仅演技精湛，而且善于经营运作，还可以编写剧本。对元杂剧的繁荣有着杰出贡献的关汉卿、郑廷玉、白朴、马致远、王实甫、杨显之、纪君祥、尚仲贤、高文秀、武汉臣、戴善夫、石君宝、李好古、康进之、石子章、孟汉卿、李行道孔文卿、张寿卿、狄君厚等名家，大多地位卑微，但正是由于这样一群处境贫寒但又出类拔萃的剧作家及演员的出现，才将中国戏剧推向高峰，成就了元杂剧"一代文学"之大观。②

一、娱乐化——挈妻子，舆老羸而至，恋恋忘归

原始自然村落的民间文化，受自然环境的影响，千差万别，呈现出较大的文化差异性。但其文化根源是古老的宗教习俗，而宗教文化的显著特点就是仪式表演，观赏性十分突出，这就为戏剧提供了温床与土壤。戏剧的观赏性不受文化教养的限制，织女耕夫，樵夫渔父，皆能从中获得乐趣。相比于辞赋散文，诗词小说等，这是戏剧的一大优势。

与观赏型的戏剧文化不同，文本阅读型文化在原始村落里则十分单薄，与原始村落的封闭环境和落后教育格格不入。这种受制于教育的文化消费形式，本质上来讲，是教育开发培育的结果，也是社会文明的标识。城市的兴起，深刻改变了传统原始自然村落的民间文化格局。由于其文明化程度较高加之其生活方式的单纯性与生活节奏的同一性，使得城市带有天然的同化功能。所以主流文化的选择与原始村落时期迥然不同。在原始村落时期，官方文化虽然取自民间文化，但其选择

---

① 宋·郑思肖《心史》云："一官、二吏、三僧、四道、五医、六工、七猎、八民、九儒、十丐。"谢枋得《叠山集》也说："滑稽之雄，以儒者为戏曰：我大元典制，人有十等；一官、二吏；先之者，贵之也，谓其有益于国也；七匠、八娼、九儒、十丐，后之者，贱之也，谓其无益于国也。"

② 李修生、赵义山主编《中国分体文学史·戏曲卷》，上海古籍出版社 2001 年版。

的标准是能够普及教化，所以"动天地，感鬼神"的诗与乐便成了首选。因此，主流是由统治者的意志决定的，是自上而下的文化选择；但是到了唐宋以后，城市文化选择完全相反，是文化消费主体的消费心理与消费愿望决定文化的形态，教化显然不敌娱乐更诱人。文艺的娱乐功能取代教化功能而居主导地位。

"寓教于乐"是戏剧的最基本的特征，对于普通百姓来说，戏剧氛围是他们最喜欢的。乡间集市、社稷庙会、灯节社火等场合，戏剧演出也十分火爆，一些地方，永久性戏台的建造，说明祭祖、祈神、求雨、祛灾等宗教仪式也逐渐与大众性娱乐活动融为一体。村民们为赶庙会，看一场戏，不辞辛苦，跋山涉水，从四面八方赶赴而来，正如《重修明应王殿碑》中所描述："贵者以轮蹄，下者以杖履，挈妻子，舆老羸而至。"以至于"相与娱乐数日，极其厌饫，而后顾瞻，恋恋犹忘归也"。

这些娱乐活动多与游戏、竞技、迎神赛社等有关。郭泮溪在《中国民间游戏与竞技》中将我国丰富多彩的民间游戏活动概括为九类，即儿童游戏、斗赛游戏、季节游戏、歌舞观赏游戏、杂艺游戏、智能游戏、驯化小动物游戏、助兴游戏和博戏。其中不少伴随着戏剧活动。战国时期，由于商业的发展，繁华的都城中，民间的娱乐活动十分兴盛，最著名的，如齐国都城临淄，"其民无不吹竽、鼓瑟、击筑、弹琴、斗鸡、走犬、六博、蹋鞠"。[①] 民间这种祭祀活动，自古至今，从未断过香火。民间娱乐又多与宗教庙宇有关。杨衒之《洛阳伽蓝记》描写北魏洛阳寺院娱乐盛况：

> 长秋寺四月四日，此像常出，群邪狮子导引其前，吞刀吐火，腾骧一面，彩童上索，诡谲不常，奇伎异服，冠于都市，像停之处，观者如堵。

> 景乐寺，至于六斋，常设女乐，歌声绕梁，舞袖徐转，丝管嘹亮，谐妙入神……诏诸音乐逞伎寺内，扑殿廷，飞空幻惑，世所未睹……士女观者，目乱睛迷。

至于唐代京城长安的大众娱乐，据钱易《南部新书》载，慈恩寺、青龙寺、荐福寺、永寿寺多设有戏场；唐代赵璘《因话录》所记兴福寺文淑的俗讲，"愚夫冶妇，乐闻其说，听者填咽寺舍"。至于宫廷娱乐的记载更加不能备说，如先秦的优伶戏；汉至唐五代的角抵戏《东海黄公》、傀儡戏、影戏；歌舞《总会仙倡》；歌舞戏"代面""钵头"、《踏摇娘》《苏中郎》《樊哙排君难》《弄假妇人》《弄婆罗》；杂剧《说肥瘦》《辽东妖妇》；参军戏等。它表明：我国古代无论民间或宫廷的娱乐活动都十分兴盛、丰富多彩，并且多伴随戏剧演出，这是我国泛戏剧形态能够长期存在的原因之一。[②]

---

① 《战国策·齐策一》，王守谦等《战国策全译》，贵州人民出版社1991年版。
② 吴晟：《我国戏剧早萌晚熟原因探赜》，载《文艺理论研究》2000年第2期。

来看戏的人目的简单，就是图个乐子，且大多数戏剧是在逢年过节、喜庆吉日、迎神赛会时演出的，所以剧情既不宜太过悲伤绝望，也不宜教化味道十足，过于庄重严肃。所以科诨杂耍，诙谐逗乐，甚至在跌宕曲折的悲、欢、离之后，如不能真"合"，也常常以幻想的形象来个"合"的结局，以求获得心理安慰，以迎合善良的老百姓简单朴素的人生愿望，这也是中国戏剧大团圆结局的文化预期。

二、商业化——半天下之财赋，并山泽之百货

戏剧，本质上是市民的艺术，而商业是戏剧文化的催情素。商业发达和市民阶层的兴盛，无疑为戏剧提供了最稳定的经济基础和最旺盛的文化消费群体。纵观中国历史，兴起于北方黄河流域的上古文化，基本上是植根于土地赋税的农耕型经济文化，特点是古朴庄重，凝重俭啬；自中古而下，南方长江流域日渐开化，原本被称为"土薄水浅"的江南，逐渐成为国家财赋赖以仰给的鱼米之乡。商业贸易所带来的巨大经济效益日渐凸显，并最终成为国民经济的基础。国家的经济形态也由农耕型经济演进为商业型经济，特点是艳丽繁华，时尚奢靡。据《南史·循吏列传》记载："都邑之盛，士女昌逸，歌声舞节，袨服华妆，桃花渌水之间，秋月春风之下，无往非适。"可见，在城市化和商业化的文化风气浸润感染下，当时南朝的逸乐生活以及文化娱乐。

隋统一全国后，隋炀帝于"大业三年（607年），诏尚书左丞相皇甫谊发河南男女百万开汴水，起荥泽入淮千余里，乃为通济渠。又发淮南兵夫十余万开邗沟，自山阳淮至于扬子江三百余里，水面阔四十步"。大业六年（610年），又开江南河，自京口（镇江）至余杭（杭州）。自此以后，贯通南北的大运河沟通了黄河流域和长江流域的航路，汴梁遂成为当时"水陆所凑，邑居庞杂"的"雄郡"。

便利的交通加快了商业贸易的发展，以唐朝为例，许多世代耕地的农民，纷纷弃农经商，唐诗人张籍在诗歌《贾客乐》中写道："年年逐利西复东，姓名不在县籍中。农夫税多长辛苦，弃业长为贩宝客。"诗人姚合在《庄居野行》中写道："客行野田中，比屋皆闭户。借问屋中人，尽去作商贾。"广泛的商业活动带来了文化的交流与交融，也营造了繁荣昌盛的都市文化。《唐阙史》记载："扬州，胜地也，每重楼向夕，倡楼之上，常有绛纱灯万数，辉罗耀烈空中，九里三十步街中，珠翠填咽，邈若仙境。"唐代诗人王建《夜看扬州市》："夜市千灯照碧云，高楼红袖客纷纷。如今不似时平日，犹自笙歌彻晓闻。"唐诗人郭利贞的《上元》诗写道："九陌连灯影，千门度月华。倾城出宝骑，匝路转香车。"唐代苏味道的《正月十五夜》："火树银花合，星桥铁锁开。"唐代诗人张萧远的《观灯》："十万人家火烛光，开门处处见红妆，歌钟喧夜更

漏暗，罗绮满街尘土香。"等等，写的都是元宵之夜展灯、观灯的欢乐情景。可见当时观灯规模之大，繁华之盛。

中国的戏曲基本定型于宋元之际。这个时期，商业兴盛，都市繁荣，如元代大都，在商业上堪称当时世界上的东方大都会，我国著名的北杂剧就是在这里获得了进一步地提高和发展的。台湾经济史家，赵冈先生在《中国城市发展史论集》中认为，古代大城市到宋代发展到极致。例如，北宋的汴京人口达到140万，南宋的临安100多万。此后则逐渐萎缩。元代的北京88万人口，明代最多时也只有84万，清代是76.1万。他认为宋代城市人口在全国人口中的比例超过中国古代社会所有历史阶段，达到22％。①

《宋史·河渠志》记载："唯汴河横亘中国，首承大河，漕引江湘，利尽南海，半天下之财赋，并山泽之百货，悉由此路而进。"终宋之世，汴京城内，"华夷辐辏，水陆会通；……工商外至，络绎无穷。"北方的长安、洛阳、汴梁，南方的金陵、扬州、临安、巴蜀的益州等都是一等一的大都市。正如《都城纪胜》序所说：临安"市肆与京师相侔"②。南方商人在汴京经商的为数更多，因为当时南方经济较北方发达，商品经济十分活跃。《东京梦华录》卷三"大内前州桥东街巷"条说："临汴河大街……街西保康门瓦子，东去沿城皆客店，南方官员、商贾、兵级皆于此安泊。"在南方商人中，除了经营国内商业的富商巨贾之外，还有专门经营海外贸易的"海贾"。汴京市场还留下了外国商人的足迹。据孟元老记载，其时来京朝贡的外国使臣有高丽、南番、真喟、大食等国。这些使臣实际上是来做交易的商人。据《宋史·大食传》记载，终赵宋一代，大食使者来中国凡二十六次，"其中商人冒托国使者，不在少数。"综上所述，说明汴京是当时国内外贸易的中心。

文化和商业的发展常常有着相辅相成的内在联系，开封便是一个典型的例子。和前朝比较起来，开封是一座最商业化的京城。长安虽大，但它的一百零八个"坊"全是住宅区，每到黄昏，坊门就要上锁，夜里不准通行，简直有如监狱，而专为做生意设的东西两"市"，同样只限于白天营业。开封则从根本上打破了坊与市的界限，更打破了白天和夜晚的界限——到处都有商店酒楼，不少店家还二十四小时营业。《东京梦华录》对于北宋末年开封的商业有着十分详尽的介绍，关于夜市，其中说到

---

① 王学泰：《游民文化与中国社会》（下），同心出版社2007年版，第531页。
② 关于杭州的繁荣与繁华的记载有："东南形胜，三吴都会，钱塘自古繁华。烟柳画桥，风帘翠幕，参差十万人家。云树绕堤沙。怒涛卷霜雪，天堑无涯。市列珠玑，户盈罗绮，竞豪奢。"（柳永《望海潮》）；"市井坊陌，数日经行不尽。""市肆与京师相侔。"（耐得翁《都城纪胜·坊院》）；"人烟稠密，城内外不下数十万户，百十万口。"（吴自牧《梦粱录》）；"四十里灯光不绝。"（西湖老人《繁胜录·街市点灯》）。

七十二户"正店"是"飞桥栏槛,明暗相通,珠帘绣额,灯烛晃耀……不以风雨寒暑,白昼通夜,骈阗如此"。至于"脚店"及其他小吃,也是"夜市直至三更尽,才五更又复开张"。大"正店"里,常常是数百名"浓妆"坐台小姐,"聚于主廊,以待酒客呼唤";小"脚店"里,则"有下等妓女,不呼自来,筵前歌唱……谓之'打酒坐'"。夜生活是商业都市的重要标志,它当然不会仅限于吃喝,所以娱乐事业应运而生是应有之义。开封在这方面可谓取得了突破性的进展,前朝的梨园教坊都是由皇家垄断,直到宋朝,表演业才走向民间,并且得到空前发展。杂剧、清唱、傀儡、说书、杂技、皮影、相扑、相声(说浑话)……形式多样,内容丰富,遍布于开封的勾栏瓦肆。各行中极受观众欢迎的大腕明星,《东京梦华录》中留下姓名的不下百余人之多,可以由此想见当时通俗文化发展的程度。俗文化向雅文化的逐步过渡是一个普遍规律,正是在以开封为中心的通俗文化繁荣的背景里,话本、小说、戏剧、词曲的创作走向了历史性的突破。在这之前,上述的文学形式都还处在起步或雏形的阶段,在此以后,由于知识分子通向艺术的道路得到极大地拓展,出现了放弃追求庙廊事业的传统观念而专事文艺创作的文化人(如柳永之类),并从此引发了上层知识界的创作欲望,形成了一个文艺创作与出版双繁荣的新局面(活字印刷的发明或许也是与此有关的)。《宋史·艺文志》里说,唐开元时,国家图书馆藏书八万卷,其中唐朝人自己写的约三万卷。经过唐末和五代的战乱,宋初,馆藏图书只剩万余卷。太宗赵光义在开封左升龙门以北建崇文院图书库,号为"秘阁",多方搜罗民间藏书,到真宗时,总算恢复到三万多卷。而从仁宗开始到徽宗的一百年间,馆藏书达到七万多册,其中大多数都是北宋当代人的著作。南宋宁宗时的统计,虽然经历了靖康之难的浩劫,馆藏书竟达到了十二万卷之多。由此可以想见,宋代人创作欲及发表欲之旺盛。

城市的扩大,催生了行业的快速发展。如此一来,商铺林立,夜市通宵达旦,更兼酒楼连骈,瓦市栉比。《东京梦华录》一书共提到的一百多家店铺中,酒楼和各种饮食店就占有半数以上。城中有"白矾楼""潘楼""欣乐楼""遇仙正店""中山正店""高阳正店""清风楼""长庆楼""八仙楼""班楼""张八家园宅正店""王家正店""李七家正店""仁和正店""会仙楼正店"等大型高级酒楼"七十二户"。真可谓:"举目则青楼画阁,绣户珠帘。雕车竞驻于天街,宝马争驰于御路,金翠耀目,罗绮飘香;新声巧笑于柳陌花衢,按管调弦于茶坊酒肆。八荒争凑,万国咸通。集四海之珍奇,皆归市易;会寰区之异味,悉在庖厨。"[①]据《续资治通鉴长编》记载,汴京至少有

---

① 孟元老:《东京梦华录·序》,邓之诚:《东京梦华录注》,中华书局2005年版。

一百六十多种行业,其中酒楼,瓦肆和妓院最为兴盛。宣和年间,更修三层相高,五楼相向,各有飞桥栏槛,明暗相通,珠帘绣额,灯烛晃耀。另据周密《齐东野语》记载,当时的街市酒店,彩楼相对、绣旆相招,掩翳天日。其中白矾楼规模最大,乃京师酒肆之甲,饮徒常千余人。

随着戏剧演出社会化和商业化,城市"瓦肆""乐棚""勾栏"的戏剧演出日趋频繁,拥有大批观众,《东京梦华录》卷二,"东角楼街巷"条说:"街南桑家瓦子,近北则中瓦,次里瓦。其中大小勾栏五十余座。内中瓦子莲花棚、牡丹棚;里瓦子夜叉棚、象棚最大,可容数千人。"在瓦肆中上演的有平话、杂剧、舞蹈、杂技、影戏、说诨话,等等。当时的瓦肆热闹万分,不但演戏说书,同时,"瓦中多有货药、卖卦、喝故衣、探搏、饮食、剃剪、纸画、令曲之类。终日居此,不觉抵暮。"(《东京梦华录》,卷二,"东角楼街巷"条)瓦肆"不以风雨寒暑,诸棚看人,日日如是"。(《东京梦华录》,卷五,"京瓦伎艺"条)可见其盛况空前,经久不衰。据《青楼集志》记载:"内而京师,外而郡邑,皆有所谓勾栏者,辟优萃而隶乐,观者挥金与之。"

城市经济的繁荣,带来城市人口的急剧增加和市民意识的兴起。享乐意识也就随之上升,这种享乐意识逐渐发展为享乐主义与享乐文化。当时的汴京,奢靡之风弥漫。"大抵都人风俗奢侈,度量稍宽,凡酒店中不问何人,止两人对坐饮酒,亦须用注碗一副,盘盏两副、果菜楪各五片、水菜碗三五只,即银近百两矣。虽一人独饮,碗遂亦用银盂之类"①。司马光在《论财政疏》中指出:"臣窃见……左右侍御之人,宗戚贵臣之家,第宅园圃,服食器用,往往穷天下之珍怪,极一时之鲜明。……以豪华相尚,以俭陋相訾。愈厌而好新,月异而岁殊。"上行下效,奢靡之风肇自京畿,余波所及,可达天下。诚如陈舜俞《都官集》中所言:"今夫诸夏必取法于京师。所谓京师则何为?百奇之渊,众伪之府,异服奇器,朝新于宫廷,暮仿于市井,不几月而满天下。"到了北宋末年,汴京上层社会的奢侈之风愈演愈炽。宋人袁褧的《枫窗小牍》说:"汴京闺阁妆抹凡数变。崇宁间,少尝记忆,作大髻方领。政宣之际,又尚急扎垂肩。宣和已后,多梳云尖巧额,鬓撑金凤。小家至为剪纸衬发,青沐芳香,花靴弓履,穷极金翠,一袜一领,费至千钱。"不难想见,当时汴京上层社会妇女追逐时尚的强烈意愿与一掷千金的消费举措。《东京梦华录》卷一"大内"条说:"东华门外市井最盛,盖禁中买卖在此。凡饮食,时新花果,鱼虾鳖蟹,鹑兔脯腊、金玉珍玩衣着,无非天下之奇。……其岁时果瓜、蔬茹新上市,并茄瓠之类,新出每对可直三

---

① 孟元老:《东京梦华录·卷四》,邓之诚:《东京梦华录注》,中华书局 2005 年版。

五十千,诸合分争以贵价取之。"这样的消费心态真是验证了凡勃伦的价格哲学。①这种愈演愈烈的奢侈糜烂的享乐之风与"宋代士人的忧患意识和个性意识相互推涌,汇成一股具有巨大冲击力的时代潮流,并最终影响和制约了雅俗文学递嬗变迁的艺术走向。市民队伍日益增长的娱乐需求,促成了文化消费市场的形成和扩大,也推动了歌舞百戏在激烈的竞争中相互吸收彼此的优长。在技巧、形式乃至文化品位等方面推陈出新兼取众艺之长,而又卓然于歌舞百戏之上的戏曲艺术,正是在愈演愈烈的文化竞争中脱胎成形,逐渐走向成熟的"②。

三、程式化——传奇十部九相思

如果说中国古代文学史是半部俗文学史,中国古代戏剧史则是一部完完全全的俗文学史。王国维成书于 1913 年的《宋元戏曲史》,因其"凡诸材料,皆余所搜集;其所说明,亦大抵余之所创获",故而被戏剧史家评之为"戏曲史科学研究的开山之作"。提出元曲是"活文学",而明清之曲为"死文学"的观点,他把元杂剧视为中国戏曲的最高成就。他认为"我国戏剧,汉魏以来,与百戏合;至唐而分为歌舞戏及滑稽戏二种;宋时滑稽戏尤盛,又渐借歌舞以缘饰故事,于是向之歌舞戏,不以歌舞为主,而以故事为主;至元杂剧出而体制遂定,南戏出而变化更多。于是我国始有纯粹之戏曲"。提出"论真正之戏曲,不能不从元杂剧始也"。"纯粹之戏曲""真正之戏曲"标志着我国古代戏剧的成熟。一种艺术的成熟,既是登峰造极,同时也是下坡路的开始。一面是艺术技巧的成熟圆润,一面是艺术手段的教条僵化。

首先就是剧本创作的程式化,主要表现为:第一,故事情节的雷同化。现代研究者基本上将北杂剧分为以下五类:神仙道化剧、爱情婚姻剧、历史剧、公案剧和社会剧。到了明代传奇,除神仙道化剧的创作稍微薄弱外,剧作的故事内容也大抵在上述五类的范围之内。就现存的据本看来,同一题材的作品在故事情节上都有一个大致相同的套路。第二,人物性格的类型化。在中国戏剧作品中,年龄、职业、出身相同的人大致有相似的性格特点,如元代爱情剧中的书生总是被动的,甚至是怯懦猥琐的,女主人公则大胆主动,光彩照人。第三,结构形态的定型化。元杂剧统一的格式是四折一楔子,虽然从《元曲选》中可以看到四折以上的剧本,但元刊本却

---

① 美国经济学家凡勃伦研究消费者消费心理时发现,商品价格定得越高,越能受到消费者的青睐,消费者对一种商品需求的程度因其标价较高而不是较低而增加,此发现又名"凡勃伦效应"。
② 李修生、赵义山主编:《中国分体文学史·戏曲卷》,上海古籍出版社 2001 年版,第 7 页。

都是四折,如纪君祥的《赵氏孤儿》在明刊本中是五折,在元刊本中却只有四折。①

自北宋城市经济发展以来,人们的观念发生了深刻的变化,儒家的伦理道德受到了现实生活强烈的冲击与破坏。新兴的市民阶层渐渐发现:庸俗社会里的社会地位与物质利益比情感与道德更为重要。表现在戏剧中,则出现了一种"情变戏",即男子负心,后经人撮合,男女主人公"重归于好"的大团圆戏。南戏《张协状元》是典型的没有情感的大团圆戏。成都府秀才张协赴京赶考,在江陵地界遭强盗打劫,被住在古庙中的王贫女救下,双方结为患难夫妇。后来张协考中状元,便不承认与王贫女的婚姻关系。王贫女上京寻夫,险些被张协杀死。"根消非君子,无毒不丈夫""这回铲草不除根,唯恐明年春再发"。张协的势利与残忍,使他们彻底丧失了团圆的基础。但戏文的结局却出人意料:王贫女被外任梓州的王德用救下,收为义女,为了联姻而获得更大的现实利益,已经恩断情绝的男女主人公重新结为夫妻。戏文《临江驿父女再会》情节与《张协状元》相似。官员张天觉谪贬江州,与女同行。遇风翻船,张女被崔翁救下,天觉亦被他人救下赴任,但父女从此失散。崔翁作媒,将张女匹配其侄崔甸士。崔甸士中第后别娶主考官之女。张女寻夫,被崔甸士诬为逃婢刺配远方,并阴谋途中将其害死。张女在临江驿被复官后的张天觉救下,天觉罚主考官之女为婢,让女儿与崔甸士夫妻团圆。在上述两种戏文中,女主人公与丈夫的团圆,毫无情感可言。情感已降到了可以不必计较的地位,儒家的伦理力量也变得软弱无力。在这样的大团圆戏中,不同旨趣、情欲和性格的差异与冲突可以协调一致。男女主人公不计情感,不计恩怨,为了实际利益,携手一道走向了"美满的团圆"。这种没有情感的大团圆戏,是古代城市经济发展以来,庸俗的市民意识在古典戏剧中的表现。

在古典才子佳人爱情婚姻戏中,尽管才子佳人密约偷情、海誓山盟、爱情真挚热烈,但并不能使他们的婚姻美满并合法。夜莺不能以歌唱爱情来充饥,士子如果榜上无名,穷困潦倒,即使他才高八斗,情深似海,封建家长也不会允许他与佳人结为眷属。试以著名的杂剧《西厢记》、南戏《拜月亭》、传奇《牡丹亭》为例:张生如果不是考中状元,他有实力去和郑尚书的儿子竞争吗?崔老夫人最终能同意他与莺莺的婚事吗?在《拜月亭》中,势利的兵部尚书王镇,当初看不起穷秀才蒋世隆,硬

---

① 关汉卿在构思写作《窦娥冤》时,原来的构思,本想安插一些"先苦后甜"的情节,以喜剧结尾。以冲淡剧中过于悲苦凄切的氛围。其妻万贞儿看了《窦娥冤》的初稿后,说道:"自古戏曲都脱不了'先离后合''苦尽甘来'的老套,《窦娥冤》何妨以悲剧结尾,不落前人窠臼,也许更能给人巨大的震撼力。"关汉卿听取了这一意见。便也赢得清代王国维的赞词:"关汉卿的《窦娥冤》与纪群祥的《赵氏孤儿》列入世界悲剧之中,亦无愧色。"

是把女儿王瑞兰与蒋世隆这一对恩爱夫妻拆散。可是当蒋世隆考中状元后,又坚持要招他为婿。在《牡丹亭》中,柳梦梅本是被杜宝严刑拷打的盗墓贼,后来却成了杜家女婿,最终也是因为他考中了状元。因此我们说,科举入仕是才子佳人大团圆的前提,才子佳人大团圆戏是古代科举制度在文学艺术领域内的派生物。

中国古代科举制度起于隋代,成熟于唐代,一直延续至清末。古代举子登科,平步青云,身价百倍。真可谓"朝为田舍郎,暮登天子堂",孟郊"春风得意马蹄疾,一日看尽长安花"是金榜题名时的真情流露。朝中的公卿一为显示自己重视人才,一为扩大自己的政治实力,往往在新科状元中选婿,对此《唐摭言》有这样的文字记载:"曲江之宴,行市罗列,长安几于半空,公卿之家率以其日拣选东床。"①真是应验了宋真宗《劝学文》所言,"书中自有颜如玉,书中自有黄金屋"。科举制度的强大诱惑力,为古代士子蟾宫折桂意识的形成提供了坚实的文化背景。"金榜题名""洞房花烛"成为人们乐此不疲反复咏唱的题材,才子佳人大团圆自然成了古典戏剧结构的固定模式。

才子佳人文学的基本套路如下:开局:一见钟情→接着:后花园私订终身→接下来:家长棒打鸳鸯散→高潮:落难公子中状元→结局:因缘本是前世修,佳人才子破镜重圆。

以白朴《墙头马上》为例②。《墙头马上》是元代著名戏曲家白朴的作品。尚书之子裴少俊,奉命到洛阳购买花苗,巧遇洛阳总管李世杰之女李千金。二人一见钟情,私订终身,李千金在裴家后院躲藏七年,生了一男一女,但终于被裴尚书发现。裴尚书认定李千金淫奔,命少俊休妻。被视为"淫奔"的李千金不得不回娘家。当裴少俊考中状元,裴尚书知道了她是官宦之女,前去向她赔礼道歉,要求她认亲重聚时,她坚决不肯,并且对裴氏父子毫不留情地遣责。即使裴尚书捧酒谢罪,她还是斩钉截铁:"你休了我,我断然不肯。"只是后来看到啼哭的一双儿女,才不禁心软下来,与裴家重归于好,夫妻破镜重圆。

其次是舞台演出的程式化,突出表现是:第一,动作的规范化。戏曲舞台上人

---

① 据《新唐书》《宋史》和《明实录》记载,中唐至唐末二十多名宰相,均是进士出身;宋代举子一旦中第,"大者任台阁,小者任郡县";明代更是"中外文臣皆由科举而进,非科举者,不得与官"。

② 此剧的素材,源于白居易的《新乐府》第四十首《井底引银瓶》一诗。诗中有:"妾弄青梅凭短墙,君骑白马傍垂杨。墙头马上遥相顾,一见知君即断肠。"原诗序:"止淫奔也。"主旨不过是"寄言痴小人家女,慎勿将身轻许人"的告诫。在白朴以前,《井底引银瓶》的素材,已经受到民间艺人的重视。据宋·周密《武林旧事》载,宋官本杂剧有《裴少俊伊州》一本;元陶宗仪《辍耕录》载金院本有《鸳鸯简》及《墙头马上》各一本,《南词叙录》载南戏有《裴少难墙头马上》。而宋话本《西山一窟鬼》中有"如捻青梅窥少俊,似骑红杏出墙头"的插词,可见人们不断地改编这一故事,添加了不少情节,甚至确定了主人公的名姓。在此基础上,白朴的剧本也大大地丰富了原诗的内容。

物的动作并非生活中动作的直接模仿,而在生活动作基础上通过想象和美化进行艺术再加工,使之成为一种规范化的形式。如开门、关门的动作程式便是如此。第二,脸谱的模式化。中国戏曲是将角色按照性别、性格等条件分为生旦净末丑等行当,在每个行当内又根据年龄、职业、家庭出身和所处的环境不同分为若干类,这种对角色身份的划分,在一定程度上决定着戏曲艺术化装的程式化,即脸谱。第三,服装的同一化。其一,戏曲舞台上演员的服装质地是同一的,即绝大多数演员的戏装是由绸缎纺织而成的,而不管穿它的是九五至尊的皇帝还是流落街头的乞丐,其服装的款式、纹样、色彩可能有别但质地都一样。其二,由于经济原因,在服装的设计和制作上,同一戏装必须尽可能地适应不同剧目演出的需要即同一行当不同演员的需要。其三,除了旗袍外,其他戏装均采用明代的服饰而不管表演的是何朝何代的生活。其四,不同的季节穿同一服装,中国戏曲舞台上演员的戏装不受春夏秋冬的限制。

从"活文学"到"死文学",正是应程式化而来的僵化、保守所给受众的审美疲劳所致。当一种文学时尚或文学思潮出现时,一方面造就了文学的繁荣局面,另一方面也相应地会出现跟风、模仿甚或抄袭等弊端。文学史上,这样的情况屡见不鲜。比如说元明清时期盛行的才子佳人小说就是典型的例子,诚如伯良氏在《义勇四侠闺媛传序》中所言:"小说一书,大抵佳人才子、风花雪月之作,汗牛充栋,千手雷同,阅者无不厌恶。"李渔一针见血,断言:"传奇十部九相思。"他说:"一人之作,千万人效之,以致一定不移,守为定格,殊可怪也。西子捧心,尚不可效,况效东施之颦乎?"又说:"吾观近日新剧,非新剧也,皆老僧碎补之衲衣,医士合成之汤药,取众剧所有,彼割一段,此割一段,合而成之,即时一种传奇,但有耳所未闻之姓名,从无目不经见之事实。"①李春荣《水石缘后序》中说:"历观古来传奇,不外乎佳人才子。"吴航野客《驻春园小史》卷首《开宗明义》中说:"历览诸种传奇,除醒世、觉世,总不外才子佳人。"曹雪芹在《红楼梦》中曾两次抨击才子佳人小说,第一回借石头之口说:"至若佳人才子等书,则又千部共出一套,且其中终不能不涉于淫滥,以致满纸潘安子建、西子文君。""开口'文君',满篇'子建',千部一腔,千人一面,且终不能不涉淫滥。在作者不过要写出自己的两首情诗艳赋来,故假捏出男女二人名姓,又必旁添一小人拨乱其间,如戏中小丑一般。更可厌者,'之乎者也',非理即文,大不近情,自相矛盾。"在五十四回又借贾母之口进一步批驳说:"这些书都是一个套子,左不过是些佳人才子,最没趣儿。……开口都是书香门第,父亲不是尚书就是宰

---

① 李渔:《闲情偶寄》,引自杜书瀛:《闲情偶寄译注》,中华书局 2014 年版。

相,生一个小姐必是爱如珍宝。这小姐必是通文知礼,无所不晓,竟是个绝代佳人。只一见了一个清俊的男人,不管是亲是友,便想起终身大事来。"作者对当时社会十分流行的才子佳人小说不但借书中人物(石头、贾母)之口进行了批评和抨击,还创设了薛蟠和夏金桂两人的婚姻来对这个才子佳人的爱情模式进行了否定和颠覆。

四、阅读与聆听——戏剧史上的一场论战

临川派,明代戏曲文学流派,也称"玉茗堂派"①,领袖人物是汤显祖。因汤显祖的祖籍是临川(今江西抚州),时人称他为汤临川,汤显祖的戏曲作品总名"玉茗堂四梦","临川派"和"玉茗堂派"因而得名。汤显祖的思想与李贽、徐渭、公安三袁同属反对传统礼教、批判程朱理学的新思潮的代言人,主张"意趣说",讲究"机神情趣",反对吴江作家"按字模声""宁协律而不工"的主张。"临川四梦"就是这些理论的实践。

吴江派②的领袖人物是吴江(今江苏吴江)人沈璟。沈璟戏剧理论的主要内容是要求作曲"合律依腔",语言"僻好本色"。他编纂《南九宫十三调曲谱》,厘定曲谱、规定句法,注明字句的音韵平仄,给曲家指出规范。沈璟的理论和吴江派诸作家的实践,对于扭转明初骈俪派形成的脱离舞台实际、崇尚案头剧的不良风气,起到了积极的作用。但沈璟过分强调音韵格律,主张宁肯"不工",也要"协律"。

由于双方戏剧观念的差异,从万历年间开始,汤显祖与沈璟等人有过长时间的争论和辩难。争论的导火线是对汤显祖《牡丹亭》的评价上,争论的焦点主要集中在戏曲创作应该重音律还是重意趣。由于《牡丹亭》原作台词在舞台演唱时发声困难,沈璟、冯梦龙、臧懋循等人在排演时对"临川四梦"加以修改以便演出,如此一来,不合于原作的情趣和意趣,这就引起了汤显祖及其拥护者王思任、茅元仪、孟称舜等人的极大不满,双方因此而争论不休。后来王骥德在《曲律》中对此次争论有这样的评论:"临川之于吴江,故自冰炭。吴江守法,斤斤三尺,不欲令一字乖律,而毫锋殊拙;临川尚趣,直是横行,组织之工,几与天孙争巧,而屈曲聱牙,多令歌者咋舌。吴江尝谓'宁协律而不工,读之不成句,而讴之始协,是为中之之巧'。曾为临川改易《还魂》字句之不协者,吕吏部玉绳以致临川,临川不怿,复书吏部曰:'彼恶知曲意哉!余意所至,不妨拗折天下人嗓子。'其志趣不同如此。"

由此可见,临川派钟情于文本阅读审美,对剧本的辞色与意境特别上心;而吴

---

① 此派代表人物有王思任、茅元仪、孟称舜、吴炳、阮大铖等人。
② 代表人物有吕天成、卜世臣、王骥德、叶宪祖、冯梦龙、沈自晋、袁于令、范文若等。

江派重视舞台演出效果,对唱词唱腔十分在意。在吴江派看来,汤显祖的剧本不过是案头之书,不适宜舞台演出,必加以删刈润色,以适应舞台。而这正是临川派不能理解也不能忍受的,故而有"不妨拗折天下人嗓子"的极端反应。

第十三章

真诗乃在民间
——文学运动与文学审美趣味下移

主流文学带有中原文化的自豪感,语气中带有强烈的自豪自信自爱的内容。这种自豪自信是主流文学不可缺少的元素。所以主流文学的话语方式有盛气凌人的压迫性与征服性,居高临下的强制性;或深明大义,或慷慨悲壮,或骨气豪情,或清高自律,等等。一般谈到主流文学主要是从大一统的角度来看的,带有自上而下的视角。尤其是大一统的皇权意识,国家观念,民族情结。带有明显的汉民族本位主义的色彩。[1]

由黄河发端的北方文化侧重于创造,重在文化建设,重在"尚用",作者往往以批判的态度来看待人生。比如先秦诸子散文、历史散文等。司马迁的发愤著书说,王充的文学救世论,崇尚平实、朴素、典正、简约。积极入世,使命感强烈,责任感强烈。对社稷苍生、家国使命、历史义务等较为关注。作者常常以当事人的姿态出现,比如汉乐府。南方文化侧重于消费,比如山水文学、田园文学、游仙诗、宫体诗、玄言诗等,作者常常以旁观者的姿态出现。以闲适的姿态来对待自然或人文之美,一种欣赏的态度来看待身外之物。崇尚华丽、感伤、绮丽、繁复。消极避世,作者有明显的自恋性。《诗经》《楚辞》分别代表了上述两种文学审美观念和审美倾向。汉以前的中国文化主要以北方文化为正统;魏晋南北朝的五个世纪主要以南方文化为主体。隋唐李谔、王勃、陈子昂等的观念正说明中国文化对北方文化的复归。

---

[1] 与中原主流意识相呼应的是广布四野的区域文化,通常为主流文化所排斥与不齿。比如,孔子就说过"夷狄之有君,不如诸夏之无也"之类的话。《诗·鲁颂·閟宫》:"戎狄是膺,荆舒是惩。"郑玄笺:"僖公与齐桓举义兵,北当戎与狄,南艾荆及羣舒。"《史记·建元以来侯者年表序》:"自《诗》《书》称三代'戎狄是膺,荆荼是徵',齐桓越燕伐山戎,武灵王以区区赵服单于。"司马贞索隐:"荼,音舒。"苏轼《和赠羊长史》诗:"犹当距杨墨,稍欲惩荆舒。"章炳麟《说林上》:"观桓文之斩孤竹,挞荆舒,非峒谷之小蛮夷也。"

近年来,区域性文化研究渐渐成为研究的热点与焦点。学者们对区域文化进行细化并对其文化精神进行抽剥与提纯。比如说"齐鲁文化",它以泰山和大海为地理标志,基本代表了华夏文化传统的正宗。"燕赵文化",主要是指今天的河北和山西、陕西的中北部地区。由于燕赵处在当时的农牧分界线地区,为了抵御外侵,具有英雄与杀气的特点,所谓的"燕赵古称多感慨悲歌之士"①。自金开始,历代统治者在北京建都,都市文化的特点也在很大程度上影响了燕赵文化,文化特点具有一定的"正统性"。"三秦文化",即今陕西地区,包括甘肃、宁夏的东南部。秦人以法家思想治国,文化上具有鲜明的功利主义特点。"三晋文化",主要包括山西大部、河南的北部和中部,三晋文化实际上可以说是"中原文化"的代称。这里四方汇合,八面来风,商业的流动和因水患、战乱和灾荒引起的人口流动,各种文化碰撞交集于此,使这里的文化呈现出一种共享性。"荆楚文化",包括两湖、安徽、江西的西北部和河南的南部,其中以两湖和安徽的部分为核心地区,淮河流域和鄱阳湖流域等作为其边缘地区。由于这里以丘陵和江湖为主要自然地理特征,文化精神上不像高原、平原的透明质朴,多了些梦幻与玄想的色彩。比如文学艺术神奇浪漫、民间生活崇巫尚鬼等。"吴越文化",以太湖为中心,包括今天的江苏、浙江、上海地区,影响到安徽东部和江西的东北部。这里气候温和,土地肥沃,水网密布,雨量充沛,农业极为发达。到明清时期,沿海的地理优势充分显露出来,商业贸易迅速发展起来,城市极为繁荣。其文化风格细腻、恬淡、婉转、雅致、清新,与北方各区域文化形成鲜明的对比。"巴蜀文化",巴蜀文化以四川为中心,辐射到陕南、鄂西和云贵部分地区,由于这里与中原地区存在自然阻隔,有助于强化地域色彩浓厚的文化传统。风格以热烈、诙谐、高亢为特征。"岭南文化",从较宽泛的意义上说,包括广东、海南、福建和广西的部分地区性文化。有土洋混合的新文化风格。

与主流文学相应的非主流文学往往是一种区域性的民间下层文学,他们一方面为主流文学所鄙视,但另一方面又为主流文学提供源源不断的营养。其价值亦如自然之花草,虽没有古木参天的壮观和蔚然森林之辽阔,但它无所不在的生命力是维系文学生态系统的根本性存在。它成就了文学的生命系统,也成全了文学的生态环境。事实上,中国文学从一开始就带有浓厚的地域风情和区域色彩。《诗经》之十五国风体现出的民间性集中体现在《左传·襄公二十九年》吴公子季札在鲁国观乐的文献记载:

> 使工为之歌《周南》《召南》,曰:"美哉!始基之矣,犹未也,然勤而不

---

① 韩愈:《送董邵南序》,引自马其昶、马茂元:《韩昌黎文集校注》,上海古籍出版社 1998 年版。

怨矣。"为之歌《邶》《鄘》《卫》,曰:"美哉,渊乎!忧而不困者也。吾闻卫康叔、武公之德如是,是其《卫风》乎?"为之歌《王》曰:"美哉!思而不惧,其周之东乎!"为之歌《郑》,曰:"美哉!其细已甚,民弗堪也。是其先亡乎!"为之歌《齐》,曰:"美哉,泱泱乎!大风也哉!表东海者,其大公乎?国未可量也。"为之歌《豳》,曰:"美哉,荡乎!乐而不淫,其周公之东乎?"为之歌《秦》,曰:"此之谓夏声。夫能夏则大,大之至也,其周之旧乎!"为之歌《魏》,曰:"美哉,渢渢乎!大而婉,险而易行,以德辅此,则明主也!"为之歌《唐》,曰:"思深哉!其有陶唐氏之遗民乎?不然,何忧之远也?非令德之后,谁能若是?"为.之歌《陈》,曰:"国无主,其能久乎!"自《郐》以下无讥焉!

季札能从《周南》《召南》中听出"勤而不怨";从《邶》《鄘》《卫》中听出"渊乎!忧而不困";从《郑》中听出,"其细已甚",并断言其率先亡国;从《齐》听出"泱泱乎";从《豳》听出"荡乎";从《秦》里听出"夏声";从《魏》中听出"渢渢乎";从《陈》里听出"国无主"并断言不可长久。可见不同地区的音乐有着鲜明的地域区位色彩和风格。

由长江发端的南方文化浪漫飘逸,富于奇思妙想,诡谲夸饰。王国维在《屈子文学之精神》中说:"我国春秋以前,道德政治上之思想,可分为两派:一帝王派,一非帝王派⋯⋯前者大成于孔子,墨子,而后者大成于老子。故前者北方派,后者南方派也。"可见在先秦时期就已出现了代表北方的孔子与代表南方的老子的地域性分疆。这种情况虽然有许多的变化,但是南北派别的划分依然是其主脉,王国维进一步指出:"战国后之诸学派,无不直接出于此二派,或出于混合此二派。"两种美学见之于文艺上也具有很大的差异。正如《隋书·文学传序》中所言:"江左宫商发越,贵乎清绮;河朔词义贞刚,重乎气质。"北方文艺重于"气质",南方文艺重于"清绮"。北方与南方诗文风格的不同,历来均有定评。在汉代乐府歌辞中,有《燕歌行》《出自蓟北门行》《幽州马客吟》《邯郸少年行》等曲目,多以边塞、军旅、豪侠、远别为题材,反映出燕赵区域文化和音乐上的特点,与以江南为主题的《竹枝》《柳枝》《长相思》各曲风格迥然不同。一直到元明时期,可以说,没有北方生活环境的艰辛苦寒,也就没有北方人的勇武任侠;没有北方人的勇武任侠,也就没有北方文化的慷慨悲歌。这种南北的差异仍然存在。魏良辅说:"北曲以遒劲为主,南曲以婉转为主,各有不同。"王世贞和王骥德分别系统对比过北曲与南曲的风格差异,王世贞说:"凡曲,北字多而调促,促处见筋;南字少而调缓,缓处见眼。北则辞情多而声情少,南则辞情少而声情多。北力在弦,南力在板;北宜和歌,南宜独奏;北气易粗,南气易弱。"王骥德说:"东晋以后,文辞分为南北。南音多艳曲,北俗杂胡戎。南词主激越,其变也为流丽;北曲主慷慨,其变也为朴实。北主劲切雄丽,南主清峭柔远。"

袁行霈先生在《中国文学的地域性与文学家的地理分布》中指出:"先秦时期的《诗经》和《楚辞》就是地域性很强的作品。《诗经》主要是北方文学;《楚辞》则植根于南方,而又吸取了北方的文化营养。《诗经》的质朴淳厚,《楚辞》的浪漫热烈,体现着北方和南方两地的差异。"但是一开始这两种美学的地位也并不是对等的,很长时期里,美学一直都是以北方为正统,这种状况直到魏晋南北朝才发生了巨大的转变。宗白华先生在《美学散步》中说:"汉末魏晋六朝是中国政治上最混乱、社会上最苦痛的时代,然而却是精神上极自由、极解放,最富于智慧、最浓于热情的一个时代,因此也就是最富有艺术精神的一个时代。"正是这政治上的动乱与艺术上的这种精神使得南方美学反超北方美学,一度占据主导地位的现象。然而事实上,很久以来,许多的学者文人往往采取一种扬北抑南的方法,隋朝与唐朝初期也不例外地出现了这种情况。隋朝如李谔、王通等人对南方的文风进行了严厉的批评,主张恢复儒家传统的思想文学观念,提出了政教中心的文学论。在唐朝初期狐德棻、李白药、王勃等人也对南朝文风进行了严厉的批判。如王勃在《上吏部裴侍郎启》中言:"自微言既绝,斯文不振,屈、宋导浇源于前,枚、马张淫风于后;谈人主者,以官室苑囿为雄;叙名流者,以沉酗骄奢为达。故魏文用之而中国衰,宋武贵之而江东乱;虽沈、谢争骛,适先兆齐、梁之危;徐、庾并驰,不能免周、陈之祸。"但是,还是有一些人在批评南方的时候注意一分为二的方法,主张从南方美学中吸取有用的部分,如魏征在《隋书·文学传序》里就反映了这种想法,他说:"江左宫商发越,贵乎清绮;河溯词义贞刚,重乎气质。气质则理胜其词,清绮则文过其意,理深者便于时用,文华者宜于咏歌,此其南北词人得失之大较也。若能掇彼清音,简兹累句,各去所短,合其两长,则文质彬彬,尽善尽美也。"这种想法也正是当时统治者所希望的。正如袁行霈先生所言:"唐朝实现了国家的统一,而且融合了南北两种不同的诗风、文风,造就了一个文学的黄金时代。"

一、古文运动的世俗文学精神

从表象上看,唐宋古文运动似乎是在复古,导致一种严肃严谨的审美风尚,由此而来的是创作的约束与拘谨,守旧与呆板。事实不尽如此。韩愈、柳宗元的古文运动,本质上来看,是将儒家纲常伦理日常化、世俗化了。韩愈以"相生养之道"来解释儒家伦理哲学,将儒家哲学思想与人间烟火结合起来。他在《原道》所说的"博爱之谓仁,行而宜之之谓义;由是而之焉之谓道,足乎己无待于外之谓德",将儒家的仁义道德简化为人人日常可行可为的一举一动。儒家的王道政治,也是具体体现在衣食住行、生老病死的一桩桩、一件件的政治措施上。即"为之君,为之师,驱其虫蛇禽兽,而处之中土,寒,然后为之衣;饥,然后为之食。木处而颠,土处而病也,然后为之宫室。为之工,以赡其器用;为之贾,以通其有无;为之医药,以济其夭死;为之葬埋祭祀,以长其恩爱;为之礼,以次其先后;为之乐,以宣其郁;为之政,以率其怠倦;为之刑,以锄其强梗。相欺也,为之符玺斗斛权衡以信之。相夺也,为之城郭甲兵以守之。害至而为之备,患生而为之防"。君臣之道也不过就是职业分工而已,所谓"是故君者,出令者也;臣者,行君之令而致之民者也;民者,出粟米麻丝,作器皿,通货财,以事其上者也。君不出令,则失其所以为君;臣不行君之令而致之民,则失其所以为臣;民不出粟米麻丝,作器皿,通货财,以事其上,则诛"。韩愈认为,道家高韬玄冥的哲学道德观,与老百姓相去甚远。"老子之所谓道德云者,去仁与义言之也,一人之私言也。"这一思想文化观念深刻左右着古文运动的精神气质。诚如柯庆明先生所言,韩柳心目中的"道",皆不仅限于柳冕所谓"盖言教化发乎性情、系乎国风者谓之道",而能遍及一切生活日用的"物",以及"相生养之道""生人之理"。所以"文以贯道"或"文以明道"的结果,就走向一种即物穷理、寓言写物的修辞策略,因而导致一种新起的美学风格的确立,使古文运动终于达到了文学上的成功。"韩愈所注意的不仅是心性与伦常的问题,更要广泛地涉及一切百姓日用的生活问题。这种将百姓日用的生活的'相生养之道'与仁义君臣的道德伦常问题的系连在一起,而欲以'文'贯'道'的结果,就产生了唐代古文的基本的美学风格:以百姓日用的经验来阐发人伦心性的旨趣。""这种以叙事写物为贯道明道的美学风格,其实乃更是深一层的抒情言志的表现。"①对此种时代审美风气的变化,宋人早有觉察。苏颂《〈小畜集〉序》:

> 窃谓文章末流,由唐季涉五代,气格摧弱,沦于鄙俚。国初屡有作者,留意变风,而习古难移,未能复雅。至公特起,力振斯文,根源于六经,枝派于百氏,斥浮伪,去陈言,作而述之,一变于道。后之秉笔之士,学圣人之言,由藩墙而践奥,翳公为之司南也。

二、新乐府运动的世俗文学价值

白居易、元稹等诗人效法杜甫"即事名篇",以乐府古诗之体,改进当时民间流行的歌谣,积极从事新乐府诗歌的创作,在中国文学史上无疑具有标志性的意义。

---

① 柯庆明:《从韩柳文论唐代古文运动的美学意义》,文载《中国文学的美感》,河北教育出版社 2001 年版,第 312 页。

白居易在《与元九书》《新乐府序》《寄唐生》《伤唐衢》《读张籍古乐府》等诗文中,元稹在《和李校书新题乐府序》《乐府古题序》等诗序中,阐述了新乐府运动的理论主张。所谓"文章合为时而著,歌诗合为事而作"[1],明确提出了新乐府运动的基本宗旨是"救济人病,裨补时阙"[2]。白居易的《杜陵叟》《卖炭翁》,元稹的《田家词》《织妇词》,张籍的《野老歌》,王建的《水夫谣》以及李绅《悯农》等,都将笔触深深植根于民间百姓,代民立言为民请命,传达出知识分子的社会良知与使命担当。新乐府运动的精神,为晚唐诗人皮日休、聂夷中、杜荀鹤所继承。皮日休的《三羞诗》,聂夷中的《公子行》,以及杜荀鹤的《山中寡妇》《乱后逢村叟》等,深刻地揭露了唐朝末年的社会现实。

这样的艺术情怀在宋代由"开宋代一代之面目"的梅尧臣等进一步传承,严羽《沧浪诗话》明确指出"梅尧臣学唐人平淡处"。梅尧臣现存二千八百多首诗中,大多具有强烈的现实精神,深情关注社会底层的人物命运,对百姓的灾难深表同情。体现了一个知识分子处于内忧外患时强烈的责任感和浓重的忧患意识。这无疑是新乐府运动的回音余韵,从中不难体认出白居易《卖炭翁》《杜陵叟》等诗歌风格的旨趣与印记。例如,梅尧臣在《陶者》[3]一诗中,作者用对比的手法揭示出尖锐的社会贫富对立:一方面是烧瓦的人没有瓦房住,另一方面是不烧瓦的人却住着高楼大厦。在《田家语》[4]中,作者从赋税之苦与兵役之苦两方面反映了穷苦百姓的悲惨遭遇,深刻揭示了百姓的苦难。一个"惭"字表现了作者对自己不能救百姓于水深火热之中的惭愧之情。整首诗体现了作者同情百姓、关心百姓疾苦的可贵品质。这样的作品还有很多。《汝坟贫女》通过一个女子的口吻,深刻揭露官吏抓丁拉夫的暴行,反映百姓未遭外患却遭内殃的惨状;《小村》形象地写出了农村的荒凉景象和农民的困苦生活;《彼鴷吟》表现了对当局摧残人才的不满,揭露社会的黑暗与不公。可以说,梅尧臣充分继承和发扬了白居易"文章合为时而著,歌诗合为事而作"的主张。在宋初诗歌沦于文字游戏、偏重于追求辞藻和形式之美的风气中,梅尧臣的创作,对于恢复诗歌的严肃性、转向表现重大题材,无疑起到了积极的作用。

宋代是中国文化的分水岭,从文学史的角度来看,宋以前的文学以追求绚烂的精英文学为主流,自宋而后,世俗文学日渐发达,平民意识逐渐增强。作为正统文

---

① 白居易:《与元九书》,郭绍虞《中国历代文论选》,上海古籍出版社 1979 年版。

② 白居易:《与元九书》,郭绍虞《中国历代文论选》,上海古籍出版社 1979 年版。

③ 梅尧臣:《陶者》:陶尽门前土,屋上无片瓦。十指不沾泥,鳞鳞居大厦。

④ 梅尧臣《田家语》:谁道田家乐?春税秋未足!里胥扣我门,日夕苦煎促。盛夏流潦多,白水高于屋。水既害我菽,蝗又食我粟。前月诏书来,生齿复板录;三丁籍一壮,恶使操弓韣。州符今又严,老吏持鞭朴;田间敢怨嗟,父子各悲哭。南亩焉可事?买箭卖牛犊。愁气变久雨,铛缶空无粥。盲跛不能耕,死亡在迟速。我闻诚所惭,徒尔叼君禄。却咏《归去来》,刘薪向新谷。

体而备受推崇的"诗"与"散文"逐渐让位于"戏曲"与"小说"。文学的教化功能正逐渐被娱乐功能所替代。宋代正处于中国文化发展轨迹之抛物线的顶端,也是中国文化发展的拐点。在这样的大文化背景之下来审视梅尧臣,更能见出其独特的历史地位与文化价值。梅尧臣对"平淡"的追求,不只是一个诗人的个体风格选择,更是一个大时代的审美取向与文化价值选择。或许是他的天赋与敏感,让他最先感受到这个时代的特殊性,自觉承担起扭转这个伟大时代审美风气的责任。难怪刘克庄在《后村诗话》里称他为宋诗的"开山祖师"。

梅尧臣所致力的"平淡"诗歌风格,正是宋代诗人所追求的一种至境,后人称梅诗为"平淡",实是一种极高的评价。可见"唯造平淡难"中的平淡并不是平平淡淡的平淡,而是中国诗词艺术中一种至高无上的自然淡和的审美境界。宋诗的任何创新都是以唐诗为参照对象的。宋人惨淡经营的目的,便是在唐诗美学境界之外另辟新境。宋代许多诗人的风格特征,相对于唐诗而言,都是生新的。比如梅尧臣的平淡,王安石的精致,苏轼的畅达,黄庭坚的瘦硬,陈师道的朴拙,杨万里的活泼,都可视为对唐诗风格的陌生化的结果。

宋元以来,中国雅俗文学明显趋于分流,而其演进轨迹清晰可见。从逻辑上讲,所谓雅俗文学之分流是指俗文学逐渐脱离正统士大夫文人之视野而向着民间性演进。宋元话本讲史、宋金杂剧南戏、诸宫调等,其民间色彩都十分浓烈,且在元代结出了一朵奇葩——元代杂剧。因而从分流的态势来看待俗文学的这一段历史及其所获得的突出成果,我们完全有理由认为:中国俗文学的成就是文学走向民间性和通俗化的结果,但雅俗文学之分流在很大程度上也会使俗文学失却正统文人精心培育而滑向粗鄙与浅薄。因此,如何在保持其民间性和通俗化的前提下求得其思想价值和审美品位的提升,是俗文学在发展进程中所面临的一个重要任务。

三、但有假诗文,无假山歌

歌谣是人类最早也是最自然的抒发情感的方式,也是人类最早的艺术形式。《诗经》即有"心之忧矣,我歌且谣"[1]的记录。歌与谣不同,一般的看法是,歌是合乐的,必须有丝竹伴奏,而谣则是徒歌,不必合乐。[2] 歌谣的称呼各地不同,《乐府诗集》引梁元帝《纂要》:"齐歌曰讴,吴歌曰歈,楚歌曰艳,浮歌曰哇。"《古谣谚·凡例》云:"讴有徒歌之训,亦可训谣。吟本训歌,与讴谣之义相近。诵亦可训歌;噪有

---

[1] 《诗经·魏风·园有桃》,陈子展《诗经直解》,复旦大学出版社1983年版。

[2] 《毛传》曰:"曲合乐曰歌,徒歌曰谣。"《尔雅·释乐》:"徒歌谓之谣。"《尔雅·释乐·旧注》:"谣,谓无丝竹之类,独歌之。"《韩诗章句》:"有章曲曰歌,无章曲曰谣。"《毛诗指说》:"在辞为诗,在乐为歌。"

欢呼之训;呼亦歌之声,并与讴谣之义相近。故谣可借讴以称之,又可借吟唱诵噪以称之。"①郭绍虞先生认为,上古歌舞本于巫祝文化,其歌辞必须"修饰"以与舞乐相"协比",所以这种歌辞,已经有了文艺技巧在里面,自然不同于普通的祝辞,所以这类"歌辞"是后来韵文的起源。② 可见原始歌谣为日后的文学提供了源头给养。那些远古的山歌,民间的小调,早已随岁月老去,但她幻化成文人笔下的一纸灿烂,一直是文学史上一幅幅楚楚风景。

《诗经》中的《国风》,是我国古代最早的民歌选集。它汇集了从西周到春秋500多年间,流传于北方15个地区的民歌。战国后期,诗人屈原等人,对楚国民歌进行了搜集整理,并根据楚国民歌曲调创作新词,称为《楚辞》。《楚辞》中的不少作品,充满了热爱祖国和人民的感情,热烈而富于幻想,充满了浪漫主义色彩。西汉时期,汉武帝设立了一个音乐管理机构——乐府,从事民歌的搜集和整理,入乐的歌谣,被称为"乐府诗"或"乐府"。这一时期的民歌在形式上已发展成为长短句和五言、七言体,并开始加进了乐器伴奏,《孔雀东南飞》等长篇叙事歌曲的产生,同时标志着这一时期的民歌在不断发展和日臻成熟。南朝民歌是由乐府机关采集而成的,现大部分收入宋代郭茂倩编《乐府诗集》中《清商曲辞》类。这类诗歌体制小巧,多为五言四句,语言清新秀丽,基调婉约缠绵,表现出南方人细腻微妙的情感。且大量运用双关语。南朝民歌主要有吴歌与西曲两类。吴歌,是文学史上对吴地民歌民谣的总称,是吴文化的重要组成部分。顾颉刚先生在他写的《吴歌小史》中说道:"所谓吴歌,便是流传于这一带小儿女口中的民间歌曲。"宋代郭茂倩编《乐府诗集》时将吴歌编入《清商曲辞》的《吴声曲》。明代冯梦龙采录宋元到明中叶流传在民间的大量吴歌,辑录成《山歌》《挂枝儿》。清代是长篇叙事吴歌的成熟繁荣时期,经书商刊刻、文人传抄和民间艺人的口传,保存了大量长篇叙事吴歌。五四运动前后,北京大学发起了歌谣运动,《晨报副镌》于1920年起连载吴歌,其后陆续编辑出版了《吴歌甲集》(顾颉刚)、《吴歌乙集》(王翼之)、《吴歌丙集》(王君纲)、《吴歌小史》(顾颉刚)等。20世纪80年代以来,又辑成《吴歌丁集》(顾颉刚辑、王煦华整理)、《吴歌戊集》(王煦华辑)、《吴歌己集》(林宗礼、钱佐元辑),大量吴歌得到搜集、整理和研究。北朝民歌,产生于黄河流域,歌辞的作者主要是鲜卑族,也有氐、羌、

---

① 朱自清:《中国歌谣》,复旦大学出版社2004年版。

② 郭绍虞《中国文学史纲要·韵文先发生之痕迹》:"舞必合歌,歌必有辞。所歌的辞在未用文字记录以前是空间性的文学;在既用文字记录以后便成为时间性的文学。此等歌辞当然与普通的祝辞不同;祝辞可以用平常的语言,歌辞必用修饰的协比的语调。所以祝辞之不用韵语者,尚不足为文学的萌芽;而歌辞则以修饰协比的缘故,便已有文艺的技巧。这便是韵文的滥觞。当时的歌舞,在国则为'夏''颂',在乡则为'傩''蜡'。"转引自朱自清:《中国歌谣》,复旦大学出版社2004年版,第14页。

汉族。歌辞有的是用汉语,有的是用北方少数民族的语言,后被译为汉语。大约是传入南朝后由乐府机关采集而成的,北朝民歌主要收录在《乐府诗集》中。今存 60 多首,以《敕勒歌》《木兰诗》最为著名。与吴侬软语的南朝民歌不同,北朝民歌风格豪放,率直坦荡、豪情粗犷、高亢雄壮。形式上以五言四句为主,也有七言四句的七绝体和七言古体及杂言体,对唐代诗歌的发展有较大影响。

在理论上比较明确地肯定俗文学的价值,高度赞扬民间歌谣,是从李梦阳、何景明等人开始的。后李贽、袁宏道、汤显祖和冯梦龙等人进一步为俗文学大声疾呼,对于提高小说、戏曲的地位,打破传统的偏见起了十分重要的作用。

"真诗乃在民间"这一新锐见解,见于李梦阳晚年所写《诗集自序》:"李子曰:曹县盖有王叔武云,其言曰:夫诗者,天地自然之音也。今途鼓而巷讴,劳呻而康吟,一唱而群和者,其真也,斯之谓风也。孔子曰:'礼失而求之野。'今真诗乃在民间。而文人学子,顾往往为韵言,谓之诗。"稍后,明李开先在《市井艳词序》中再次提出了与李梦阳基本一致的看法:"二词谭于市井,虽儿女子初学言者,亦知歌之。但淫艳亵狎,不堪入耳,其声则然矣,语意则直出肺肝,不加雕刻,俱男女相与之情,虽君臣友朋,亦多有托此者,以其情尤足感人也。故风出谣口,真诗只在民间。《三百篇》太半采风者归奏,予谓今古同情者此也。"他们强调真诗乃在民间主要是认为民间诗歌反映了真实的感情,具有真情,出于自然,即"直出肺肝,不加雕刻",由于具有真情,所以才感人。同时,他们又都把民间流行的俗调俚词,市井艳词比之于国风,认为是发自性情之真,"今古同情者此也"。认为这些当时流行的民歌民谣和国风只有古今之殊,而无雅俗之辨,这样重视民间诗歌就比一些只推重诗经《国风》的人更全面。尤为可贵的是,他们还把民间诗歌和文人诗歌做比较,指出民间诗歌虽"无文",文采不足,但由于有真情,所以是真诗;而文人诗尽管"工于词多",但"出于情寡",这样的诗就不是真诗。李梦阳并以自己的诗为例,批评道:"予之诗,非真也。"他们这样强调民间诗歌的地位和价值,强调向民间文学学习,是十分可贵的。民间诗歌之真,在于抒真情,真实反映现实生活,"劳呻而康吟""饥者歌其食,劳者歌其事",其特色就是充满现实主义精神,李梦阳等人强调"真诗乃在民间"是与明代后期重视通俗文学的时代风气一致的。

明代中期以后,这种情况得到改变。前后七子、唐宋派、公安派、竟陵派以及不少不入派的文人,都对民歌流露出热情,不仅对历史上的民歌,而且对周围口耳传唱的谣曲,都给予积极的评价。他们往往从反对文人诗歌之虚假,反对道学之虚伪两个方面,肯定民歌敞述心腑,真情无饰。在这种文学气氛下,明代的民歌创作、搜集、整理,皆取得突出成就,以至卓珂月自豪地称:民歌为"我明一绝"①。冯梦龙为鼓吹当代民歌做出了卓越贡献。由于他编集了《挂枝儿》《山歌》,从而使明代民歌(主要是江南民歌)得以比较有效地保存。他附于有些歌谣之后的注释、说明、评语,对于理解作品、了解民风世俗,是宝贵的第一手资料。他为《山歌》撰写的序文虽然简短,却深刻阐述了对民歌的看法,代表了晚明一种具有比较显明的市民意识内容的文学观念。首先,冯梦龙对"民间性情之响"长期以来受到文人文学的抑制,"不得列于诗坛"深表不满。他认为,"荐绅学士家"所不道的"田夫野竖矢口寄兴"之作,虽然"俚甚",却是《诗经》之遗,其本质是卓越的。其次,他分析由于受到正宗文学传统的轻视,而使"歌之权愈轻,歌者之心亦愈浅",结果,"山歌"的创作形成了两个特点:其一,题材相对狭窄,所谓"今所盛行者,皆私情谱耳"。士大夫往往以传唱男欢女爱为由置民歌于不屑,而冯梦龙则以为这本身便是民间创作遭受"荐绅学士"压抑而产生的后果。其二,真情毕露。民歌作者因无须接受文人的种种清规戒律,也不屑与文人争长竞短,可以敞开歌喉,随心所欲地吟唱自己的真情真爱,故所作一片真声,全无假意。"但有假诗文,无假山歌"。如果承认"真"是文学的一个属性的话,显然,冯梦龙认为"山歌"比文人的"诗文"更具备这一条件。再次,他指出自己搜集、整理《挂枝儿》《山歌》的目的,固然在于"存真",更重要的是,欲"借男女之真情,发名教之伪药"。从而将文学批评的矛头直接指向伪道学,指向戕害自然人性的封建"名教"。冯梦龙文学观念的进步性在这里得到了凸显,同时,他从与虚伪的"名教"相对立的角度揭示表现"男女真情"的民歌的社会价值,也大大深化了对民歌创作意义的认识。

冯梦龙在《古今小说·序》中,还从教化功能出发,认为《论语》《孝经》等经典的感染力都不如小说"捷且深"。李梦阳第一次将《西厢记》与《离骚》并列②。李贽认为,一代有一代的文章,《西厢记》《水浒传》就是"古今至文"③。袁宏道继之而将词、曲、小说与《庄》《骚》《史》《汉》并提,在《听朱生说〈水浒传〉》中,他又从艺术的角度说《六经》和《史记》都不如《水浒传》:"《六经》非至文,马迁失组练。"④汤显祖在《宜黄县戏神清源师庙记》等文中详细地论述了戏曲具有强烈的艺术感染力和巨大的社会教化作用,认为是"以人情之大窦,为名教之至乐"。在中国文学史上第一次形成了为俗文学争文学地位的高潮。

① 陈宏绪:《寒夜录》。
② 徐渭:《曲序》。
③ 李贽:《焚书》卷三《童心说》。
④ 袁宏道:《听朱生说〈水浒传〉》诗云:"少年工谐谑,颇溺《滑稽传》。后来读《水浒》,文字亦奇变。《六经》非至文,马迁失组练。一雨快西风,听君醋舌战。"

第十四章

谁革了旧文学的命
——文学改良与文学革命

一、新思想，新文学

鸦片战争之后，救亡图存成为压倒一切的时代主旋律，为此，国人将目光转向西方寻求治国良方，把富国强兵的希望寄托在政治变革上，然而，从洋务运动到戊戌变法，最后是辛亥革命，都以失败告终。残酷的现实使进步知识分子意识到，民族心智的蒙昧是灾难的渊薮，思想启蒙刻不容缓，救国的首要要务就是唤醒民众，完成对民众的国民性改造，将其从麻木愚昧的精神状态中解放出来。正是基于这样的历史背景，近代中国第一次伟大的思想解放运动——新文化运动应运而生。1922 年，梁启超在《五十年中国进化概论》一文中对这一历史演进过程有较为清晰的勾勒描述，他将中国人的观念更新和社会进化过程概括为三阶段：第一期，先从器物上感觉不足，于是福建船政学堂、上海制造局等渐次设立起来；第二期，是从制度上感觉不足，因想到堂堂中国为什么衰败到这田地，都为的是政制不良，所以拿"变法维新"做一面大旗，在社会上开始运动。变法的政治运动是完全失败，只剩下废科举那件事，算是成功了；第三期，便是从文化根本上感觉不足，革命成功将近十年，所希望的件件都落空，渐渐有点废然思返，觉得社会文化是整套的，渐渐要求全人格的觉悟①从洋务运动到戊戌变法再到新文化运动，中国人救亡图存一路艰辛，可谓是"造次必于是，颠沛必于是"！

20 世纪——中国历史的崭新时代，一个除旧布新的时代，一个革了旧文学命的时代。正是这场深刻的思想启蒙运动，为中国后期的现代化提供了最直接有效

---

① 梁启超：《饮冰室合集》，5 卷 ，文集之三十九，中华书局 1989 年版，第 43—45 页。

的精神资源。胡适作为新文化运动的倡导者之一,1916 年 4 月提出:"文学革命,至元代而登峰造极。其时,词也,曲也,剧本也,小说也,皆第一流之文学,而皆以俚语为之。其时吾国真可谓有一种'活文学'出世。"①同年 8 月在给陈独秀的信中说:"今日欲言文学革命,须从八事入手。"②1917 年陈独秀发表《文学革命论》,提出文学革命"三大主义"。③他们的这一主张立即得到钱玄同、刘半农、鲁迅、周作人等人的响应,一场反对文言文,提倡白话文;反对旧文学,提倡新文学的"文学革命"运动迅速席卷了当时的中国文坛。针对这场革命的意义,黄念然评价道:"可以说'文学革命'是 20 世纪初中国文艺活动中最具活力和影响力的话语形式之一,这一话语是新旧文学观念、研究方法及学术理念之间的分水岭,'五四'文学界对这一话语的集体性阐扬促成了'中国文学的现代化',使中国古典文学的传统发生了历史性的断裂,也使中国人对文学性质、特征、内容、形式、范畴等的认识发生了深刻的变革,用'哥白尼式的革命'来形容它对现代中国文学的作用也不为过。"④1919 年,五四运动爆发,加剧了西学东渐的速度。对文学也有了全新的理解。按照胡适对文学的理解,"一千多年中国文学史是古文文学的末路史,是白话文学发达史。"⑤早在1920 年,胡适就指出:"文学有三个条件:第一要明白清楚,第二要有力能动人,第三要美。"⑥值得一提的是胡适从进化论的文学史观出发,提出了见解独到的词史观,他认为词的发展经历了三个阶段,即"本身""替身"和"鬼"三个阶段。而清代词学的复兴只不过是词"鬼"的历史搬演,其虚假繁荣的鬼排场后却是毫无生气。他

---

① 胡适:《吾国历史上的文学革命》,沈寂编《胡适学术文集·新文学运动》,中华书局 1993 年版,第 28 页。

② 胡适:《寄陈独秀》,沈寂编《胡适学术文集·新文学运动》,中华书局 1993 年版,第 15—17 页。其所说八事为:"一曰,不用典。二曰,不用陈套语。三曰,不讲对仗。(文当废骈,诗当废律)四曰,不避俗字俚语。(不嫌以白话作诗词)五曰,须讲求文法之结构。此形式上之革命也。六曰,不作无病之呻吟。七曰,不摹仿古人,语语须有个我在。八曰,须言之有物。此皆精神上之革命也。"

③ 陈独秀:《文学革命论》,1917 年 2 月 1 日《新青年》第 2 卷第 6 号。其所云"三大主义"是:"曰推倒雕琢的阿谀的贵族文学,建设平易的抒情的国民文学。曰推倒陈腐的铺张的古典文学,建设新鲜的立诚的写实文学。曰推倒迂晦的艰涩的山林文学,建设明了的通俗的社会文学。"

④ 黄霖主编、黄念然著:《20 世纪中国古代文学研究史(文论卷)》,东方出版中心 2006 年 1 月版,第 17 页。

⑤ 胡适:《白话文学史》,东方出版社 1996 年版,第 3 页。注:针对胡适以白话与文言区分"活文学"与"死文学"的文学史观,鲁迅先生说:"但白话的生长,总当以《新青年》主张以后为大关键,若夫以前文豪之偶用白话人诗文者,看起来总觉得和运用'僻典'有同等之精神也。"(鲁迅《致胡适》,《鲁迅全集》第 11 卷,人民文学出版社 1981 年版,第 412—413 页。)不难看出鲁迅对胡适以文本符号是否白话作为判断历史上文学"死"、"活"的标准是不大同意的。

⑥ 胡适:《什么是文学——答钱玄同》,沈寂编《胡适学术文集·新文学运动》,中华书局 1993 年版,第 87 页。

还将词分为"歌者的词""诗人的词""词匠的词",并对缺少活的文学精神和艺术真美而充斥着"烂书袋""烂调子"的技术主义与工艺主义的"词匠的词"进行了猛烈的批判。对此黄念然先生评价说:"胡适在词学研究方面,主要是从旧文化批判与新文化建设的宏阔文化眼光出发,通过对文学进化论思想的阐释来实现词学研究从传统向现代的转型。其文化哲学的眼光与批评方法不仅把词学研究推进到了一个科学学术的新阶段,更为后继者在文学学术观念的更新、现代词学研究意识的培养上奠定了基础。20 世纪前半叶出现的 300 多种各类文学史著作,不少著作在安排词史、词学史的时候都明显地接受了胡适的进化论文学观,而在具体的词学研究中,这种影响也清晰可见。"①

随着西学东渐的不断深入,对文学的观念也发生了深刻的变化。1918 年,谢无量的《中国大文学史》的绪论部分的第一章"文学之定义"不仅列举了《论语》《易经》《说文》《释名》以及阮元的《文言说》、刘勰的《文心雕龙》等有关的文学定义,还列举了柏拉图、亚里士多德、黑格尔、白鲁克、亚罗德、戴昆西、庞科士等关于文学的定义。在这本文学史中,既有汉魏乐府、五代词曲、宋元杂剧、明清小说,也包括文字学、音韵学、经学、史学、诸子学和理学。可见,在当时,西方的新思想和中国本土的老传统并存。1920 年朱希祖在为自己 4 年前写的《中国文学史要略》再版作序时说:"此编所讲,乃广义之文学,今则主张狭义之文学矣。以为文学必须独立,与哲学、史学及其他科学可以并立,所谓纯文学也。"1922 年凌独见在《国语文学史纲·通论》公开批评章太炎的文学定义不合现代要求,主张"文学就是人们情感、想象、思想、人格的表现"②。1929 年,曾毅修订出版《中国文学史》时感慨地说:"但至今日,欧美文学之稗贩甚盛,颇掇拾其说,以为我文学之准的,谓诗歌曲剧小说为纯文学,此又今古形势之迥异也。"周作人说:"我们现在应该提倡的新文学,简单的说一句,是'人的文学'。应该排斥的,便是反对的非人的文学。"③李大钊说:"我们所要求的新文学,是为社会写实的文学,不是为个人造名的文学;是以博爱心为基础的文学,不是以好名心为基础的文学;是为文学而创作的文学,不是为文学本身以外的什么东西而创作的文学。"④茅盾说:"我以为新文学就是进化的文学。进化的文学有三件要素:一是普遍的性质;二是有表现人生指导人生的能力;三是为平

---

① 黄霖主编,黄念然著:《20 世纪中国古代文学研究史(文论卷)》,东方出版中心 2006 年 1 月版,第 139 页。

② 凌独见:《国语文学史纲》,商务印书馆 1922 年版,第 1 页。

③ 周作人:《人的文学》,1918 年 12 月 15 日《新青年》第 5 卷第 6 号。

④ 李大钊:《什么是新文学》,1919 年 12 月 8 日《星期日》社会问题号。

民的非为一般特殊阶级的人的。唯其是普遍的,所以我们要用语体来作;唯其是注重表现人生指导人生的,所以我们要注重思想不重形式;唯其是为平民的,所以要有人道主义精神,光明活泼的气象。"①1920年秋,鲁迅兼任北京大学和北京高等师范学校讲师时讲授中国小说史课程,印发了《小说史大略》讲义(北京新潮社1923年出版时更名《中国小说史略》),让小说不仅登上大雅之堂,而且有了自己的历史。1921年胡适用实验主义的方法研究《红楼梦》,发表《红楼梦考证》一文,证明《红楼梦》是作者曹雪芹的"自叙传"。受其影响,1923年,俞平伯写成《红楼梦辨》,进一步丰富发展了胡适的学术思想。以胡适、俞平伯为代表的"新红学"可以说是用现代文学观念和方法研究中国古代小说作品的首批实验成果之一。1932年,胡云翼在其《新著中国文学史》中直言不讳地批评中国传统的广义文学概念是古人"于学术文化分不清的结果",而狭义文学"专指诉之于情绪而能起美感的作品",才是"现代的进化的正确的文学观念"。所谓"现代的进化的正确的文学观念"就是指从西方引进的文学观念。由于西方的文学主要包括诗歌、散文、戏剧、小说,这样一来,不仅文字、音韵、训诂不被视为文学,六经、诸子、经学、史学也大多不被视作文学,文学与史学、哲学等的界限被划分开来。这样,过去许多不被重视的文体受到重视,1932年出版的郑振铎的《插图本中国文学史》便将变文、戏文、诸宫调、散曲、民歌以及宝卷、弹词、鼓词等统统作为古代文学的研究对象加以研究,拓展了文学研究的新视野。

二、胡适与文学改良

20世纪初,西学东渐,并由此导致了中国传统文化范式的历史转型。这场类似西方文艺复兴的新文化运动是从文学领域发轫的。1917年胡适的《文学改良刍议》在陈独秀主编的《新青年》发表,迅即在知识界引发了强烈反响,胡适也因此成了无可争议的中国新文化运动和文学革命首举义旗的开创者与精神领袖。胡适反复申明,一再强调文学语言的革新是新文学建设的命脉所在。纵观数千年之中国文学,胡适认为不外乎两条线——一条上线和一条下线。他所谓的上线,就是历代御用文人、太学士子之流制作的仿古作品、僵死文学;他所谓的下线,是指民间诗歌、民间故事以及巷尾街头那些职业讲古说书人所讲的评话,等等。他说:此时我才把中国文学史看明白了,才认清了中国俗话文学(从宋儒的白话语录到元朝明朝的白话戏曲和白话小说)是中国的正统文学,是代表中国文学革命自然发展的趋势

---

① 茅盾:《新旧文学评议的评议》,1920年《小说月报》第11卷1号。

的。我到此时才敢正式承认中国今日需要的文学革命是用白话替代古文的革命，是用活的工具替代死的工具的革命。

他在《文学改良刍议》中指出："然以今世历史进化的眼光观之，则白话文学为中国文学之正宗，又为将来文学必用之利器，可断言也。以此之故，吾主张今日作文作诗，宜采用俗语俗字。与其用三千年前之死字，不如用二十世纪之活字；与其作不能行远不能普及之秦、汉、六朝文字，不如作家喻户晓之《水浒》、《西游》文字也。"他说："今日之中国，当造今日之文学，不必摹仿唐、宋，亦不必摹仿周、秦也。"那么，什么才是"今日之文学"呢？胡适说，"惟实写今日社会之情状"，故能成为今日"真正文学"。在胡适的文学观念中，"生活、思想、情感"三要素显然是决定文学生命力和文学价值的核心因素。1935 年，他为《中国新文学大系·建设理论集》所作的导言中指出："我们的中心理论只有两个：一个是我们要建立一种'活的文学'，一个是我们要建立一种'人的文学'。前一个理论是文字工具的革新，后一种是文学内容的革新。"

胡适认识到，数量更多的历代"小说，戏剧，语录、诗词"之所以能广为世人喜爱，其主要原因也是它们均采用了"白话的文字"。这便致使他把白话文学看作是唯一"能普及最大多数之国人"的文学。从而更加坚定了他当时对白话文学方案的选择。胡适明确意识到，白话是作家维系自己与最广大读者间正常交流的重要纽带。他非常重视文学创作受读者欢迎的广泛程度，曾直言道："吾以为文学在今日不应为少数文人之私产，而当以能普及最大多数之国人为一大能事"，因而他除了主张作家应充分顾及大众的生活理想及审美情趣外，还始终特别强调作品的"家喻户晓"普及性标准，要求文学走出"少数人"行为的狭小圈子，努力深入"基层"民间。而在这个意义上，古代俗文学多数创作的"施诸讲坛舞台而皆可，诵之村姬妇孺皆可懂"的特有通俗化优势，自然便同样引起了他的注意。正是基于这一认识，他很早便开始大胆提升白话文学的地位，"惟以施耐庵曹雪芹吴研人为文学正宗"，不但肯定"白话可以产生第一流文学"，甚而断言"白话的文学为中国千年来仅有之文学"，这就从语体运用的角度初步触及了对我国俗文学传统的历史评价的问题。由此他进一步比较指出："自从《三百篇》到于今，中国的文学凡是有一些价值有一些儿生命的，都是白话的，或是近于白话的。其余的都是没有生命的古董，都是博物院中的陈列品。"从胡适的文艺思想和文学史观的构成来看，文学工具变革论显然是其中的基石与核心。胡适如此强调文学工具——白话文的重要，并非出自个人对语言的偏好，而是基于理论认识的自觉和对中外文学演进规律的洞察。他指出："一部中国文学史只是一部文字形式（工具）新陈代谢的历史……文学的生命全靠能用一个时代的活的工具来表现一个时代的情感与理想。"

胡适倡导用白话文创作遇到最激烈的抵抗和攻击是在韵文（诗歌）领域，他在《〈尝试集〉自序》中提出："诗体的大解放就是把从前一切束缚自由的枷锁镣铐，一切打破"，"要做真正的白话诗"，"有什么话，说什么话；话怎么说，就怎么说。"他的《尝试集》就是其新诗创作的实验成果。今天，我们重新评估胡适在中国近现代"文学革命"和文化转型方面所发挥的重大历史作用时，必须充分认识到他在力倡白话文方面的卓著功绩以及强调"文学工具变革论"的重要意义。他一方面把历代诸文人，尤其是晚近几百年来封建正统文坛上的一应"复古"制品贬斥为"苟延残喘以至于今日"的"半死文学"，他曾尖锐地批评说："吾国近世文学之大病，在于言之无物"，"近世文人沾沾于声调字句之间，既无高远之思想，又无真挚之情感，文学之衰微，此其大因矣。"为此，他又把比较的眼光投向我国俗文学传统，从而发现，历代"基层"的诸多优秀创作无不具备了丰厚的思想感情底蕴，"此庄周之文，渊明老杜之诗，稼轩之词，施耐庵之小说，所以复绝千古也"。

针对悲剧观念和中国文学的思想贫弱问题，胡适就直截了当地指出："中国文学最缺乏的是悲剧的观念。无论是小说，是戏剧，总是一个美满的团圆。"写书人"闭着眼睛不肯看天下的悲剧惨剧……只图说一个纸上的大快人心。这便是说谎的文学"。它至多不过使人觉得"满意"，"决不能叫人有深沉的感动，决不能引人到彻底的觉悟，决不能使人起根本上的思量反省。"①鲁迅先生在《论睁了眼看》一文中写道："中国的文人，对于人生，——至少是对于社会现象，向来就多没有正视的勇气。"一到"快要显露缺陷"之际，他们"便闭上了眼睛……便看见一切圆满"。中国小说、戏剧的结尾，"或续或改"，不是"借尸还魂，即冥中另配"，就是令"生旦当场团圆"，才肯放手。此乃"自欺欺人的瘾太大"。"由此也生出瞒和骗的文艺来"。鲁迅说，这种瞒和骗，恰恰"证明着国民性的怯弱，懒惰，而又巧滑"②。两位文化巨人的观点如此相似，决不是纯粹的巧合，而是基于他们对中国文学"圆满之趣"和虚伪性的深刻认识。③

在文学内容方面，胡适认为中国文学的"大病在于缺少材料"。作者向来不注重搜集一手材料，题材范围也过于狭窄。他提出务必"推广材料的区域"，一切社会

① 胡适：《文学进化观念与戏剧改良》，《胡适论文学》，安徽教育出版社2006年版，第36—37页。
② 鲁迅：《学术文化随笔》，钱理群、叶彤编，中国青年出版社1996年版，第213—218页。
③ 关于中国有无悲剧的论争由来已久，胡适、鲁迅以及后来的朱光潜等认为中国几乎没有严格意义上的悲剧。胡适认为，西方自古希腊以来的悲剧观念，能生发出"各种思力深沉，意味深长，感人最烈，发人猛省的文学"，而中国以"团圆"为主的小说戏剧，"根本说来，只是脑筋简单，思力薄弱，不耐人寻味，不能引人反省"的文学。而西方的悲剧观念"乃是医治我们中国那种说谎作伪，思想浅薄的文学的绝妙圣药"。

阶层和世态万象,种种社会问题,都可作"文学的材料";在文学形式方面,胡适认为近世中国之小说,全不懂得文学的方法,"既不知布局,又不知结构,又不知描写人物。"[①]为此,他强调,文学家"有了材料",还"须要讲究结构",结构又分"剪裁和布局两步"。至于描写方法,则包括:写人、写境、写事、写情四个方面。无论是写人还是写境,他认为都要写出其"个性"特征。写"林黛玉,决不是薛宝钗",写"武松,决不是李逵"。写境,"大明湖,决不是西湖,也决不是洞庭湖"。写事则要"线索分明,头绪清楚,近情近理,亦正亦奇"。写情,"要真,要精,要细腻婉转,要淋漓尽致"。[②] 有人说,胡适几乎是在手把手地指导新文学作者应该怎样去写作。其实,他提到的这些写作方法,也有不少是从西方文学中借鉴而来。他曾明确说过:"从文学方法一方面看去,中国的文学实在不够给我们作模范。"而"西洋的文学方法,比我们的文学,实在完备得多,高明得多"。从柏拉图、培根等人的散文到古希腊、莎士比亚的戏剧,还有现代的社会问题剧、象征戏、心理戏、讽刺剧等,他列举了很多实例来证明"西洋文学真有许多可给我们作模范的好处"。他还呼吁,"不可不赶紧翻译西洋的文学名著,做我们的模范"。[③] 要"虚心研究,取人之长,补我之短",采用西洋的"新观念,新方法,新形式",如此才能使中国文学"有改良进步的希望"[④]。

从主张文学的"因时进化"到强调文学的写实倾向,从思想犹如"脑筋"、情感犹如"灵魂"到越具体越有"诗意诗味"的审美观,从力主白话文学是"利器"到推崇合乎道德的"人的文学"。胡适的文学观念既是超前的,也是理性的;既有其独特性,也是发展渐进的。以当今的理论眼光来看,我们不能说胡适的理论有多么深刻,但我们却不能不为近一个世纪前胡适文学思想的超前和他那种一往无前的特立独行而叹服。

值得一提的是,胡适在极力倡导"文学革命"和新文化运动的过程中,虽然涉及改造文学内容和文化精神的层面,但他一再强调的是必须从形式和工具变革入手,从语言的更新开始,这与晚清梁启超所主张的"过渡时代,必有革命。然革命者当革其精神,非革其形式"[⑤]的观点明显相左。从表面看,从"精神革命"到"形式革命",似乎是某种历史的退却和现实的避讳。其实不然,晚清梁氏所标举的"以旧风

---

① 胡适:《建设的文学革命论》,《胡适论文学》,安徽教育出版社 2006 年版,第 23 页。
② 胡适:《建设的文学革命论》,《胡适论文学》,安徽教育出版社 2006 年版,第 25 页。
③ 胡适:《建设的文学革命论》,《胡适论文学》,安徽教育出版社 2006 年版,第 26—27 页。
④ 胡适:《文学进化观念与戏剧改良》,《胡适论文学》,安徽教育出版社 2006 年版,第 36 页。
⑤ 梁启超:《饮冰室诗话》,人民文学出版社 1959 年版。

格含新意境"①的所谓"文学革命",其实质不过是一种不伤筋动骨的文学改良。胡适清醒地意识到,"'文字形式'往往是可以妨碍束缚文学的本质",他凭据中外文学变革演进的史实得出判断:"历史上的'文学革命'全是文学工具的革命。"②梁氏虽也认识到,"文学之进化有一大关键,即由古语之文学,变为俗语之文学是也",但他未像胡适那样把语言的变革视为"文学革命"的第一要义,也未能把俗语上升到白话乃至国语的高度。

顺便说一说,在当时的中西方文化之争中,有人将中国文化落后的原因归咎于汉字,甚而提出要革汉字的命。瞿秋白说:"汉字真正是世界上最龌龊最恶劣最混蛋的中世纪的茅坑。"鲁迅也说:"方块汉字真是愚民政策的利器。"就连西方人也认为艰深繁琐的汉字"是中国人无知的来源""妨碍了学习其他知识"。③ 18 世纪英国人 Anson 在其名著《Anson's Voyage Round the World》中曾极端刻薄地批评中国文字说:"说到中国字,他们(中国人)的固执和荒谬则更令人惊讶,经过这么长的历史,在众多国家中,只有中国仍用那粗糙的符号,他们必须精通一大堆超过人类记忆所能负荷的字,书写起来也需要奇异的功力,没有人能够完全精通它。"在国人中最早提出废除汉字的当属新文化运动先驱之一的钱玄同,他在《汉字革命》中呼吁:"我敢大胆宣言:汉字不革命,则教育决不能普及,国语决不能统一,国语的文学决不能充分的发展,全世界的人们公有的新道理、新学问、新知识,决不能很便利、很自由的用国语写出。何以故?因汉字难识、难记、难写故,因僵死的汉字不足表现活泼的国语故;因汉字不是表示语音的利器故;因汉字作梗,则新学新理得原字难以输入国语故。"1918 年钱玄同在《新青年》发表《中国今后的文字问题》,指出:"废孔学,不可不先废汉文;欲驱除一般人之幼稚的、野蛮的思想,尤不可不先废汉文","欲使中国不亡,欲使中国民族为二十世纪文明之民族,必以废孔学,灭道教为根本之解决,而废记载孔门学说及道教妖言之汉文,尤为根本解决之根本解决。"④

三、陈独秀与文学革命

作为新文化运动主帅的陈独秀,高举民主与科学的大旗,用崭新的学理武装了整整一代精英分子,改变了 20 世纪中国文化的基本观念、价值取向。可以毫不夸

① 梁启超:《饮冰室诗话》,人民文学出版社 1959 年版。
② 《逼上梁山》,《东方杂志》第 31 卷 1 号。
③ 西方的传教士李明(L.Le Gomte)说:"这些繁多的字,是中国人无知的来源。"利玛窦说:"中国人必须致力于精通文字,因此耗尽精力,妨碍了学习其他知识。"
④ 王继洪:《汉字文化学概论》,学林出版社 2006 年 6 月版,第 24—25 页。

张地说,在引导旧中国走出封建愚昧的中世纪,进入近代社会,追赶世界潮流方面,陈独秀具有其他同人难以望其项背的历史贡献。陈独秀深知:中国民众普遍地缺乏民主觉醒,没有建立民主国家的智能,因此欲使共和名副其实,必须改变人的思想,要改变思想须办杂志。胡适后来回忆:"在袁世凯要实现帝制时,陈先生知道政治革命失败是因为没有文化思想这些革命,他就参加伦理革命、宗教革命、道德革命。"①为此,1915 年 9 月 15 日,陈独秀在上海创办了《青年杂志》,一年后易名为《新青年》,他高举民主与科学两面大旗,向封建专制和封建迷信思想发起猛烈攻击,掀起一场又一场革命风暴,推动了思想解放运动的迅速发展。《新青年》问世后,以其远见卓识在思想文化界产生了巨大影响,尤其受到大批知识青年的欢迎。1919 年 3 月,恽代英和林育南等进步青年致函《新青年》编辑部说:"我们素来的生活,是在混沌的里面,自从看了《新青年》,渐渐地醒悟过来,真是像在黑暗的地方见了曙光一样。"②在《新青年》进步思想的熏陶下,大批青年迅速摆脱了封建思想的束缚,走上了民主主义的道路。随着五四爱国运动的爆发,《新青年》将思想启蒙的方向又转向了马克思主义,一大批新青年很快成为中国共产党成立之初的骨干力量。美国学者莫里斯·迈纳斯对此评论道:"聚集在《新青年》周围的知识分子的重要性是很难估计的,他们的著作铸成了一代年轻学生的信仰和态度,1919 年五四运动后,这些学生是政治上的主力军,并成为现代中国革命的领导者。"③《新青年》对现代中国所起的作用是难以估量的,它培养出整整一代掌握了新思想、以改造黑暗中国为己任的新人,为促进五四运动的爆发和中国共产党的诞生立下了不可磨灭的功勋,起到了改变近代中国命运的历史性作用。

陈独秀以进化论为指导来梳理欧洲文学思想史,将欧洲文学发展历程划分为古典主义、浪漫主义、写实主义和自然主义四个阶段,并以此为参照来审视中国文学。④ 陈独秀认为,当时的中国文艺"犹在古典主义、理想主义时代,今后当趋向写实主义"。他的观点深得胡适的赞同。所以陈独秀创办《新青年》,旨在倡导写实主义。后来因为发表了谢无量的古典诗作,并加编者按,称誉其诗为"希世之音",并说"子云相如而后,仅见斯篇;虽工部亦只有此工力。无此佳丽。……吾国人伟大

---

① 胡适:《陈独秀与文学革命》,《陈独秀评论选集》(下册)河南人民出版社 1982 年版,第 292 页。
② 《武昌中华大学新声社——致编辑》,《新青年》第 6 卷第 3 号,1919 年 3 月 15 日。
③ 莫里斯·迈纳斯《毛泽东的中国及后毛泽东的中国》,四川人民出版社 1994 年版,第 17—18 页。
④ 1917 年,陈独秀发表《现代欧洲文艺史谭》(原载 1917 年 11 月《青年杂志》第一卷第三号),文中采用法国乔治·贝利西埃以进化论观念写作的《当代文学运动》一书的观点,认为欧洲文学发展经历了古典主义、浪漫主义、写实主义和自然主义四个阶段。他认为这是所有文学发展的必然规律并以此来预言中国文学的未来。

精神,犹谓丧失也欤? 于此徵之。"这下被胡适抓住了把柄,胡适在致陈独秀的信上说:"细检某君此诗,至少凡用古典套语一百事。……适所以不能已于言者,正以足下论文学已知古典主义之当废,而独啧啧称誉此古典主义之诗。窃谓足下难免自相矛盾之诮矣。"①就是在这封信中,胡适提出文学革命须从八事入手的初步设想。针对胡适文学革命的八项主张,陈独秀对五、八二项提出了自己的建议并诚意邀约。陈独秀说:"承示文学革命八事,除五、八二项,其余六事,仆无不合十赞叹,以为今日中国文界之雷音。倘能详其理由,指陈得失,衍为一文,以告当世,其业尤盛。"②在另一封信中,陈独秀措辞恳切,话语谆谆,他说:"文学改革,为吾国目前切要之事。此非戏言,更非空言,如何如何?《青年》文艺栏意在改革文艺,而实无办法。吾国无写实诗文以为模范,译西文又未能直接唤起国人写实主义之观念,此事务求足下赐以所作写实文字,切实作一改良文学论文,寄登《青年》,均所至盼。仆拟作《国文教授私议》一文,登之下期《青年》,然所论者应用文字,非言文学之文也。鄙意文学之文必与应用之文区而为二,应用之文但求朴实说理纪事,其道甚简。而文学之文,尚须有斟酌处,尊兄谓何? 美洲出版书报,乞足下选择若干种,详其作者,购处及价目登之《青年》,介绍于学生、社会,此为输入文明之要策。"③这就是胡适著名的《文学改良刍议》一文的写作动因。在胡适《文学改良刍议》发表一个月后,陈独秀发表了著名的《文学革命论》,公开宣布:"余甘冒全国学究之敌,高扬'文学革命军'大旗,以为吾友之声援。旗上大书特书吾革命军三大主义;曰,推倒雕琢的阿谀的贵族文学,建设平易的抒情的国民文学;曰,推倒陈腐的古典文学,建设新鲜的立诚的写实文学;曰,推倒迂晦的艰涩的山林文学,建设明了的通俗的社会文学。"(陈独秀:《文学革命论》,《新青年》第2卷6号,1917年2月1日)较之胡适只注重文学形式上的改良,陈独秀则更加重视文学内容的革命,他是从完成一场彻底的民主革命出发,为了进行政治思想革命而提出"文学革命"的。他说,"中国政治界虽经三次革命,而黑幕未尝稍减",其原因除革命本身的不彻底外,"其大部分,则为盘踞吾人精神界根深蒂固之伦理道德文学艺术诸端,莫不黑幕层张,垢污深积,并此虎头蛇尾之革命而未有焉。"(《文学革命论》,《新青年》第2卷6号,1917年2月1日)为此,他秉明:"有大顾迂儒之毁誉,明目张胆以与十八妖魔宣战者乎? 予愿拖四十二生的大炮,为之前驱。"(《文学革命论》,《新青年》第2卷6号,1917年2月1日)在胡适发表《文学改良刍议》之后,陈独秀马上在《新青年》撰文,大加赏识。

---

① 《胡适来往书信选》,社会科学文献出版社2013年版。
② 陈独秀《答胡适之》,原载1916年10月《新青年》第二卷第二号。
③ 《陈独秀致胡适信》,参见《胡适来往书信选》。

"余恒谓中国近代文学史,施、曹价值,远在归、姚之上。闻者咸大惊疑。今得胡君之论,窃喜所见不孤。白话文学,将为中国文学之正宗。余亦笃信而渴望之。吾生倘亲见其成,则大幸也。元代文学美术,本蔚然可观。余所最服膺者,为东篱。词隽意远,又复雄富。余尝称为'中国之沙克士比亚'。质之胡君,及读者诸君以为然否?"①

从这封信中我们可以提取如下信息:首先,白话文学将取代文言文学而为中国文学之正宗。其次,他认为元代是中国文学的巅峰时期,代表中国文学的最高成就,进而将马致远比作莎士比亚。再次,他认为施耐庵、曹雪芹的价值远在归有光、姚鼐之上。从他对马致远的评价中,也可以隐约感受到他"词隽意远,又复雄富"的审美趣味。

《文学革命论》的发表,揭开了声势浩大的文学革命运动,延续数千年的古典文学终于落下帷幕,中国文学迎来了开天辟地的新局面。胡适后来回忆说,文学革命的进行,是陈独秀"正式举起了文学革命的旗子",自己的"态度太和平了",若照自己的态度去做,"文学革命至少还须经过十年的讨论与尝试"。又说:"当日若没有陈独秀'必不容反对者有讨论之余地'的精神,文学革命的运动,决不能引起那样大的注意。"②鲁迅后来也说,他早年白话文小说的创作是《新青年》编辑者鼓励和支持的结果,"我必得纪念陈独秀先生,他是催促我做小说最有力的一个"。③ 鲁迅还说自己当时的创作是"尊命文学","我所尊奉的,是那时革命的前驱者的命令。"④毫无疑问,鲁迅所说的"革命先驱者",陈独秀是其中最主要的一位。从高举民主与科学两面大旗,向封建专制和封建礼教猛烈进攻,到发动以"革新政治,改造社会"为主要目的的,文学革命,最终使陈独秀成为中国进步思想界的精神领袖。

针对中国传统文艺思想中的"文以载道",陈独秀并不全盘予以否定,只是在对"道"的内涵阐释上,主张取广义宽泛之"道",反对将"道"局限为儒家圣贤之道,他说:"古人所倡文以载道之'道',实谓天经地义神圣不可非议之孔道。故文章家必依附《六经》以自矜重,此'道'字之狭义的解释,其流弊去八股家之所谓代圣贤立言也不远矣。"进而他又对"言之有物"进行一番阐释,他说:"'言之有物'一语,其流弊虽视'文以载道'为轻,然不善解之,学者亦易于执指遗月,失文学之本义也。何谓文学之本义耶?窃以为文以代语而已。达意状物,为其本义。文学之文,特其描写

---

① 原载 1917 年 1 月《新青年》第二卷第五号。
② 《五十年来的中国文学》,《胡适文存二集》(二),第 196－198 页。
③ 《我怎么做起小说来》,《鲁迅全集》,第 4 卷,第 393 页。
④ 《自选集自序》,《鲁迅全集》第 4 卷,第 348 页。

美妙动人者耳。其本义原非为载道有物而设,更无所谓限制作用,及正当的条件也。状物达意之外,倘加以他种作用,附以别项条件,则文学之为物,其自身独立存在之价值,不已破坏无余乎?故不独代圣贤立言为八股文之陋习,即载道与否,有物与否,亦非文学根本作用存在与否之理由。"①为了进一步说明问题,他援引近代欧洲文艺思想的发展历史以资说明。他简要勾勒出欧洲近代文学流变的历史轨迹,他认为,近代欧洲文艺思想之变迁,由古典主义变而为理想主义,再由理想主义变而为写实主义,更进而为自然主义。对由左拉等发起的自然主义十分推崇。他说:"故左氏之所造作,欲发挥宇宙人生之真精神真现象,于世间猥亵之心意,不德之行为,诚实胪列,举凡古来之传说,当世之讥评,一切无所顾忌,诚世界文豪中之大胆有为之士也。"②他将左拉称为自然主义之拿破仑。他之所以如此深情地盛赞自然主义,原因很简单,就是不满于我国古典派"文以载道"的文学思想以及复古派"文出五经"之保守观念。旨在引导作家关注现实,将笔触延伸到社会人生层面,不要无病呻吟,装腔作势。所以他对中国古典文学中凡是关注社会现实的作品每每评价甚高。比如对《金瓶梅》《今古奇观》等十分钟情。

"欧洲自然派文学家,其目光惟在实写自然现象,绝无美丑、善恶、邪正、惩劝之念存于胸中,彼所描写之自然现象,即道即物,去自然现象外,无道无物,此其所以异于超自然现象之理想派也。理想派重在理想,载道有物,非其所轻。惟意在自出机杼,不落古人窠臼,此其所以异于抄袭陈言之古典派也。仆之私意,固赞同自然主义者。惟衡以今日中国文学状况,陈义不欲过高,应首以掊击古典主义为急务。理想派文学,此时尚未可厚非。但理想之内容,不可不急求革新耳。若仍以之载古人之道,言陈腐之物,后之作者,岂非重出之衍文乎?鄙意今日之通俗文学,亦不必急切限以今语。惟今后语求近于文,文求近于语,使日赴'文言一致'之途,较为妥适易行。"③

陈独秀是中国现代杂文的拓荒者。他在 1918 年 4 月 15 日《新青年》上开设的"随感录"专栏,是中国现代文学史上第一个纯粹的杂文专栏。这种杂文,就是后来由鲁迅先生继承发扬了的"匕首""投枪"式的作文的雏形。1918 年 9 月 19 日,陈独秀写信给周作人,向其征求杂文,信中说:"'随感录'本是一个很有生气的东西,现在为我一个人独占了,不好不好,我希望你和豫才、玄同二位有功夫写点来。"可见,在他之前没有人写作杂文。在他的号召下,鲁迅、周作人、刘半农、钱玄同等纷纷创

---

① 陈独秀:《答曾毅·文学革命》,原载《新青年》3 卷 2 号。
② 陈独秀:《现代欧洲文艺史谭》,原载 1917 年 11 月《青年杂志》第一卷第三号。
③ 陈独秀:《答曾毅·文学革命》,原载《新青年》3 卷 2 号。

作杂文。鲁迅对陈独秀的杂文十分欣赏,他在 1921 年 8 月 25 日致周作人的信中说:"新九四二已出,今附上,无甚可观,唯独秀随感究竟爽快耳。""随感录"栏目深受读者欢迎,于是很快就风行起来,《每周评论》《新社会》《民国日报·觉悟》等许多刊物都设立类似的专栏,杂文创作十分火爆。陈独秀又先后在《前锋》(1923 年创刊),《向导》周报(1924 年创刊)、《布尔什维克》(1927 年创刊)等开设"寸铁"栏目,发表比"随感录"更短小精悍的杂文。其中篇幅最长的约 300 字,最短的不过一两句,鞭辟入里,发人深省。陈独秀创作杂文近 700 篇,难怪鲁迅把他列为中国现代文学史上最优秀的杂文家之一。

参 考 文 献

1.刘大杰：《中国文学发展史》，上海古籍出版社1997年版。

2.郑振铎：《中国俗文学史》，东方出版社1996年版。

3.章培恒等主编：《中国文学史》，复旦大学出版社2001年版。

4.袁行霈：《中国文学史》，高等教育出版社1997年版。

5.黄念然：《20世纪中国古代文学研究史——文论卷》，东方出版中心2006年版。

6.陶东风：《文体演变及其文化意味》，云南人民出版社1994年版。

7.柯庆明：《中国文学的美感》，河北教育出版社2001年版。

8.[美]孙康宜著，李奭学译：《词与文类研究》，北京大学出版社2004年版。

9.吴熊和：《唐宋词通论》，商务印书馆2003年版。

10.孟元老：《东京梦华录》，中国商业出版社1982年版。

11.唐圭璋：《唐宋词鉴赏辞典》，江苏古籍出版社1986年版。

12.唐圭璋：《词话丛编》，中华书局1986年版。

13.叶嘉莹：《唐宋词名家论稿》，河北教育出版社1997年版。

14.李剑亮：《唐宋词与唐宋歌妓制度》，浙江大学出版社1999年版。

15.王兆鹏：《唐宋词史论》，人民文学出版社2000年版。

16.沈松勤《唐宋词社会文化学研究》，浙江大学出版社2000年版。

17.冯梦龙等《情经——明清艳情词曲全编》，广州出版社1995年版。

18.胡士莹：《话本小说概论》，中华书局1980年版。

19.张燕谨主编：《中国古代小说专题》，高等教育出版社2002年版。

20.叶朗：《中国小说美学》，北京大学出版社1982年版。

21.石昌渝：《中国小说源流论》，生活·读书·新知三联书店1994年版。

22.郭豫适:《中国古代小说论集》,华东师范大学出版社1985年版。

23.陈平原:《中国小说叙事模式的转变》,上海人民出版社1988年版。

24.何满子等:《古典小说十讲》,中华书局1992年版。

25.石昌渝:《中国小说源流论》,生活·读书·新知三联书店1994年版。

26.阿英:《小说闲谈四种》,上海古籍出版社1985年版。

27.朱一玄:《水浒传资料汇编》,百花文艺出版社1981年版。

28.胡胜:《明清神魔小说研究》,中国社会科学出版社2004年版。

29.郑振铎:《插图本中国文学史》,上海人民文学社1957年版。

30.朱星:《金瓶梅考证》,百花文艺出版社1980年版。

31.刘梦溪:《红楼梦与百年中国》,中央编译出版社2005年版。

32.孔另境:《中国小说史料》,上海古籍出版社1982年版。

33.李渔:《闲情偶寄》,浙江古籍出版社1982年版。

34.鲁迅:《中国小说史略》,人民文学出版社1973年版。

35.周贻白:《中国戏曲发展史纲要》,上海古籍出版社1979年版。

36.钟涛:《元杂剧艺术生产论》,人民出版社2003年版。

37.王季思:《中国古代戏曲论集》,中国展望出版社1985年版。

38.隋树森:《元曲选外编》,中华书局1996年版。

39.赵山林:《中国戏剧学通论》,安徽教育出版社1995年版。

40.王国维:《王国维文学论著三种·宋元戏曲考》,商务印书馆2001年版。

41.郭英德:《明清传奇戏曲文体研究》,商务印书馆2004年版。

42.张庚、郭汉城:《中国戏曲通史》,中国戏剧出版社1981年版。

43.郭英德:《世俗的祭礼——中国戏曲的宗教精神》,国际文化出版公司1988年版。

44.秦学人、侯作卿编著:《中国古典编剧理论资料汇编》,中国戏剧出版社1984年版。

45.董健、马俊山:《戏剧艺术十五讲》,北京大学出版社2004年版。

46.朱自清:《中国歌谣》,复旦大学出版社2004年版。

47.钱锡生:《唐宋词传播方式研究》,复旦大学出版社2009年版。

48.李剑亮:《唐宋词与唐宋歌妓制度》,浙江大学出版社2006年版。

49.柯卓英:《唐代的文学传播研究》,中国社会科学出版社2009年版。

50.谢无量:《中国妇女文学史》,中华书局1928年版。

51.陶慕宁:《青楼文学与中国文化》,东方出版社1993年版。

52.吴在庆:《唐代文士的生活心态与文学》,黄山书社 2006 年版。

53.吴相洲:《唐诗创作与歌诗传唱关系研究》,北京大学出版社 2004 年版。

54.王书奴:《中国娼妓史》,团结出版社 2004 年版。

55.武舟:《中国妓女文化史》,东方出版中心 2006 年版。

56.修君、鉴今:《中国乐妓史》,中国文联出版公司 1993 年版。

57.游戏主人:《笑林广记》,重庆出版社 2010 年版。

58.钱穆:《中国文化史导论》,商务印书馆 1994 年版。

59.阴法鲁、许树安主编:《中国古代文化史》,北京大学出版社 1989 年版。

60.多米尼克·斯特里纳蒂著,阎嘉译:《通俗文化理论导论》,商务印书馆 2001 年版。

61.阿兰·斯威伍德著,冯建三译:《大众文化的神话》,生活·读书·新知三联书店 2003 年版。

62.约翰·费斯克著,王晓珏,宋伟杰译:《理解大众文化》,中央编译出版社 2001 年版。

63.弗雷德里克·詹姆逊著,胡亚敏等译:《文化转向》,中国社会科学出版社 2000 年版。

64.安吉拉·默克罗比著,田晓菲译:《后现代主义与大众文化》,中央编译出版社 2001 年版。

65.迈克·费瑟斯通著,刘精明译:《消费文化与后现代主义》,译林出版社 2000 年版。

后　记

　　这部《中国古代非主流文学思想论》，是我两年前出版的《中国古代主流文学思想论》的姊妹篇。十年前，写作伊始，两本书即已纳入统一的总体框架，两部书互为辅辏，是一体两面、相辅相成的。实际写作过程，也是交叉并进，相互参合，权衡考量。所谓的主流与非主流，也是相对而言，这一点在两部书的导论部分有所交代。中国文学到了后来，主流与非主流，早已融汇交织，良难分辨。亦如到了长江大河的入海处，早已经是百川灌之、千溪流之，分不清哪是源、哪是流。就这样浑然一体，浩渺无垠，令人兴叹罢了！事实上，本书所讨论的小说、戏剧、词曲等，在今日已然是堂而皇之的主流文学，但在当初，情形要暧昧得多，这些文种，备受冷眼，可以说是在歧视中生存、冷漠中成长。许多大家，也不像我们今天想象的那样光芒四射，备受推崇。多数情况是作为零余者的角色，苟活而已。

　　两书写作过程中，我还着手主编了《主流诗学视域下的安徽文艺思想家》，并为汉语言文学专业本科学生开设"安徽文艺思想家研究"这门地方性课程。可以说，这十年来，我的思想一直搁浅在主流文学、非主流文学，地域文化与区位文学的范畴，纠葛缠绕，苦乐掺杂。不知不觉之间，光阴荏苒，自己也从不惑之年步入知天命的行列。人生四季，此刻，不再是绿意盎然的春日，也不是生机勃发的仲夏，蓦然回首，一派秋日的光景，虽说是橙黄橘绿，有所收获，但黄叶已呈，落叶飘零，衰朽之象渐浓。倏忽之间，已进入古人所谓的二毛之列。

　　实话说，一部好的学术著作，"体大虑周"（章学诚评《文心雕龙》语）固然难，"思深意远"（章学诚评钟嵘《诗品》语）也诚不易。更遑论"解析神质，包举洪纤,开源发流,为世楷模"(鲁迅评亚里士多德《诗学》语)这样的著述,历史跨度大,时空转换大,结构体例需要精心谋划与统筹,真的很费神。随着年岁的增长,精力日渐不济,眼神也日渐昏花,这样规模浩大的工程渐渐干不动了。接下来,我想换换工种,也换换心情,悠闲从容地修订我继《幸福论》之后陆陆续续、零打碎敲写作完成的系列散文集——《痛苦论》《意义论》《红颜薄命论(女人篇)》《才命相妨论(男人篇)》《散装的思想》《中国人的逻辑》《幸福的诗话与诗话的幸福》等几部书稿。这些东西大多是我读书时的感悟与心得,是我在南艳湖畔散步时的随思随想,有话则长,无话则短,做起来要轻松得多、也容易得多。

衷心感谢合肥学院在本书的出版上给予的经费支持!

2018年仲夏于南艳湖畔合肥学院